ハヤカワ・ミステリ文庫

〈HM439-6〉

兄弟の血――熊と踊れII

〔上〕

アンデシュ・ルースルンド&ステファン・トゥンベリ

ヘレンハルメ美穂・鵜田良江訳

早川書房

8247

Translated by
Miho Hellen-Halme & Yoshie Uda
First published 2018 in Japan by
HAYAKAWA PUBLISHING, INC.
This book is published in Japan by
arrangement with
SALOMONSSON AGENCY
through JAPAN UNI AGENCY, INC., TOKYO.

これは小説である。

兄弟の血——熊と踊れⅡ

〔上〕

登場人物

レオ……………………………………ドゥヴニヤック兄弟の長男
フェリックス…………………………同次男
ヴィンセント…………………………同三男
イヴァン・ドゥヴニヤック…………三兄弟の父
ブリット＝マリー・
　　　　　　アクセルソン…………三兄弟の母
ヨン・ブロンクス……………………ストックホルム市警警部
エリサ・クエスタ……………………同警部補
サム・ラーシェン……………………ヨンの兄
フレドリック・
　セーデルベリ（スッロ）…………元受刑者
ヤーリ・オヤラ………………………同上

黒い穴

血。

それがどんなに赤いかなんて、考えたこともなかった。

ひとりの女性の身体に、どれくらい入っているのかも。

キッチンを、廊下を、三階から一階の共同玄関までの階段を、隅から隅まで赤く染めるほどの量だ。それでもなお、ここを去って逃げていけるだけの血が、まだ身体の中に残っている。

手にしている雑巾（ぞうきん）がどんどん赤黒くなっていく。足をふんばって背筋をぐっと伸ばし、キッチンのビニール床に手をついて全体重をかけ、血痕が消えるまでこすりつづける。バケツの泡立った湯で雑巾を洗い、ひざをついたまま敷居まで這っていって、溝に入りこんだべとつきを拭き取る。

なにがあったか、他人に知られてはいけない。これは家族のことだから。

母さんは手負いの獣のようにうなり声をあげ、一度も振り返ることなく外へ駆けだし、姿を消した。さっきからひたすら拭いてまわっている血の跡が、まるで母さんを追いかけているみたいだった。

レオは立ち上がり、ずっと曲げっぱなしでこわばった足を伸ばす。不思議だ。へとへとになっているはずなのに、なぜか気持ちが高揚して居てもたってもいられず、それでいて冷静でもある。これまで感じたことがないほど力がみなぎっている。思考は隅々まで明瞭だ。これからどうすべきか、はっきりとわかっている。たとえようのない感覚だが、ひょっとしたら、初めて酒を飲んだあのときの、酔いつぶれる直前の感じに近いかもしれない。ただ、いまのほうがずっといい。心の穏やかさと、身体の力強さ。

縞模様のカーテンのかかったキッチンの窓は、通りに面している。レオは外に目をやり、母さんの姿を探す。母さんはもういない。残っているのは血痕だけだ。

それと、父さんも。

父さんがまだここにいる。どういうことだ？　どうしてなにごともなかったみたいに、下の車に乗ってじっとしているんだ？　いったいなにを待っている？　なんなんだよ、警察がいつ来てもおかしくないんだぞ。

父さんは、ストックホルム近郊の刑務所からここまで車でやってきて、この家に駆けこみ、母さんを殺そうとした。だが、長男が――レオが、父さんの背中に跳びついて、首に腕をまわしてきつく絞め、父さんが殴るのを力ずくで止めた。

キッチンは済んだ。血痕はひとつも残っていない。清潔なにおいが漂っている。

廊下はもっと大変だ。母さんはここで何度も足を滑らせたし、血のしみはキッチンのよりも大きい。まるで水たまりみたいになっている。だが、玄関先まで延々とこすって拭いたおかげで、血痕はようやく小さくなる。バケツの湯は赤く濁り、もう透明ではなくなっている。

レオはもう一度、キッチンのカーテンにそっと近づく。

黄色のフォルクスワーゲンバスはまだ下にとまっている。父さんは運転席に座っていて、開いたドアから左脚を車の外に突き出している。幅の広い灰色のスラックスが風にはためき、茶色い革靴がアスファルトを叩く。

父さんは、だれかを待っているにちがいない。じゃなかったら、いったいあそこでなにをしているんだ？

母さんが戻ってくるとでも思っているのか？

いや、ひょっとして、怒り、がっかりしているのだろうか？　父さんが母さんの頭をつかんで、何度もひざ蹴りを入れているところに、おれが割りこんだから？　またこの建物に戻ってきて、三階の家まで上がってくるつもりなのだろうか？　今度はおれの番なのか？　だって、おれのせいだから。母さんが逃げおおせて、まだ生きているのは。

だが、心の中にある昂り、荒々しくも生き生きとした、幸せと言ってもいいような感覚が、恐怖心を押しのける。怖くはない。父さんさえも。

バスルームのタオル地のマットの上に、母さんの救急用具の入った緑色の箱がひっくり返って落ちている。白い十字の描かれた蓋が大きく開いていて、中身を引っかきまわされた跡がある。レオは箱をそのままにしておく。まずは雑巾をゴミ箱に放りこんで、身体についた母さんの血を洗い落とさなければならない。

湯が血の膜を皮膚から洗い流し、きれいな薄赤い渦巻きとなって排水口に消える。

フェリックスは不安そうだった。それ自体はよくあることだが、今回はいつも以上に苦しそうだった。末っ子のヴィンセントは、黙って自分の部屋に閉じこもったきり出てこない。

キッチンの窓から三たび外を見る。ほら、やっぱり。警察が来ている。父さんは、あの馬鹿は、やつらが来るのをおとなしく待っていたのか！　父さんが警察に連れていかれるのは、これが初めてではない。四年前にも同じことがあった。父さんが火炎瓶でおじいちゃんとおばあちゃんの家に——母さんの隠れ場所に火をつけたとき。でもあのときは、いまとは逆だった。警察が父さんを待っていた。今回は、父さんのほうが警察を待っていた。

やがて警官がひとり共同階段にやってきて、玄関の呼び鈴を鳴らす。のぞき穴から見ると、背の高い、かなり若い男だ。玄関に入ってくるが、なにひとつ気づかない。血はすっかり拭き取ってある。

「やあ、おれはペーテル・エリクソン巡査だ。いま、助けになってくれる大人がこちらへ向かっているからね。社会福祉局の人だ。なにも心配しなくていい」

「べつに心配してません。どうして心配しないといけないんですか？」

「きみ、名前は？」

「レオです」

「何歳だ？」

「じゅうぶん大人です」

「いいから、何歳だ？」

「十四歳です」

レオがそう答えると、お巡りはあたりを見まわす。廊下を探るように見つめ、少し身を乗り出してキッチンをのぞく。だが、新たな発見はなにもない。すべて元どおりだ。テーブルはいつもの場所に戻したし、椅子は二脚とも起こしてテーブルに寄せてある。血痕を隠すために裏返した裂き布織りのマットも、しわひとつなくテーブルの脚のあいだに広がっている。

「ここで起こったのかな？」

「なにがですか？」

「お父さんはもう自供したんだよ。だから、なにが起こったか、おれはもう知っている。ここへはその現場を見に来た」

「ここです」

「もう少し詳しく教えてくれるか？」

「始まったのは廊下です。で、キッチンで終わりました」

お巡りは家じゅうに視線を走らせる。廊下の床をたどって、敷居の向こう、キッチンの中まで。

「掃除をしたんだな。洗剤のにおいまでしている。だが、さしあたりそれはいいとしよう。それより聞かせてくれ。お父さんは前にもここに来たことがあるのかい？」

「父とはもう何年も別々に暮らしてます」

「じゃあ、この家に入ったことはなかった？」

「はい。ぼくたち、四年前にストックホルムからここに引っ越してきたんです。父が刑務所に入ったときに」

お巡りの手がドアの取っ手にかかる。どうやら出ていくらしい。これでもう、なにも訊かれずにすむ。そもそもこいつが首を突っこむべきではないのだ。

「そうだ、もうひとつ」

「なんですか？」

「もうすぐ来る社会福祉局の人はアンナ＝レーナという名前だ。きみと弟さんたちが助けてもらえるよう、その人がいろいろ手配してくれる」

「助けてもらわなくて大丈夫です」

「だれだって、助けてもらわなきゃやっていけない時があるものだよ」

お巡りはそう言うと、また出ていく。母さんの身に起きたことについては、ひとことも口にしなかった。父さんがさっさとあきらめて警察につかまったせいだろうか。

フェリックスはまだ、居間のソファーの後ろに隠れている。

だが、レオが合図をすると、すぐに這い出てくる。

「母さんは……死んだの？　レオ、母さん死んじゃったの？　教えてよ」

「死んだわけないだろ」

「じゃあ、どこにいるの？　どこなの、レオ？　すごい怪我してるはずだよね」

「母さんは看護師だぞ。どうすればいいか、ちゃんと知ってる。どこに行けばいいのかも」

「行くって、どこへ？　父さんに見つからない？」

「見つからない。父さんは警察につかまった」

「わかんないよ」

「なにが？」

「父さん、どうしてうちに来たんだろう。どうして母さんを殴り殺そうとしたんだろう」

「母さんが家族をばらばらにしたからだろ」

「それ、父さんが言ったことを真似してるだけじゃないか」

「そんなことはない。でも、父さんのことは、おれのほうがおまえよりよく知ってるからな。あの人はそういう人なんだよ。そういうふうにしか動けない」

「でも、もし母さんが……」

フェリックスは興奮して、両腕を大きく振りまわしている。レオは弟の腕をつかむ。この流れはせき止めなければならない。

「フェリックス。おまえが心配なのはわかる。怖いのも」

「ぼく……」

「けどな、母さんがちゃんと逃げたのは間違いないんだ。おれがこの目で見た。だから、フェリックス、いまはとりあえず手伝ってくれ。ヴィンセントのことで。いいな？」

レオは弟の腕を離す。わかってくれたようだ。もう振りまわしていない。

「わかった」

閉ざされたドアに、ふたりで近づく。

「ヴィンセント？」

弟は返事をしない。レオは慎重に取っ手を押し下げる。鍵がかかっている。鍵穴から中をのぞくが、なにも見えない。鍵が刺さったままなのだ。

「ヴィンセント、開けろ」

ふたりともドアに耳を当てる。荒い息遣いが中から聞こえてくる。

「救急箱が」

「ぼくも見た。トイレの床。なあ、レオ、ヴィンセントが怪我してたらどうしよう、もし……」

「おれがなんとかする」

レオはもう動きはじめている。どこかに向かって。廊下を抜け、階段のほうへ。

「どこ行くの？」

「雨樋(あまどい)」

フェリックスはひとりになるのが嫌いだ。自分でそうなろうと決めたのならべつだが。ヴィンセントの部屋の閉ざされたドアを、その下端でペンキが剝(は)がれてのぞいている木目を、ぴくりとも動かない取っ手を見つめる――じっと凝視していれば、意志の力で開けられる、とでもいうように。レオがなにをするつもりかはわかっている。階段を駆け下りたあと、アパートの裏庭に向かうのだ。鍵を忘れたときにはいつも、そこから雨樋をつたってバルコニーへよじ登る。でも、今回はそれじゃだめだ。あそこからヴィンセントの部屋には行けない。だからレオは、もうひとつの雨樋、母さんの寝室とヴィンセントの部屋のあいだを通って上に伸びている雨樋をよじ登るだろう。あれなら、ヴィンセントがたいてい開けておきたがる窓のすぐそばを通る。でも、あそこから部屋に入るのは何倍も難しい。バルコニーは金属製の欄干で囲まれているから、それにつかまって乗り越えればいい。ところがヴィンセントの部屋の窓には、縁がとがっていて指に食いこむ、幅の狭い、つるつる滑る危ない窓台しかついていない。あそこから入るとしたら、レオは片手で雨樋につかまったまま、もう片方の手を窓台に伸ばしてつかまないといけない。それから勢いをつけて一気に跳び移るのだ。簡単なことではない。下手したら……しかも、さっきまで小雨が降っていなかったか？　だとしたらあのチンケな雨樋は、秋の茶色い濡れ落ち葉のように、ぬるぬる滑りやすくなっているはずだ。どちらのほうが怖いのか、自分でもわからない。雨樋をよじ登ったレオが落ちることか。それとも、閉ざされたドアの向こうで、ヴィンセントが怪我していることか。

フェリックスはドアの取っ手を蹴りつけるが、すぐに後悔する。ヴィンセントを怖がらせてしまったかもしれない。

取っ手を見るだけにしておこう。そうすれば、ほかのことはなにも考えなくていい。ひたすら見つめる。そして、秒数を数える。取っ手が動くまで。レオが目の前に現れて、部屋に入れてくれるまで。

二百四十八秒。

やっとだ。取っ手がほんとうに動いて、ドアが開く。

目の前に、見たことのない光景がある。

一度も見たことのない光景。

フェリックスはベッドに近寄る。ヴィンセントがそこに寝ているが、触れていいものかどうかわからない。触れないことにする。代わりに、レオと目を合わせようとする。

「これ、なに……ヴィンセントのやつ、なんで……どうして包帯で身体をぐるぐる巻きにしてるんだ？」

おもちゃの車や兵隊にまじって、空っぽになった紙箱が床一面に散らばっている。母さんの救急箱に入っていたはずの箱、中に包帯が入っていたはずの箱だ。その真っ白な布はいま、ヴィンセントの身体じゅうに巻かれている。全身が覆われている。くるぶしから、腿、腹、肩、喉、顔まで。とはいえ七歳の子どもがしたことだから、包帯のあいだはすき間だらけで、下着やTシャツ、むき出しの肌が見えている。とりわけ目立つのが、口のところにわざと開けてあるすき間だ。包帯のガーゼの端が息で湿っている。

「外の血……やだよ、レオ……あれ……あれ、母さんの血？　そうだよね？」

「そうだよ」

「ほんとに？　母さんだけの血？」

「母さんだけのだ」

レオは寝具が乱れたままになっているヴィンセントのベッドの前でしゃがみ、弟の手首からひらひらぶら下がっている包帯をつかむ。

「ヴィンセント、おれたちがそばにいる。父さんはずっと遠くに行ったよ」

ほどけた端を片手でつかんだまま、もう片方の手で、包帯に覆われたヴィンセントの頰に触れる。

「だから、こいつはもうほどいてもいいな」

だが、最初のひと巻きをほどく間もなく、ヴィンセントが全力で包帯を引っ張って兄の手から奪い取る。押し殺したような叫び声。顔を枕に強く、強く押しつけているせいだ。

フェリックスは部屋を入ったところで立ち止まっている。自分がいったいなにを見ているのか、たぶん理解しきれていない。そのとき、玄関の呼び鈴が鳴る。またか。のぞき穴の向こうで待っているのは、さっき警官が言っていた女の人だ。社会福祉局のおばさん。いい、こっちは理解できる。これの意味するところははっきりわかる。だからフェリックスは兄のもとへ急ぐ。

「このちびミイラ、あのおばさんに見られたらおしまいだよ、レオ」

「じゃあおまえがなんとかしろ。あと、そんな大声を出すな。おれが玄関に出る。おまえはこいつの面倒を見るんだ」

フェリックスがいないあいだに、ヴィンセントはベッドの上で身を起こし、赤いマジックペンをつかんで、包帯を巻いた左腕に丸をいくつも描いていた。レオが玄関のドアを開けたのが聞こえてくる。社会福祉局のおばさんが入ってきて、脱いだコートを掛けるときに、ハンガーがガチャガチャと音をたてる。フェリックスは、腹の真ん中に大きな赤い丸を描こうとしているヴィンセントにささやきかける。

「寝ろよ。聞いてるか？　寝たふりするんだ」

「眠くない。兄ちゃんたちだって寝てないくせに」

「いま来てるおばさんにな、ヴィンセント、ほら、聞こえるだろ？　あの人に、いまのおまえを見られちゃまずいんだよ」

「おばさんってだれ？」

「だれだっていい。とにかく、あの人におまえを見られたら……こんな、変なところを……こんなのぐるぐる巻きにしてるところを見られたら、おまえ、連れていかれちゃうんだぞ。わかんないのか？」

シーツを整えて、布団をめくってやれば。

「さっさとしろよ、この馬鹿！」

枕を裏返せば、汗のしみは消える。そうしたら、ヴィンセントは寝てくれるかもしれない。

「ほら、来るぞ！」

成功だ。ヴィンセントはおとなしく横になり、布団に潜る。フェリックスは弟のほぼ全身を隠してやる。包帯の巻かれた頭も、掛け布団でくるんで隠せる。

「ほら、寝てるときみたいに息をするんだ。吸って、吐いて、吸って、吐いて。ゆっくり」

それから急いで部屋を出ると、廊下でレオと社会福祉局のおばさんに鉢合わせする。挨拶をすると、おばさんが微笑む。

「いちばん下の弟くんは？　どこにいるの？」

「寝てます。頭まで布団をかぶってます。気持ちよさそうです」

ふたりは社会福祉局のおばさんに部屋の中を見せ、おばさんは目にするべき光景を目にする。ぐっすりと眠っていて、起こしてはいけない子ども。ちょうどよかった、とおばさんが言い、フェリックスを見る。レオとふたりだけで話がしたいのだという。

「その前に、母さんの具合を教えてください」

「フェリックス？　名前、フェリックスだったわよね？」

「はい。母さん、元気なんですか、どうなんですか？」

「痛がっているわ、フェリックス。でも、お母さんは病院にいてね。病院の人たちは、手当のしかたをちゃんと知っているのよ」

そのあと、レオと社会福祉局のおばさんがふたりだけになり、フェリックスがソファーに座ってテレビを見ているときに、おばさんはレオに状況を説明しようとする。

「病院でね、お母さんにお会いしたのよ。入院している病室で。お医者さんが一時間ごとにようすを見ているんだけど、お母さん、あと何日かは退院できないそうなの」

おばさんがレオの肩に手を置く。レオは肩を下げて後ろに引き、手が滑り落ちる。

「あなたと弟さんたちふたりにはここにいてほしい、とお母さんはおっしゃっていたけれど、そういうわけにはいかないの。そうでしょう？　あなたたちだけでは無理よ」

レオは首を縦にも横にも振らない。話は聞こえているが、このアパートを離れるつもりは毛頭ない。いまはだめだ。ヴィンセントがいる。ミイラを連れて外に出られるわけがない。そのうえ包帯をむりやりほどかれでもしたら、ヴィンセントはきっとヒステリーを起こす。よくなることなどひとつもない。

「フェリックスは十一歳よ。ヴィンセントは七歳。わたしの言っていること、わかるでしょう？」

わかっている。だが、父さんが言ったことを覚えてもいる。

〝これからはおまえが束ね役だ〟

「弟たちの面倒はぼくが見ます」

「あなた、十四歳なのよ」

「でも、世の中にはもっとひどくてきつい思いをしてる十四歳がいますよ。この前、たしかブラジルだったと思うけど、銛（もり）で魚をつかまえて家にお金を入れてる男の子の話を読みました。でもある日、銛が足に刺さって、それで……」

「ちゃんと聞いて。お母さんとじっくり話しあった結果よ」

レオの肩にまた手が置かれる。身体をよじっても離れていかない。

「レオ、あなたはどうなの？　いま、どんな気持ち？」

「いま？　さあ……」

どんな気持ちかは、自分ではっきりとわかっている。だが、その気持ちを抱くのが正しいのかどうかがわからない。

「……いや、大丈夫です。だと思います」幸せと言ってもいいくらいだ。そんなふうに感じるのは、どう考えても間違っている。血を流しながら逃げる母さんの姿の記憶さえ、この気持ちでかき消されてしまうなんて、いったいどういうことなんだ。

「お母さんがね、全部話してくださったのよ。なにがあったか」

社会福祉局のおばさんの声。真剣だ。知りたがっている。これから質問が始まる。

「話したくありません」

なにがあったか、だれにも、ひとことも話すつもりはない。話したって厄介なことになるだけだ。

「なにを話したくないの？」

「あなたが知りたがってること。父のしたこと」

手。肩に置かれたままだ。

「お父さんがなにをしたかは、お母さんに訊く必要もなかったわよ。見ればわかったもの。あの怪我を見ればね。でも、あなたがなにをしたかは、お母さんから聞いたわ。あなたの勇気ある行動。そのおかげで逃げられた、って」

それで、いきなり箍（たが）が緩む。

まったくの不意打ちだ。

身体を貫くように心地よく打っていた拍動がふっと止まり、洗い流されて消えてしまったかのようだ。身体じゅうの関節や筋肉から、思考から、幸せも穏やかさも去っていく。そして、いまにも泣いてしまいそうな気がしてくる。いまいましいなにかが外に出たがって、胸を圧迫する。だが、一粒の涙も見せるつもりはない。いま、このおばさんの前で泣いてしまったら、一巻の終わりだ。

もう一度、肩に置かれた手を振りほどき、キッチンに駆けこむ。だが、おばさんはしつこくついてくる。手をつけなかった食事は丸テーブルに載ったままで、冷めている。レオは鍋をひとつ持ち上げ、オーブンを開ける。百五十度でちょうどいいはずだ。

「父はどこにいるんですか?」

声はしっかりしている。涙の気配すらない。

「戻ってこないわよ」

「それはわかってます。どこにいるのかって訊いたんですけど」

「警察に」

「勾留中?」

「ええ……」

レオはおばさんの目つきに気づく。みんな、たいていこういう目つきをする。子どもがそんな言葉を知っているべきではない、と思っている人たち。

「べつに、これが初めてじゃありませんから。父が勾留されるのは」

「お父さんが戻ってくるんじゃないか、なんていう心配はしなくていいのよ。きっと長くかかるから」

「心配してません。心配することなんかないでしょう? それなのに、この家でほんの数日、ぼくたちだけで暮らすのがどうしてだめなのか、さっぱりわからない」

「それは、あなたがまだ十四歳だから。そのあなたも、あなた以上に幼い弟さんたちも、子どもが経験すべきでないことを経験してしまったから」

〝なんにも知らないくせに。おれたちがどこまで耐えられるか。どんなことを目の当たりにしてきたか〟

そう言いたい。口答えしてやりたい。

だが、そうするのが利口とは言いがたい。

「レオ、聞いて。大事なことよ。もしね、もちろんまだわからないから、あくまでももし、だけれど、お母さんが長いこと帰ってこられなかったら、あなたたちはべつのおうちで暮らすことになるの」

「どういうことですか……べつの家？」

「でも、手配に少し時間がかかるかもしれない。だからそれまでは、人がここにようすを見に来る」

「ここに？　だれが？」

「まだはっきりしていないけれど、こういうことがあると手伝ってくれる親切な人たちの名簿があってね。今夜じゅうには詳しいことがわかるはずよ」

〝べつの家〟。レオは、食卓の上で長らく待たされているフォークやナイフを並べ直す。父さんが母さんの顔にひざ蹴りを入れたときに位置がずれたのだろう。〝おれたちにはちゃんと母さんがいる。けど、いまは入院してる〟。グラスを並べ、プラスチックの水差しに氷水を入れて置く。母さんには結局、時間がなくてできなかったことだ。〝おれたちにはちゃんと父さんがいる。けど、いまは拘置所に閉じこめられてる〟。最後に、ロールから破りとったキッチンペーパーを仰々しく畳み、しわを手で伸ばす。〝だから、いまはおれが決めるんだ〟

「あの」

社会福祉局のおばさんと目を合わせようとする。

おばさん？

なんという名前なのか、あいかわらずわからない。どうでもいいと思っているから。

「なあに」

「それなら……そういうことなら、アグネータにようすを見に来てもらうのはだめですか？」

「アグネータというのはどなた？」

「ここの二階に住んでる人で、母さんの友だちです。よくうちに来るし、親切です。名簿に載ってる人たちと同じで」

ヴィンセントはベッドの上で上半身を起こして座っている。いや、半ば横になって、弓のように背中を反らしている。社会福祉局のおばさんが二階へ去ったとたん、ヴィンセントはそっと廊下に出てトイレに走った。だから、部屋に戻ったいま、腹の包帯を巻き直さなくてはならない。

フェリックスのほうは、どうやらもうあきらめたようだ。さきほどよりも落ち着いた息遣いで、ベッドの縁に寄りかかっている。包帯でぐるぐる巻きになった弟の姿は、もうそれほど恐ろしげには見えないのかもしれない。

「ねえ、レオ、そっちはどうなった？　あのおばさん、帰ったの？　そんな音がしたけど」

「すぐ戻ってくる」

「母さんのこと、なんか言ってた？」

レオは弟たちのそばに腰を下ろし、同じベッドの硬い縁にもたれる。

「フェリックス。母さんは、これから何日かは帰ってこない」

「何日かって、何日？」

「数日だ」

「何日？」

「わからない」

「何日？」

「わからないって言ってるだろ」

フェリックスは納得していない。レオはこの表情をよく知っている。答えが得られるまでしつこく尋ねつづける弟の顔だ。だが、いまは答えがない。フェリックスもそれを察したのかもしれない。〝何日？〟と繰り返すのをやめ、いきなり笑いだす。こんな笑い声は聞いたことがない。くすくす笑いに近いが、いつものように内側から湧き上がってくるのではなく、口の先のほう、唇のあたりで生まれた笑いだ。どこからともなくやってきた、なんの脈絡もない笑い。それがだんだん激しくなり、フェリックスは同時に話しはじめる。笑いながら、ベッドに入ったミイラ、お巡り、社会福祉局のおばさん、床に広がった血の海の話をする。なあ、レオ、あの血、ドピューって噴き出したはずだぜ。ドピューって！フェリックスはけたけた笑っていて、レオはこれ以上聞く気になれない。ベッドに這い上がり、ヴィンセントのそばへ行く。

「大丈夫か？　末っ子くんよ」

腹はもう完了だ。しっかりくるんである。白いガーゼ包帯が、あらためてていねいに巻かれている。だが、右手の指は包帯から出たままで、ヴィンセントは返事をする前にその指を口元へ近づけ、そこの包帯を上唇の少し上まで引っ張り上げてみせる。

「うん」

それから、すぐ下の包帯を、下唇の少し下まで引き下げる。

「ううん」

もう一度、上へ。それからまた、下へ。

「うん。ううん」

上へ、下へ、口元の小さなすき間が閉じては開く。

「うん。ううん。うん。ううん。うん。ううん」

それが繰り返される。白い包帯に覆われたヴィンセントの頬を、レオがそっと撫でるまで。

「わかったよ、兄弟。よかったよかった」

その瞬間、玄関の呼び鈴がまた鳴る。

レオは注意深くドアを閉め、一本調子な呼び鈴の音に向かって急ぐ。

社会福祉局のおばさん。その後ろに、アグネータ。

ふたりとも微笑んでいる。

「あなたの言ったとおりにしましょう」

社会福祉局のおばさんのほうがにこにこしているかもしれない。口を開いたのもこの人のほうだ。

「アグネータにあなたたちのようすを見に来てもらいます。少なくとも、今晩と、夜中と、明日の朝はね。そのあとどうするかはまた考えましょう」

おばさんのコートは、帽子棚の下のフックに掛かっている。おばさんはひとつずつボタンを留めながら、レオを見ている。レオは、フェリックスの笑い声が玄関まで聞こえてこないことを祈る。

「でもね。条件がひとつある」

「なんですか?」

「アグネータが必要に応じていつでも出入りできること。わたしとアグネータはずっと連絡を取りあう。いいかしら、レオ? アグネータ、あなたもそれでいいですか?」

レオはうなずき、社会福祉局のおばさんとふたりでアグネータがうなずくのを待つ。だが、アグネータは答えない。理由はすぐにはっきりする。アグネータの視線は、少し離れたところ、共同階段の一角に釘付けになっている。母さんがつまずいて転び、いちばん派手に身体を打ったところ。そこの血痕だけは拭き取りきれなかった。血の量がほかよりも多かったし、急いでいたから。

レオはふたりが行ってしまうまで待つ。

掃除用のバケツは、まだバスルームに置いたままだ。

ぬるま湯をそこに溜め、食器洗い洗剤を少しだけ入れる。雑巾を浸してから、石の床に手をついて全体重をかけ、こする。乾いた血の跡がすっかり消えてなくなるまで。

これからどうしたらいいか、はっきり見えてきた。

弟ふたり――ヒステリックにけたけた笑っているのと、包帯で身を隠しているの――がいる部屋のドアを開け、さっきと同じように、床に腰を下ろしてベッドにもたれる。

「フェリックス、母さんが帰ってくるまで何日かかるかはまだわからない。でも、おれたちなら乗り切れる」

「乗り切るって、どうやって？」

「方法は全部考えた。おまえにも手伝ってもらう」

「なにするんだ？」

「あの青いバッグ、まだ持ってるか？　地図が入ってるやつ」

「うん」

「持ってこい」

「どうして？」

「社会福祉局のあいつは、おれたちをこの家から追い出す気だ。でも、そんなことはさせない」

笑い声はすでに少しおさまっていて、フェリックスはかつてないほどゆっくりと立ち上がる。全然気が向かない、という意思表示だ。

「フェリックス。さっさと持ってこい」

地図の入った青いバッグは、絵はがきほどの大きさしかないが、厚みはチョコレートボンボンの箱ぐらいある。フェリックスのひと投げで、バッグはきれいな放物線を描いて敷居からベッドへ飛び、レオとヴィンセントにぶつかりそうなところで不時着する。

「これでいい？」

バッグの外ポケットが開いていて、コンパスが突っこんである。それが少し邪魔だが、レオは地図を引っ張り出し、広げる。縮尺五千分の一で、ファールンの自転車専用道路も狭い道路も散歩道も、全部載っている。

「ここ、見ろ」

レオが地図の真ん中あたりを指差す。フェリックスは言われたとおり見ようとするが、なにを見ればいいのかわからない。

「なに？」

「街から森に抜ける道だ」

　レオの人差し指が移動し、ファールンの端にある小さな地区に入る。そんなに遠いところではない。角張った文字でSLÄTTA（スレッタ）とある。そこのようすなら、フェリックスはよく知っている。何度か行ったことがあるのだ。スレッタ地区には弱小サッカーチームがある。

「で？　それがどうしたの？」

「あとで全部説明する。そこに着いたら」

「そこって？」

　レオが急いで地図を畳む。紙に新たな折り目がついていくのを、フェリックスはほとんど身体で感じる。

「レオ、そこってどこ？　それに、その地図、用事が済んだら返してよ。だめにするなよ。十五クローナもしたんだから」

「こんなクソみたいな地図、用事が済んだら十枚だってくれてやる。ほら、おまえも来い。見せてやるから」

「なにを？」

「すぐにわかる」

「このミイラはどうするのさ」

「ひとりになりたいって言ってたからな。ひとりにさせてやろう。すぐ帰ってくるし」

見張り台。昔はそう呼ばれていたらしい。広場を囲むいばらの茂みの奥にある、小さな丘。ふたりはそのてっぺんで、しっかりと身を寄せあってしゃがんでいる。風が髪をなびかせ、広いアスファルトの地面で落ち葉が眠そうに舞っている。

ほんの束の間、めちゃくちゃだった今日のことを忘れそうになる。

「なあ、レオ」

「なんだ」

「ぼくたち、なにしに来たの？」

「すぐにわかる」

そして、レオの頰がさっとこわばる。すっかり集中して、周囲のすべてを切り離しているしるしだ。レオはときどきこういう顔をして、自分の殻に閉じこもる。フェリックスは兄の視線を目で追う。母さんぐらいの歳ごろの女の人がひとり、広場を横切って歩いている。レオがじっと見ているのはその人だ。いや、というより、その人が右手に持っている革のバッグを見ているのか。

「あのバッグ、見えるか？」

やっぱり、バッグのほうだった。茶色で、あまり重そうには見えない。

「うん」

「なにが入ってるか知ってるか？」

「レオは知ってるの？」

「まあな」

「なにが入ってるんだ？」

「二万五千。四万のこともある。五万入ってることも」

「五万って……なにが五万？」

「金だよ。五万クローナ」

女の人は、広場の片側にあるＩＣＡスーパーを出て、向かい側にある銀行に向かっている。ヒールの高い革のブーツを履いて、大股で毅然と歩いている。風が靴音を見張り台まで運んでくる。

「毎日、ああして歩いてる。店が閉まるときに。同じルートだ。バッグを手に持って広場を横切る。着いたら、バッグごとあれに放りこむ。見えるか？」

レンガ造りの銀行の外壁に着くと、女の人は金属製のひきだしを開け、ななめにして、持っていたものを手放す。歯のない口に、革のバッグがのみこまれる。

「店の売上金だ。あれを口座に入金する」

「なんで知ってるの？」

「店主の息子がいつも、学校の喫煙コーナーで自慢してる」

女の人の用事は済んだ――バッグなしで、店へ戻ろうとしている。このあたりでいちばん大きなICAスーパーへ。

「なあ、ぼくたちの用事も済んだ？　もう帰りたい」

「おまえ、どうしてここに来たかわかってるか？」

「ヴィンセントがひとりぼっちだ。帰ろうよ、レオ」

「あの革のバッグ。あれを取る」

フェリックスは立ち上がったばかりだ。が、またすとんと腰を落とす。

「あのバッグを……取る？」

「そうだ」

「取るって……どういう意味？」

「かっぱらうんだよ。略奪作戦（ハイスト）だ」

「ハイスト？」

「英語。最高に賢い作戦ってことだ」

「それのどこが賢いんだよ。うまくいくわけない」

「うまくいく。やり方はわかってるんだ。あのおばさんが金を放りこむ直前。そこを狙ってひったくる」

「でも……」

ヒールの高い靴を履いた、母さんと同年代の女の人に、連れが現れる。フェリックスが口をつぐんだのはそのせいだ。警備員。制服を着ている。この商店街を見張るのが仕事で、朝から晩までぐるぐる歩きまわっている。そしていま、広場の真ん中であの女の人と落ちあっている。

「げっ。ロッバンの兄ちゃんだ。あの警備員」

「大丈夫だ」

「カチカチって呼ばれてる。警棒を持ってて、大きなトランシーバーをカチカチ言わせてるから。あいつ、レオのこと知ってるだろ。まずいよ！」

「それも大丈夫だ」

フェリックスは警備員を、ロッバンの兄貴を長いこと見つめる。

もし、レオがあのバッグをひったくったら。もし、ほんとうにそんなことをしたら、きっとカチカチにあっさりつかまる。大股で、ほんの二、三歩。それで追いつかれて終わりだ。

「うまくいくもんか。レオ、聞いてる？　カチカチの足の速さ、知ってる？　もしそれでつかまらなくたって……顔でレオだってばれるよ」

「絶対につかまらない」

「なんでそんなことが言えるのさ。馬鹿だな！　わかんないだろ！」

「大丈夫だって。そう言っただろ？　変装は欠かせないな。あと、襲撃をかける前に、ニセの手がかりを撒いておく」

警備員が大きくなったように見える。いや、というより、フェリックスの目にはあの制服と、警棒と、トランシーバーしか映っていない、と言ったほうが正しいだろうか。その一方で、レオには警備員が全然見えていないかのようだ。

「帰りたいよ」

「もうちょっとだけ」

「レオ――帰ろうよ。警備員だよ。ロッバンの兄ちゃんだよ。それに……」

「少しだけだ」

フェリックスがレオの上着の袖を引っ張る。

「レオ、まただ……あのときと同じだよ！　昔……」

袖を引く手に力を込める。

「……ケッコネンとやりあったとき。父さんのナイフを持ち出したとき。ぼくの話を全然聞かないで、自分の中に閉じこもってた。ぼくのこと無視して、自分のことだけ考えてた」

フェリックスは立ち上がり、歩きだす。すぐに足音が聞こえてくる。レオが走ってくる音だ。

「フェリックス……待て！」

レオが追いつき、ふたりは並んで歩く。

「おまえもやるんだぞ」

「レオ――絶対いやだ」

「おまえがあの警備員野郎の気をそらすんだ！」

「わかんないの？　やりたくないよ！　そんなこと、絶対にするもんか！」

レオは弟の肩をつかむ。力は入れていない。こわばった肩を両手でやさしく包んで立ち止まらせる。そして、微笑む。笑い声も少しあげてみせる。ときおりふざけていっしょに笑うときのように。

「フェリックス？　おまえとおれならなんだってできる。力を合わせれば。力さえ合わせれば、カチカチなんかあっさりかわせる。陽動作戦ってやつだ。あの馬鹿にはなにもわからないだろうよ」

「やりたくないよ。やりたくない。やりたくないい」

「話を聞け。全部考えてあるんだ。おまえは……」

フェリックスは目をそらし、両耳をふさいでまた歩きだす。レオがそのあとを追う。さっきと同じように。

「……おまえは怖がらなくていい。怖がることなんか全然ない。あの広場はな、おれたちのもんだ。ほら……」

そう言って、指し示してみせる。腕をいっぱいに伸ばして。

「……あそこに銅像があるだろ？　あの端っこ、ベンチのあいだに。フェリックス、見えるか？　あの銅像——全部済んだら、おれたちはああなる！　あんなヒーローになるんだ」

フェリックスはさらに強く両手を耳に押しつける。

「それにだ、フェリックス、この話のいちばんおいしいところ、わかるか？　一回だけでいいってことだよ。あの革のバッグには、三万、いや、ことによったら四万入ってる。たった一回でそれだけ稼げる」

レオは、もう聞いていないらしい相手、歩く足を止めない相手を見る。毎回こうだ。フェリックスはこうと決めたらけっして譲らない。

そろそろ戦術を変えなければ。

ひょっとして……急ぎすぎただろうか。そうかもしれない。今日はいろいろなことがありすぎた。そちらを先になんとかしないと、なにひとつうまくいかないかもしれない。

社会福祉局のおばさん。お巡り。親切な人の名簿。血。勾留。べつの家。

今日一日で、いろんな言葉を聞いた。耳をふさいでいる相手に説明しなければならなくなるなんて、夢にも思わなかった言葉の数々。その意味をじっくり考えていくと、ひとつのキーワードが浮かびあがる。〝長い時間〟。

三兄弟だけでアパート暮らしをするには長い時間だ。

入院した母さんが快復するには、長い時間がかかる——そう伝えたら、フェリックスはますます不安になり、ますます悲しむだろう。

だが、独房に閉じこめられた父さんが出てくるのにも、長い時間がかかる——そう伝えたら、フェリックスは安心するだろう。

成功を収めるには、どうしても弟の助けが要る。

「おれが変われるなら、
おまえだって変われる」

地味な標識が、数百メートル先で彼を待っていた。金属の棒二本に支えられ、かたくなに左を指している。

刑務所　２ＫＭ

彼は軽くブレーキを踏み、一気にハンドルを切ると、クッションが古くなって弾力を失った運転席に背をあずけた。底なし沼じみたその背もたれに、重い身体がさらに深く沈んで、現実が遠くなる。

変化。

走りつづける力がなくなったら。帰り道が見つからなかったら、いや、どこが家なのかさえわからなくなったら。

そうなったら、遅かれ早かれ、人は変わらざるをえなくなる。まぎれもない真理だ。彼はそう確信している。

そして、いま走っているこのカーブの多い脇道が、高さ七メートルの塀につきあたって終わることも、彼はまぎれもない事実として知っている。長い監禁の象徴である、あの分厚いコンクリート塀。今朝からは、ふたりがともに歩む次なる人生の象徴だ。

刑務所の訪問者用駐車場はがらんとしていて、彼はその奥まった端に車をとめ、サイドウィンドウを下ろして新鮮な空気を入れた。だが、足りない。もっと空気を求めてドアを開け、すき間に左脚を沿わせてするりと車外に突き出した。ドライクリーニングに出した幅の広いスラックスが四月のそよ風にはためき、磨いたばかりの革靴が乾いたアスファルトを叩く。

ケーブルが垂れ下がり、音割れを起こしているカーラジオのスピーカーから、途切れることなくポップスが流れている。彼はダッシュボードに向かって身を乗り出し、スイッチを切った。ゆっくり深呼吸をして、目を閉じ、まぶたの裏で光るいくつもの色の粒が消えるのを待つ。そうしていると、静けさの中で、塀の途切れているあたり、あの森の端から、鳥のさえずりが聞こえるような気すらしてきた。

八時二十二分。

あと、三十八分。

いつ寿命が来てもおかしくないおんぼろ車だが、時計はまだあてになる。

そして、その時計が示している時間——いつもは追い立てられている気しかしない、不安や混乱の源であるこの時間というものが、今日はすべての中心にある。彼らしくもなく、時間厳守で来よう、と固く心に決めていた。それにしても、時間厳守？　なにを守るというのだろう？　いずれにせよ、守るべき時間は、四月三日、午前九時。長い、長い歳月を経た末の、なにより大切な瞬間だ。

冬らしさを残した早春の太陽が一分ごとに強さを増し、ストックホルムの北四十キロのところでぽつんととまっている車に鋭い光を投げかける。拭いていない窓ガラスを日差しが打ち、汚れの膜を切り裂いて差しこんでくる。イヴァンはサンバイザーを下ろし、上に有刺鉄線のついた外側のフェンスに目をやった。エステローケル刑務所。長期の懲役刑を科され、危険人物とみなされている服役囚が、残り少なくなった刑期を務めあげる場所だ。

それにしても、見れば見るほどはっきりする——実に見苦しい、いまいましい塀だ。果てしなく長い側面は灰色、裏側も灰色、だが正面だけはけばけばしく真っ赤に塗られている。それで訪問者の気分が明るくなるとでも思っているのか。まあ、色などどうでもいい。いまはあの門、これから開くあの鉄の門扉がすべてだ。あの門扉から、もうすぐ長男が出てくる。そして、閉じこめられていた人間はまさにその瞬間、自由への第一歩を踏み出す瞬間に、決断を下すのだ。あの中で日々が過ぎていくあいだに決めるのではない。塀の中ではろくにものを考えることなどできない。イヴァン自身はあの中にいたとき、カビと小便の味のする密造酒ばかりひたすら飲んでいた。オレンジジュースに腐ったリンゴと古いパンを入れて、暖房の後ろで発酵させた代物だ。だが、二年前に自由への第一歩を踏み出したときに、決心した。もう一滴も口にしないと。そして、その誓いを守ってきた。茶番じみた集会に出ることも、奇跡の禁酒メソッドとやらに頼ることも、輪になって手をつないで声を合わせて歌うこともなく。

イヴァン・ドゥヴニヤックは投獄されていたが、その心は閉じこめられていなかった。父親が変われるのなら、息子だって変われるはずで、その変化がこれから起こるのだ。あの赤い塀に開いた門扉を、レオが開けた瞬間から。息子が幼いころに父親が過ちを犯すことはままある。だが、そんな父子でも、大人どうしとしてあらためて向きあえるはずだ。

エンジン音。さっき走ってきた、曲がりくねった坂道のほうから聞こえてくる。

鳥のさえずりをほとんどかき消さず、むしろ共存している車。小型の日本車だ。最新型ではないが、真っ青で、きれいに洗ってある。あれなら窓ガラス越しに外を見ても目がちかちかすることはないだろう。車は駐車場の反対側の端に停まった。背筋を伸ばしてみると、前部座席に女と男がひとりずつ座っているのが見えた。自分と同じように、ずっと会いたかっただれかの出所を待つ訪問者——釈放はいつも同じ時刻に行なわれる。自分が出所したときには、だれも待ってなどいなかったが。前回と前々回は、三人の息子たちの母親すら来なかった。

女のほうが助手席に座っていて、青地に白の水玉模様のスカーフを頭に巻き、濃いサングラスをしている。どうやらコートを着ているようだ。運転席の男は褐色の髪をしている。散髪に行ったほうがよさそうな髪型だ。最近はああいう、少々長すぎるのが流行りらしい。

ダッシュボードの時計。八時三十三分。あと二十七分。

時間厳守もいいところだ。

イヴァンは目の粗い櫛のように指を広げて髪を梳き、バックミラーをちらりと見た。恰好よく見せなければ、と思ったわけではないが、内面で始まった変化を、外からも見てとれるようにしたかった。

そのとき、駐車場の反対側にとまった車のドアが開いた。女だ。塀に近づいて立ち止まり、そこで待っている。腕を組み、左右の足に均等に体重をかけて、視線を門に向けてじっとしている。揺るぎのない、毅然とした態度だ。

不意に、わかった。

サングラスを取らなくても。

あの女がだれなのか。だれを待っているのか。

十八年。これまで省みずに暮らしてきた過去。十八年を経てなお、女の脚は変わらず安定し、視線もしっかりしている——あのときも女はこんなふうに立って、こちらを見ていた。自分が女の家のドアを開け、子どもたちのそばを素通りして、キッチンで女を殴り、殺そうとした、あのとき。

ブリット＝マリー。

感情は消えるものではない。憎しみは有害なウィルスのごとく体内に潜伏し、ある日なんの前触れもなく、思考のすき間で膨張し、爆発する。

あのとき、黒いプラスチックの呼び鈴に指を置いて立っていた自分には、選択肢があった。結局、引き返さない道を、階段を下りて車に戻りはしない道を選んだ。だが、いまなら違う行動をとるだろう。あの女も、あのときとは違う行動をとるだろうか。

イヴァンはさらに少し身を乗り出して、窓ガラスの内側についた汚れの層だけでも拭き取ろうと、拳を握ってガラスにこすりつけた。そうして向こうの運転席の男がいくらか見えるようになると、左右の肺のあいだがぐっと締めつけられた。抑えなければならない憎悪。長いこと縁のなかった感情だ。これほどまでに強い憎しみなど。車を降りて、ブリット＝マリーのもとへ、自分にはイヴァンの息子を待つ資格があると思っているらしい車中の男のもとへ行こうと、全身が準備を整えている。あの豚野郎の顔が見たい。いまのブリット＝マリーを、彼女があれからどうなったかを知りたい。どんな連れ合いを選ぶかで、そいつがどんな人間かわかるというものだ。

もう一度バックミラーに目をやり、指を広げて髪を梳いた。上着の襟を折り返さなければ。黒いシャツの裾を、きちんとズボンに入れておかなければ。

過去になにがあったにせよ、これからなにが起こるにせよ、自分たちは一体だ。固く結びついている。

ともに子どもをつくるとはそういうことだ。永遠に結びつく。

身内への責任を果たすこと。身内を信頼すること。そうして、外の世界と対峙すること。

彼は車を降りて歩きだした。あの女があそこに立っているつもりなら、実父である自分もまた、出所する服役囚が出てくるあの門のそばに立っていなければならない。ぴかぴかの日本車に乗っている新しい男よりも、もっと近いところに。まったく、新しい男だと？どうしてそんなやつを連れてきた？　ムショ暮らしがどんなに人を痛めつけるものか、あの男は知っているのか？　箱の底から私物を拾い上げて、受領証にサインして、様変わりした現実に向かって一歩を踏み出したことが、あいつは一度でもあるのか？

なにも知らないに決まっている。車にこそこそ隠れていやがる、ただの腰抜け野郎だ。

イヴァンは塀を、門を目指したが、もっと大股で歩かなければ、とすぐに考えた。自信満々に歩かなければ。心の中の嵐を表に出してはならない。歩みが速すぎてはまずいし、血気盛んすぎるのもまずい。地面に足を置くごとに、そこで落ち着きを取り戻すのだ。いまの自分に戻るのだ。

顔を少し横に向けて、あの車の中をのぞきたいが、そこまで気にしているのをあの女に悟られたくない。ひょっとすると、女がかつての夫に話しかけられているのを見れば、長髪野郎もしかたなく車を降りてくるかもしれない。あの女はイヴァンについて、あらゆることを話しているだろうから——いや、あの女の記憶にあるイヴァンについて、と言うべきか。

ブリット＝マリー。

まもなく開いて息子を解放する鋼鉄の門の端に、微塵も揺らぐことなくしっかりと立っている。イヴァンはそちらへ向かったが、彼女に近づきはしなかった。まだだめだ。門の反対側の端で立ち止まる。まずは反応が見たい。

ひとこともない。

一瞥もくれない。

蠟人形のように立っている。無言のまま、こちらを見もしない。

「おれは……変わったぞ、ブリット＝マリー」

まるでイヴァンなど存在しないかのように。なんの音沙汰もなく過ぎ去った長い年月ですら、まだ足りないかのように。

「それに、ブリット＝マリー、おまえはあの場にいなかった。あの家に。おれたちが逮捕されたとき」

激しい吹雪。側溝にはまって動けなくなった逃走車。警察の特殊部隊に取り囲まれた別荘。

「だがな、おれはいたんだ。あのとき、あの現場に。ブリット＝マリー、聞いてるか？　もし、おれがいなかったら……おれはな、ブリット＝マリー、あのとき生まれて初めて、まずいときにまずい場所に居合わせて、それでも正しいことをした」

おれは、時間を稼いだ。そして、成功した。

「おれがいなかったら、レオは絶対に降参しなかった。わかるだろう。おれたちの長男は、きっと生き延びられなかった。聞いてるか？　ブリット＝マリー」

「イヴァン」

彼女がこちらに向かって話す。イヴァンは存在しているわけだ。ふたたび。

「あんたね……本気で言ってるの？　そんなこと妄想して暮らしてるわけ？　そうしないと後ろめたくて耐えられないから？　イヴァン──あんたはね、なにも食い止めてなんかいない！　あの子たちが小さかったころ、あんたがあんなふうじゃなければ……ああ、もう、そうしたら、レオは絶対に銀行強盗なんかしなかった！　だれもいない別荘に立てこもって、警察の特殊部隊に囲まれることもなかった──しかもよりによって、あんたといっしょに！」

サングラスはかけたままだが、間違いない、その目はこちらを見据えている。

「それに、フェリックスとヴィンセントだって、刑務所に入らなくて済んだはず」

イヴァンが近寄る。ふたりの距離はこれで、巨大な門の幅の半分だけになった。鉄格子のすき間から、中央警備室と、出入りするための通路が見える。

「あのころ、イヴァン、子どもたちが小さかったころ……あの環境があの子たちに影響した。氏族の結束がどうのこうのっていう、あんたの馬鹿馬鹿しい考え方が！」

ブリット＝マリーが話しているあいだにも、イヴァンは近づいていく。距離はもう一メートルもない。

彼女は恐怖心をかけらも見せない。あるのは、断固たる決意。それだけだ。

「別れたあとも、あんたはあきらめなかった！　続けずにはいられなくて、わたしたちを追いかけて、わたしの新しい人生に土足で踏みこんできた。そして、あのとき、イヴァン、あんたが息子たちの目の前でわたしを殴り殺そうとした、まさにあのときに、あの子たちをかたちづくった環境から、新しいなにかが顕在化した」

「顕在化だと？　クソみたいな言葉を使いやがって。そんな話し方するようになったんだな？」

「レオがあんなことをしたのはあんたのせいよ、イヴァン！」

「おいおい、待てよ――こんなふうにムショの塀の前で長男を待つはめになったのは、おまえが家族をばらばらにしたせいだろうが」

彼女がいまも美しいのか、品のある老い方をしているのかどうかは、よくわからない。スカーフは額まで覆っているし、頬もほとんどサングラスで隠れている。だが、少なくとも薄い唇は変わっていない。怒ったり苛立ったりするときつく結ばれる、あの薄い唇だけは。

「で……新しい男を連れてきたのか？」

イヴァンは磨きあげられた車をちらりと見た。さきほどよりも距離は縮まっている。それでも中はあまり見えない。スモークの入った窓ガラスの向こうには、青白いものがぼんやり見えるだけだ。頭の輪郭すらはっきりせず、長い髪、ひげのない顎。反射する光のせいで、年齢すら見当がつかない。

「あの男はそれでいいのか、ブリット＝マリー？　レオは知ってるのか？　赤の他人が自分を待ってることを？」

かすかな笑み。嘲りのまじった微笑。ついさっきまで一本の線でしかなかった唇が、よりによってそんな表情をかたちづくる。喜んでいる。心から楽しんでいるのだ。運転席の腰抜け野郎を、おれが気にしていることを。

もう一度、男の姿を見極めようとする。

無理だ。

が、磨きあげられたフロントガラスの向こうの目は、明らかにこちらを注視し、こちらの動きを追っている。そして、やがて――上体の向きが変わり、腕が上がった。連れの男が、ドアを開けて車を降りる覚悟を決めたのだ。

「どうかした？」

若い男の声。驚いた。これは予想もしていなかった。

自分と変わらない背丈、同じ褐色の髪。広い肩幅も、自分とよく似ている。

おれを若くしただけのような男を選んだのか。まったく、なんと……凝り固まった女だろう。

「母さん、大丈夫？」

イヴァンにははじめ、その意味がわからなかった。

母さん？

ということは、つまり……だとしたら、これは……ほんとうにそうなのか？

「なあ、母さん――大丈夫なのか？」

イヴァンと同じ身のこなし。ぶらぶらと揺れる前腕。荒っぽいしぐさはやわらかくなり、おのずと存在感を放っている。フェリックス。ふたりのあいだに割って入るべく、門へ向かってくる。もうすぐ三人ともが、閑散とした広い駐車場の片隅、このちっぽけな一角に集まることになる。奇妙に張りつめた力の場に。

「フェリックス？　おまえなのか？　なんと……」

もうはっきりとわかる。次男は、自分と変わらない背丈ではない。息子のほうが長身だ。肩幅も彼のほうが広い。

「……なあ、フェリックス、いつか近いうちに会わないか……おれとおまえだけで。どうだ？」

あまりにも長い年月。ブリット＝マリーのみならず、この息子とも長いあいだ音信不通だった。あの夜更け――フェリックスとヴィンセントがレオのもとを訪れ、最後の銀行強盗をやめさせようとしたあの夜、廊下で過ごした数分をべつにすれば。ふたりが玄関扉を開けたとき、中にいたのは、足を洗った彼らに代わって強盗に参加することになった男――彼らの父親だった。

「会うって？」

「会って……話がしたい。聞かせてくれ。いまはなにをやってるのか。元気にしてるのか」

「あんたには関係ない」

過去のできごとが立ちはだかって邪魔をしているのは、問いかけを口にする前からもうわかっていた。フェリックスの顔を見れば察しがつく。

「しかし、なあ、久しぶりじゃないか」

「あんたと話したいことがあってもな、イヴァン、ここで話すつもりはない」

話さなくても、その顔は雄弁だ。

〝親父、あんなクソみたいな銀行強盗に手を貸しやがって！　おれもヴィンセントもあのせいで、何年もムショ暮らしをするはめになったんだぞ!〟

父親を見下ろし、糾弾する顔。もう二度と言葉を交わさないであろう元夫婦を隔てる盾。

イヴァンは時計を見た。今回はダッシュボードではなく、チクタクと鳴る腕時計のほうだ。自分に向けられた軽蔑の念から逃れようとしたのか。あるいは、自分にはどうもつかみきれない、この時間というものに、ようやく意味が生まれたからだろうか。

長男が自由の身になるまで、あと十八分。

自分が酒を一滴も飲まなくなってから、もう二年。

自分が変われるなら、レオだって変われるはずだ。

彼は数百メートルもの長さのある地下通路を歩かされている。砂埃(すなぼこり)舞う刑務所の中庭の下をくぐる、まっすぐで窓のない移送用通路だ。ごわつく生地のシャツとズボンが肌を擦(す)る——が、今日はなにも感じない。看守の硬い靴音がコンクリート壁にこだまする——が、今日はその音も耳に入らない。

地下通路は一定の距離ごとに、鍵のかかった金属扉で区切られている。次の扉の手前、左側に、C棟の各区画に上がる階段がある。だが、今日は直進だ。看守たちがふたりとも、天井でジーッと音をたてる監視カメラに目をやり、数秒待つと、カチリという音とともに中央警備室から扉のロックが解除された。

一行の頭上では、ちょうどほかの受刑者たちが決められた刑務作業に向かっているところだ。機械作業場に行く者もいれば、所内の小さな工場に行って、赤や緑の木片を組み立てたり、ネジをサイズごとに分類したりする者もいる。

彼もそんな作業をしてきた。毎日、毎週、延々と——はじめの五年は、スウェーデンにふたつしかない重警備刑務所、クムラ刑務所とハル刑務所を行ったり来たりし、最後の一年はエステローケル刑務所で過ごした。殺人犯や暴力犯、麻薬の密売人、自分たちとはべつの銀行強盗犯と肩を並べて、ベルトコンベアのそばで木片を仕分けした。やがて夜になり、独房に閉じこめられて過ごす時間が始まると、彼は読書にふけった。まず、自分の裁判の審理に使われた警察の捜査資料を、ひととおり読んだ。すべての銀行強盗や現金輸送車襲撃について、それぞれべつに捜査が行なわれていたほか、ストックホルム中央駅に爆弾を仕掛けた件、〝警察に対する脅迫〟とされた件の捜査資料もあった。警察官の書いた下手な文章、計六千ページ。そうして取り調べの内容や論証の流れを頭に入れてしまうと、今度は本を読むようになった。彼にとっては、読書も木片の仕分けもたぶん同じことだった。脳を遮断して、時間を基準にしてものを考えるのをやめようとしたのだ。それまでは、いつも時間とともにあった。どれくらい時間が経っているか、彼にはいつだってわかっていた。正確に。身体の中で時計が秒を刻んでいた。ところが投獄されて、彼は初めて、過ぎ行く日々や季節を意識するのをやめた。そうすれば、なにがあろうと、何者に出会おうと、心を乱されることはなくなった。

次の金属扉。

また監視カメラを見る。ジーッという音、カチリという音。

そうして一行は、地下通路をさらに進んだ。その先には、自由がある。向こう側の世界では、時間が前に進んでいる。

これからは、ふたたび時間を利用するのだ。時間の一部となる。秒数を、呼吸の数を、身体で感じる。あの塀に開いた大きな鉄格子の門を抜けたあとに、自分がなにをするつもりかは、もうはっきりとわかっている。

奪い返すのだ。

存在しないものを奪う。

地下通路に、扉がもうひとつ。だが、これはコンクリート壁についている。収容区画への階段につながってはいないし、中央警備室から解錠されることもない。受刑者の私物が保管されている倉庫の扉だ。いかにも地下倉庫らしいにおいのする麻袋に入れられて、そこらじゅうに乱雑に置いてあるのは、刑期の短い連中の私物。手書きの名札のついた段ボール箱は、エステローケル刑務所のほかに家を持たない、刑期の長い受刑者の私物だ。

「ドゥヴニヤック」

「ああ」

「おまえの私物は――いちばん奥の、左の壁ぎわだ」

象徴的な出所。何百とある箱の中から、目当ての箱を探し当て、過ぎ去った時を取り出して、逮捕の日までさかのぼる。あった。０３３８、ドゥヴニヤック。銀色のガムテープを引き剝がし、蓋の部分を開けて外側に折り曲げる。

いちばん上に、あのとき身につけていた腕時計があった。四時十五分。電池はとっくの昔に切れている。彼はそれを右手首に巻いた。それから、財布。仕切られたポケットのひとつに、しわくちゃになった百クローナ札数枚、べつのポケットには期限切れの運転免許証。最後の銀行強盗を終えたあとは、それを使って逃げる計画だった――クリスマスイブの前日、プレゼントを満載した車で親戚の家のクリスマスパーティーに向かう、ごくふつうの家族として。だが、吹雪と側溝に阻まれた。それと、ヨン・ブロンクスという名の刑事にも。

箱の中、衣服の山の中に、あのズボンもあった。いまなお土まみれで、吹雪の中で氷が割れて落ちた、あの沼底の泥のにおいがする。

失敗のにおい。

「この汚いのは捨ててくれ。新しいの、どこかにあるだろ」

ズボンを箱の底へ、同じように悪臭を発しているセーターや下着、靴下、ブーツの上に落として、待った。看守の片方が、倉庫の真ん中にできたべつの山の中を探っている。

「ほら」

ビニール袋が空中に大きな弧を描いて部屋を横切る。彼はそれをキャッチして中身を出した。母が最後の面会のときに持ってきてくれた服だ。ぶかぶかで不恰好な囚人服を身体からむしり取り、六年を床に落とす。

「家族総出で待ってるのが見えたぞ」

服の入ったビニール袋を投げてよこした看守は、まともな会話を交わすことのできる数少ない相手のひとりだった。だれにも見られていなければの話だが。

「兄弟ってのはそういうもんだよ。とくにおれの弟たちはな」

「おまえの弟……しばらく前に出所したよな？」

「二年前。もうおれと同じくらいの年ってわけだ。三分の二。この中じゃ年は取らないから」

「それなら、最悪の時期は乗り切ったんだな。信じられるか？　ムショにいた人間の三分の二が、出所からたった数ヵ月でまたここの扉を叩く。再犯率ってやつだよ。おまえがその三分の二に入らないことを願うばかりだ」

新しいジーンズ、靴下、下着。清潔なシャツ。軽いウインドブレーカーに、リーボックの黒いスニーカー。どれもこれも、ここに入れられたときと同じサイズだ。

中央警備室に上がる階段。鍵のかかった最後の扉。彼はガラス張りの室内に目をやり、事務用椅子を軽く揺らしながら座っている制服姿の女を盗み見た。そのまわりは、小さく四角いモニターの数々で、床から天井までびっしりと埋め尽くされている——六十四台の監視カメラがとらえた白黒映像。レオ・ドゥヴニヤックという名の受刑者はもはや、その監視対象ではない。

あと、ほんの少しだ。

あの灰色の、醜い、高さ七メートルのコンクリート塀までの距離。向こう側で待っている人たちまでの距離。抱擁の感触が早くも身体によみがえる。固い、温かな抱擁。顔を合わせればいつもそうだった。弟たち。フェリックスと、ヴィンセント。

この世界で、六年を過ごした。

いま、自由な人間として、家族のもとへ向かっている。いまなお自分たちをとらえて離さない絆で結ばれた、家族のもとへ。

鉄格子の門まで、アスファルトの前庭を二十歩進んだ。門がゆっくりと開く。息をするのがたまらなく心地よい。閉め切られ区切られた埃まみれの空気はもうない。深呼吸をしようと立ち止まり、息を吸いこむと、くらりと目眩がした。次の瞬間、彼らの姿が見えた。来るだろうと思っていた、来てくれることを願っていた、三人。毎日、何度も思いを馳せ、会いたいと焦がれつづけた三人。母さんと、フェリックスと、ヴィンセント。

近づいていく。だが、なにかがおかしい。

中央はフェリックスだ。ふたつの島のあいだに立つ国境警備兵のごとく立っている。もう何年も顔を合わせていないが、見間違いようがない――褐色の髪、広い肩。その横、左側――やや白くなった、赤みがかった金髪、猫背ぎみの姿勢、母だ。着ているコートは、同じようなものを何着も持っているうちの一着だろう。だが、フェリックスをはさんだ反対側、右側にいるのは――ずいぶんとめかしこんで、灰色のスーツをきっちりプレスまでしたらしい、あの男は……親父か？　どうしてあの野郎がここにいる？　それに、ヴィンセントは——どうしてあいつはここにいない？

門扉がおずおずときしむのをやめ、すっかり開いた。そして、それがまた徐々に閉まりはじめる中、彼はもう二度と戻るつもりのない場所に背を向け、外の世界への第一歩を踏み出した。

まず母を抱きしめた。なんと小さいのだろう。両腕の中におさまってしまう。

「服をありがとう、母さん」

「うれしいわ、レオ、あんたがやっと外に出られて、どうしていいかわからないぐらいうれしい」

ふたりはしっかりと抱きあった。自由の身になってする抱擁は、まるで違う感覚だ。これからは、力を与えてもらうだけではない。こちらから力を与えることもできる。

それから、フェリックス。

「久しぶり」

固い抱擁。いつもと同じ。

「ほんとにな、兄弟」

それから……レオはぐるりと一回転する。もう一度。駐車場に視線を走らせる。

「ヴィンセントはどうした？」

「ああ、ええと……仕事してる。手が離せないんだって」

「六年ぶりだぞ、フェリックス。なのに、手が離せない？」

「めんどくさい客がいるらしくてさ。わかるだろ、そういうの」

もうひとり。親父だ。両腕を広げて立っている。抱擁などしたことはないはずだが、ほかのふたりがしているのを見たせいだろうか。

「レオ、息子よ」

「あんたが？　思いもよらなかったな……あんたがここに来るなんて」

腕は広げられたまま。

イヴァンが最後の一歩を踏み出して、レオを抱擁した。

「レオ、おれが変われるなら、おまえだって変われるぞ」

むりやりの抱擁。そして、父はそうささやいた。もう一度、同じ言葉を繰り返す。もっと大きな声で。

「おれが変われるなら、おまえだって変われるんだ」

「親父、なんの話をしてるんだ？」

広げられた二本の腕が、ぴんと立てられた二本の指に変わる。

「二年だ、息子よ」

「二年がどうした？」

「出所してからの二年。そのあいだ、一滴も飲んでない」

抱擁。なんのにおいもしなかった。父がいつも身にまとっていた、赤ワインのかすかなにおいが、なくなっていた。

「なあ、レオ、よく聞け。これから……」

「あとにしてくれ」

「あと？」

「時間がない」

「出所したっていうのにか！」

「だからだよ。用事が山ほどある」

父はその場から動かない。

「なあ、レオ。フェリックスと……この女まで来るとは知らなかったから、ふたり分しか予約してないんだよ。おまえとおれ、ふたりで昼飯を食って祝おう。話さなきゃならないこともあるし……」

「それは今夜だ」

一滴も飲んでいない？

レオは父親をまじまじと眺めた。そう聞かされたところで、たいして安堵したとは言えない気がする。最後に会ったときにも、この男は飲んでいなかった。襲撃前の数日間は完全に酒を断つこと、それがレオの出した条件だったから。

それでも、失敗した。

だから、これからしばらくは、父を遠ざけておく必要がある。完全にはねつけるのではなく。ときおり顔をのぞかせる、あの厄介な父性本能とやらを、いたずらに呼び起こすこともなく。

「夜ならいいのか？」

「ああ。夜なら、ちょっとは会えると思う。その前は……やることがあるから。いいか？」

レオは失望のまなざしから目をそらし、父が乗せてやろうと指差した、うすよごれたサーブの脇を素通りして、そのまま歩きつづけた。塀から、刑務所の門から、囚われの身で過ごした日々から、離れていく――すでにべつの目的地へ向かっているのだ。

ストックホルムの南西、数十キロのところを走る高速道路へ。

そこにある、なんの変哲もないパーキングエリアへ。

そこで、まず過去を掘り出す。それから、存在しないものを奪う。

幸せを感じてしかるべきだろう。腹の底まで沁みわたる幸せを。自由。六年ぶりに、どこでも好きなところへ行ける。いつでもどこでも気ままに車を停め、小便をすることだってできる。だが、門の前で待っていた三人の、あの組み合わせは予想していなかった。人数は合っていた。母さんと、フェリックス。そこまではよかった。だが、三人目は親父ではないはずだった。〝めんどくさい客〟。何年も経ってようやく兄に会えるというときに？

レオは長らく目にしていなかったストックホルムを南に抜けた。ヴェステルトルプ、フルーエンゲン、ブレーデンと、郊外に並ぶ町への出口を通り過ぎる。高速道路が旧道と並走している区間に入ると、身体をひねってあの森を見ずにはいられなかった。蚊の飛びまわる中で幾晩も苔の上に伏せ、軍の点検係を監視して、その動きを観察していた場所。当時はまだ前科のない、顔を知られていない存在で、塀の中にも外にも知り合いの犯罪者などひとりもいなかった。軍の武器庫をひそかに開け、二百二十一挺の軍用銃をごっそり奪い取った、あの当時は。

いまの彼は、考え方もやり方も変えなければならない。

果てしなく広がっているように思える風景の中、ゆっくりと旅をする。独房の扉にも、剃刀(かみそり)のように鋭い有刺鉄線をかぶせられたコンクリート塀にも、いっさいさえぎられることのない風景。サーレム、レニンゲを過ぎ、ハルへの出口に向かって手を振る——クムラと並んで、スウェーデンで最も警備の厳重な刑務所のある町。刑期中に三回も世話になった場所だ。刑務所のシステムは、そういうふうにできている。夜も明けきらない時間に、なんの予告もなく、いきなり移送される。明日がどんな日になるのか、受刑者にはけっしてわからないように。人脈やネットワークを築きあげる余地のないように。彼は最高レベルの危険人物とされていた。武器庫をこじ開けて侵入するようなやつだ、独房から脱出しようとしてもおかしくない、というわけだ。

セーデルテリエ橋——高架橋、下を流れる運河と、その先に広がる風景、たったそれだけの眺めがこうも美しいことなど、すっかり忘れていた。急な右カーブを曲がって、高速E20号線へ。スウェーデン西海岸のどこか、広い世界に開かれた海のそばで終わる高速道路。だが、海へ行くつもりはまだない。エレブロとストレングネースまでの距離を告げる案内標識のところで初めてブレーキを踏み、次の標識でさらにスピードを落とした。その標識はさきほどのよりも小さく、青地に白の四角、その中にベンチとトウヒの木が黒く描かれ、〝3〟という数字が添えられている。パーキングエリアを示す標識。第一の目的地だ。

ポーランドナンバーのトレーラートラックが一台。トイレが二カ所。ベンチが数台、そのまわりにゴミ箱。

それだけだ。

だからこそ、ここを物置場に選んだ。隠さなければならないものを埋めた。

交通量の多い高速道路沿いに設けられていながら、訪れる人の少ないパーキングエリア。売店も、ガソリンスタンドもない。長いこと刑務所で暮らしたあとに来ても、まったく変わっていない。そんな場所だ。

レンタカーのエンジンを切り、まばゆい日差しの中へ出る。思わずあくびをし、伸びをしてから、あたりを見まわした。人はひとりしか見当たらない。髪が薄く、顎ひげをぼうぼうに生やし、フィルターのない煙草を口の端にくわえている。フラシ天のカバーをかけたハンドルと向きあって生涯を過ごす、長距離トラックの運転手だ。

レオは男に向かって挨拶代わりに軽くうなずいてみせ、同じしぐさが返ってくると、もはやどうでもいいその男に背を向けた。車がひっきりなしに猛スピードですぐそばを走り抜けていく中、その反対側、森の中のようすをうかがう。ほとんどがマツやトウヒだが、白樺もちらほらと見え、枝が重そうに垂れている。あちこちにまだ雪が残っていた。

七件目の銀行強盗と八件目のあいだ。彼はまさにこの場所に立ち、側溝の縁から三十二歩離れたところにぽつんとある、丸みを帯びた大きな岩を目にとめていた。第一の目印。あのときは秋で、早朝で、堆肥のにおいが漂っていた。いまは雪解け水と、枯れ草と、排気ガスのにおいがする。

レンタカーのトランクへ移動すると、開ける前に長距離トラック運転手に目をやり、彼が煙草に火をつけては昔ながらの煙の輪を吐き出すことにいまだ熱中しているのを確かめた。トランクの蓋を開け、見下ろす。すべてきちんと揃っている。ガソリン満タン、料金の支払いも済んだ状態で、ヴェストベリヤのOKガソリンスタンドでレオを待っていたこのレンタカーには、彼の指示どおりに荷物が積まれていた——トランクの左側にダッフルバッグ、プラスチックの桶、折り畳み式シャベル。右側に、防水ブーツの入った箱、コンパス、すぐに使える設定済みの携帯電話が二台。

靴を履きかえ、上着を畳み、トラックが走り去るのを待った。トラックが交通量の多い欧州自動車道の右車線に入って姿を消し、ほかの生き物が近づいてくる気配もないと確信できたところで、ようやくダッフルバッグを肩に担ぎ、砂利で埋まった側溝を跳び越えて、トウヒの森に入った。濡れた草と解けかけた水っぽい雪にブーツが深々と沈んだが、身体は軽く、力がみなぎっているのを感じる。刑期最後の半年は、筋力トレーニングにかなりの時間を割いた。ほかの受刑者たちのように、筋肉を大きく発達させるためではない。腕立て伏せ、懸垂、ランジ、腹筋などといった自重トレーニングを続けて、なにがあろうと自身の動きを妨げない身体を築きあげ、磨きあげてきた。あのときと同じ状況にまた陥っても――特殊部隊員二十五人に追われる身になったとしても、追っ手を振り切ることができるように。

岩は記憶にあるよりも大きかった。ごつごつした表面をなぞる手は胸の高さにある。やがて指先が細い亀裂に触れた。水気を含んだ冷たい雪が崩れて地面に落ちる。次に立つべき場所はここだ。亀裂に背を向けて立つ。第二の目印を確認するために。

幹がふたつに分かれた木。

片方は澄み切った春の空へまっすぐ伸びているが、もう片方はとっくの昔に朽ちてなくなっている。前回ここに来た時点ですでにそうだった。落雷のせいかもしれない。

木にたどり着くと、残っているほうの幹に背を向け、光沢紙でできた地図に透明なコンパスを当てた。補助線が地図の線と一致するよう回転板を回す。磁針は北を指し、進行方向を示す矢印がななめ左を指す。そこで、残る道のり、九十二歩の移動を始めた。

三つの刑務所にばらばらに収容されたあの日、三人にとっては互いがすべてだった。だが今日、三兄弟の再会の場面に、ひとりは現れもしなかった。

苛立ち。心をさいなみ、ひりつかせ、つかんだまま離さない。

〝十四歩〟

こんなにも長いあいだ引き離されていたのに、末の弟は、自分がおむつを替え、朝食を用意してやっていた弟は、来なかった！

〝二十二歩〟

胸ポケットに入れた、二台の携帯電話。暗号化プログラムが内蔵されているほうは、あとで使うつもりでいる。もう一台はごくふつうの、匿名のプリペイドカード式の電話だ。さっそく使う。保存されている番号を選び、待った。呼び出し音が行き着く先を探している。一回、もう一回、さらにもう一回。応答はない。

〝二十七歩〟

ふたたび電話をかける。呼び出し音の数が増える。

〝いや……二十八歩か？〟

やはり応答はない。

〝それとも、二十九歩？〟

レオは立ち止まり、深呼吸をした。が、なんの助けにもならなかった。数えそこねてしまったのだ。苛立ちが肌の上を這い、針のようにあちこちを刺す。刺して、抜いて、刺して、抜いて。

ヴィンセントが来なかった。そのうえ電話にも出やしない！

来た道を戻る。第二の目印。幹がふたつに分かれた木、残っているほうの幹に背を向けて、光沢紙でできた地図にコンパスを当てる。歩きだし、また歩数を数えつつ、三たび電話をかけた。

繰り返される呼び出し音。そして、聞きたかった声。

「もしもし……?」

あのころはまだ、十代の少年の声だった。いまの声は、二十代半ばの男のものだ。

「やっと出たな、弟よ」

自分が逮捕されたときと同じ年齢。

「レオ?」

「ああ」

「そうだったのか……知らない番号だったから」

「今日、来なかったな」

「それは……」

〝十五歩〟

「……ああ、レオ、ごめん……」

さっきより楽になった。数えるのが。

「……仕事があってさ。コンロの上のタイルをどれにするか、なかなか決められない客がいて……」

苛立ちはしだいにおさまってきた。外からの刺すような痛みも、内からの突き上げるような圧迫感も弱まった。

「仕事？　ああ、母さんから聞いたぞ。ヴィンセント——自分の会社を立ち上げたんだってな！」

「うん」

刑務所の騒々しい廊下の電話で、六回。年に一度。弟と話したのはそれだけだ。そして、いま、後ろでだれかがペンキ缶を開けている音が聞こえて、あらためて実感する。弟はほんとうに工事現場にいる。ひとりの大人として、堅実な生活を送っているのだ。

「じゃあ、会うのはいつにしようか？」

「会う？」

「そうだ、ヴィンセント。会うんだ。おれは末の弟に会いたい」

「いまは、ええと、かなり忙しいから……ああ、どうだろう。おれ……」

「明日はどうだ？　それとも、またいめんどくさい客の相手か？」

「ああ、うん……たぶん、明日は……」

「おれに会いたくないのか？　ヴィンセント」

「違う。馬鹿なこと言うなよ。会いたくないわけないだろ。ただ……」

「なら、いいな。明日、母さんの家で。わかったか？」

「わかった。じゃあ、明日」

〝三十二歩〟。森はひどく静かだ。密に茂った枝をものともせずに差しこんできたしぶとい日差しが、四月なりにあたりを暖めている。〝四十四歩〟。ぬかるんだ穴を避け、周囲に目をやり、もう一度コンパスで方向を確認する。〝五十七歩〟。プラスチックカバーの下で磁針が揺れ、赤い針先が磁北を指す。もうひとつの矢印、進行方向を示す矢印は、彼の未来を指し示している。

あと、三十五歩。

ヴィンセントは長いこと携帯電話を握りしめていた。会話のすべてが手の中に残っている。このまま隠しておきたい、人には見せたくない言葉。なにかを恥じているときはいつもそうだ。

着信音が鳴らないようにしておけば。電話のディスプレイを下にして、パテの入った容器の赤い蓋の上に置いておけば。

もし、また電話が鳴っても。

音も聞こえず、画面が光るのも見えないから、なにも気づかない。電話に出なくて済む。

よくある白いタイル張りのバスルームで、床にひざをついた。真っ白な中で、ハートの形をした鏡の細い縁だけが、まだらに金色の入ったモザイクになっている。その色が、まるで壁からしみ出した膿（うみ）のように見えた。

鏡の中の自分に、微笑みかけようとする。

だが、できなかった。不安げにきつく結ばれた、この唇では。

〝おれに会いたくないのか？　ヴィンセント〟

さっきの自分の声には、いま自分を見つめ返してくるこの目と同じように、後ろめたさが表れていただろうか。だとしたら、レオにはわかっただろう。嘘なのだと。弟が、兄に嘘をついたのだと。

あとは継ぎ目を埋めるだけだ。どろりとした白いものが、タイルのすき間を埋めて壁を造る。キッチンからは、ペイントローラーで天井にペンキを塗りたくる音が聞こえてくる。あと一日で、このマンションの改装は終わりだ。住人が引っ越してこられる。

不安。

なんとか振り払おうとする。

なんでもいい。どんな思考も歓迎だ、いびつで風変わりであればあるほどいい。脳を占め、このすさまじい不安を追い出してくれるのなら。二、三週間前から本格的に胸の中へ入りこんできて、そこからじわじわと上へ広がった、この不安。兄の釈放が間近に迫っていることを、突如としてはっきり実感したのがきっかけだった。

ヴィンセントはがらんとした空間に足音を響かせながら玄関に出ると、あたりを見渡した。いまは、これが自分の仕事、自分の人生だ。刑務所を出た半年後に会社を興した。雇い主に過去を尋ねられるのはもういやだったから。事業はあっという間に軌道に乗った。仕事をひとつこなすごとに次の仕事が舞いこみ、満足した客がべつの客を連れてくれば、その期待にも応えることができた。

いまは仕事がちょうど足りている状態だ。食べていけるだけの収入はあるが、それ以上の余裕はない。それなのに、パートタイムでひとり人を雇っている。キッチンでペイントローラーを動かして天井を塗っているのは、その従業員だ。いっさい連絡を取っていなかったのに、いまや肩を並べてペンキを塗り、釘を打ち、タイルを張っている。とはいえ、このことはまだだれにも話していない。フェリックスにも、母さんにも。いったいどう話せばいい？　なぜこうすることにしたのか、自分でもよくわからないのだ。自分の腕だけでじゅうぶんなのに、なぜべつの腕二本に仕事を頼んだりするのか。ペンキ塗りの仕事を一度だけ手伝ってもらうはずが、なぜ二度目になっているのか。なぜ、こうして同じ場所に立ち、二度と起きてはならないことについて、もうすぐ話をしなければならないのか。

「そこが終わったら、バスルームを頼む。あそこの天井にもむらがあるから」

ヴィンセントはキッチンの入口に立ち、ペンキ塗りに慣れた男の動きを目で追った。

「もうすぐ終わる。それにしても、ヴィンセント、どうだ、これ？　あの客め、つや消しペンキで塗れだとよ。つや有りじゃなくて。キッチンの天井をつや消しにするって、そんな馬鹿がどこにいるんだ？」

天井の高さは三メートル半あるが、ペンキはていねいに、かつ手際よく塗られている。延長棒がまるで塗り手の太い指から直接生えているかのようだ。

「ところで、ヴィンセント——電話、だれだった？　だれと話してたんだ？」

なぜこの男を雇ったか。

心の底では、わかっている。

近づきたい。ぼんやりとした記憶に迫りたい。

ヴィンセントは七歳だ。父さんが戻ってきて、玄関に駆けこんでくる。逆上してはいるが、しらふで、握った拳で徹底的に母さんを殴る。

だからだ。

少なくとも、たぶんそれを期待していた。

だが、ペンキ缶やタイルカッターに囲まれて数カ月をともに過ごしたのに、近づけた気がしない。あいかわらずはっきりしない。

「ヴィンセント？」

「なんだ？」

「い、いや、だれだった？」

　新入りの塗装工が自分を見ている。さほど広くないマンションで、バスルームとキッチンの距離はほんの二、三メートルだ。がらんとした室内では物音がやすやすと伝わる。電話でのやりとりはすべて聞かれていたにちがいない。だれからの電話だったか、この男はわかっているのだ。

「だれって？」

「電話の相手だよ」

「べつに、だれでもない」

　ヴィンセントは喉につかえたものをごくりとのみこんだ。

　レオのことを、だれでもないと言ってしまった。

「だれでもない、だと？　ヴィンセント。だれだと訊いてるんだ。それともなんだ、便器に座ってタイルと話してたのか？」

「わかってるんだろ、だれだか」

　だれでもない。

「レオだよ。レオと話してた。おれの兄貴。あんたの長男」

　だれでもない。

　キッチンに入って父と目を合わせたヴィンセントは、自分を恥じた。さっきと同じように。自分の父親。自分たちの父親だ。無骨な手に握られたペイントローラーが天井から下ろされ、床を保護する硬い紙にペンキのしずくがぽつぽつと垂れる。

「実はな、行ってきたんだよ、ヴィンセント。今朝」

保護紙に垂れたペンキのしずく。ふだんならこういう杜撰さは好まない。表面がすぐに固まり、踏めば半熟卵のようにはじけて、どろりとした中身がほかの部屋の床にまで広がってしまう。

「門が開いてあいつが出てくるのを待った」

ヴィンセントはペンキが垂れたのを見ていたが、それでいて見ていなかった。世界が崩壊するかもしれないというときに、靴底にペンキがつく程度のことで騒ぐ気にはなれない。

「行ってきたって……刑務所に？」

「ああ」

「おれに内緒で？」

父はペイントローラーをトレイに置き、溝のついた長いハンドルを壁に立てかけると、ペンキ缶にどっしりと腰を下ろした。

「ああ。言わないほうがいいと思った」

「言わないほうが……いい？」

「おまえ、レオの話をしたくないようだから」

イヴァンはペンキ缶の見えない背もたれに身体をあずけると、胸ポケットから手巻き煙草の包みと、それを巻くための赤いリズラ紙の小さな箱を取り出し、薄茶色の煙草を薄紙に載せた。

「それともなんだ、おれの勘違いか？　レオの話をしようとすると、おまえ、いつも……なにか磨いたり、パテを塗ったり、とにかく黙って仕事を続けるだろう。返事もしないで」

イヴァンは立ち上がり、窓を大きく開けた。広い出窓でライターを出し、一服目を吸いこむ。

「おまえらはおれの息子だ。切っても切れない絆がある。さんざん教えこんだよな。いまこそ、それを忘れるな。仲違いせずにうまくやれ。ただし銀行は襲うなよ」

「行ったのか？　刑務所の塀まで？」

「ああ」

「そこで、待った？　母さんと、フェリックスと？」

「ああ」

ヴィンセントはじっとしていられなくなった。片方の足が、垂れたペンキのすぐそばにある。

「話はしたのか？　言ったのか？……おれといっしょに働いてるって」

「いや。よけいな干渉はしたくないからな。おまえらはもう大人だ」

さらに何度か煙を吸うと、イヴァンは煙草の滓を春の空気にぺっと吐き出した。

「さて。さっきの電話のことだがな。どうしておまえは行かなかった？」

「時間がなかったんだ」

「時間ならあっただろうが。ヴィンセント」

父がこちらを見ている。見透かしている。後頭部を下げ、顎を前に突き出して、射抜くようなまなざしを向けてくる。レオとフェリックスが話していたとおりだ。よくこんなふうに見つめられたと言っていた。まだ幼かったヴィンセントは気づかなかったし、記憶にもない。

「レオをはねつけるな。あいつにはおまえが必要なんだ。わかるか、ヴィンセント？　レオは変われる。おれが変わったように。おまえが変わったように。おまえたちはまだ兄弟なんだぞ。過去になにがあったかは関係ない」

「はねつけてるわけじゃない」

ヴィンセントは父に一歩近づいた。ふたりの背丈は変わらない。頭頂部を這う豊かな髪の波打ち方まで同じだ。

「はねつけてるとか、そういう問題じゃないんだ。ただ単に、あそこに行って待つなんて耐えられないと思った。あのいまいましい塀の前に立つなんて。もう刑務所は見たくないんだ！　わかるか、父さん？　あれを始めたとき、おれは十七だった。十七だぞ！　で、マリエフレード刑務所の鉄格子の中で、思ったんだ。あれは、あのときのおれがしたことだ、って。短機関銃(サブマシンガン)を担いで銀行の窓口カウンターを跳び越えたのは、十七歳のおれだ。いまのおれは、あのころとは違う人間だ。絶対にムショには戻らない」

　怒り。だが、それが顔をのぞかせたのは最後のほうだけだ。そうやって怒りを鎮め、霧消させた。学んだのだ。怒りは高温の蒸気のごとく、少しずつ発散しなければならない。一度に漏らす量が多すぎると、それはけっして消えない。むしろ膨張して、どんどん広い空間を占めるようになる。

「それに、会う予定もちゃんとある。明日。昼飯の約束をした」

「レオとおまえ、ふたりでか？」

「おれと、レオと、フェリックスと……母さんも」

「なんだと？」

　しまった。母さんが息子たちを家に呼んだことは言うつもりじゃなかったのに。言わなくていいことだった。無神経すぎたかもしれない。

「ええと、母さんの提案で……集まることになったんだ。母さんの家に」

　関心なさげな目つき。父はペイントローラーの長いハンドルをつかんでペンキをつける前に、そういう目つきをしようとした。だが、無関心であるはずがない。内心は。ヴィンセントはそう確信した。近づくことが目的だったはずなのに、近づこうとするたびに――

べつの父、自分がまったく知らない昔の父に迫ろうとするたびに、対話は口に出されることなく、あの重い身体のどこか奥のほうに引き止められ、封じこめられてしまう。わかったのはただひとつ、父が自分の話をして末息子を招き寄せてくれることはけっしてない、ということだけだ。

今回もやはり会話は生まれそうにない。イヴァンがつや消しペンキをキッチンの天井の残り半分にローラーで塗っているあいだに、ヴィンセントは流し台に向かい、蛇口の水をブリキのバケツに入れて、目地(めじ)材と混ぜた。〝レオは変われる〟。硬い床にひざをつき、腕をなめらかに大きく動かして、ゴム製のパテナイフでタイルの継ぎ目を埋めていく。

〝おれが変わったように。おまえが変わったように〟。ほんの何日か前、バスルームの壁はつやつやしたチョコレート色のタイルで腰の高さまで覆われていて、そこから上は黄色とオレンジの花柄の耐水性壁紙が天井まで貼ってあった。いまはすべてが真っ白だ。外から見たかぎり、変化は美しく、簡単そうに見える。だが、レオがあとにしたばかりの、あの世界では——数少ない単純なルールに従って、決められた枠組みどおりに時間をつぶして日々を過ごす、あの世界では、変化は醜いものだ。前には塀が、頭上には鉄条網があり、背後に時間がある。毎朝目を覚まし、その日の日課をこなす一方で、すべては全員がしがみついている梯子(はしご)での暴力をごまかす薄いベールにすぎない、と承知してもいる。そこで自分もしかたなく参加する。上へ逃れようともがく他人の腕をがしりとつかみ、たれこみ屋は容赦なく蹴落として、立つことも、座ることも、小便することもできなくなるようにしてやる。自分が経験したそういうことは、レオも経験したはずだ。愛してやまない、かつて自分のすべてだった兄は、自分よりもさらに長い時間をコンクリート塀の中で過ごしていた。しかも、もっと警備の厳重な刑務所で——それはつまり、暴力の梯子のいちばん上にしがみついている連中が、もっとたくさんいたということだ。

そうなのだ。さっき、電話で嘘をついた。会いたくないからではない。怖いのだ。出所したレオがまた犯罪を計画して、協力しろと迫ってくるのではないか。それが怖い。

赤い磁針の揺れるコンパス。針先は磁北を指している。もうひとつの指針、彼の未来を指し示す矢印は、手のひらの上に伸びている。あと十二歩。もう見えてきた。記憶にあるとおりだ。草と苔に覆われた、三角形の土地。高さ一メートルの岩と、ぽつんと生えた美しいトウヒと、二本の低い白樺に囲まれた場所だ。

レオの呼吸は落ち着いていて、胸中も穏やかだ。こうして、ここに立っていると——セーデルマンランド地方北部、セーデルテリエとストレングネースのあいだのどこかにあるパーキングエリアから、森の中へ三十二歩プラス三十七歩プラス九十二歩進んだ場所に立っていると、あれからまったく時間が経っていないような錯覚に襲われる。すべて、はっきり覚えているのだ。どこをどう掘ればいいか、正確にわかっている。

片手を地面につく。若干湿っていて、かなり冷たい。レオは草むらや苔や落ち葉を掘り散らした。折り畳み式シャベルの先端は鋭く、黒い土の中をうねる草の根を切り裂いていく。地中三十センチ。せいぜいそのくらいだ。そこで行き当たった——保護用のビニールに覆われた蓋。粘着テープでしっかりと密閉された、排水管のエンドキャップだ。一、二分後、鋭いシャベルの先でビニールの層がすべて破れた。キャップ本体をねじって外す。中はつるりとした灰色のプラスチックの円筒だ。ごくふつうの塩ビ管。またの名は下水管、マンションの一室でこれが壊れれば建物中に悪臭が広がる。だが、ここに下水臭はなく、排泄物や汚泥のにおいもしない。漂っているのは、エンジンオイルのにおいだ。

その横に、塩ビ管がもう一本。ビニール、エンドキャップ、粘着テープ。同じものを二本、地中に垂直に埋めておいた。

一種の保険のつもりだった。破滅が訪れた場合にそなえて、確実な逃げ道を用意しておかなくてはならないと思った。そして、実際に破滅がやってきた。銀行強盗に失敗し、ヨン・ブロンクスという名の刑事に対面した。

レオは腹ばいになると、片方の灰色の管に右手を突っこんだ。黒いゴミ袋とねっとりとしたエンジンオイルが手に触れる。それから、金属の塊。これも円筒形だ。そういうふうに入れておいた。銃身を上にして。

黒いゴミ袋をふたつとも引っ張り出す。どちらの管にも、それぞれ軍用銃が一挺ずつ入っていた。たっぷり油を差した状態で、ラップフィルムで二重三重にくるんである。さらに手を伸ばし、袋の下に入っていたものを探す。まず弾薬の箱に手が届いた。それぞれ二十個ずつ入っていて、寒暖差による結露のせいで火薬が台無しになるのを防ぐため、真空パックされている。そのさらに下には、紙幣、暖かい服、剃刀、鋏(はさみ)、染毛剤の入った包み。金を数え、半分を取り、残りは逃げるときの変装に使う道具や服とともに下水管へ戻した。それから土や草や落ち葉や苔をかき集めて穴を埋め、木の枝で地面をならして靴跡を消した。

時計にちらりと目をやる。残り時間は、四時間二十三分。

急がなければ。

あのクソ刑事の兄貴はいまごろ、レオはどこに行ったんだ、と訝(いぶか)しんでいることだろう。

春のまどろみにある森を抜けて戻る。ダッフルバッグに中身が入ったせいで、肩にかかる重みがやや増した。重さ十キロの軍用銃、弾薬、金。パーキングエリアにたどり着く直前は、あたりを警戒しながら静かに進んだ。人目につかないように、痕跡を残さないように。レオが森の中を歩き、地面を掘っているあいだに、さきほどとは違うトレーラートラックが二台到着していた。混雑した欧州自動車道の本線沿い、レンタカーの前にとまっている。レオは二本の小さなトウヒに身を隠してそっと近づいた。トラックはどちらもリトアニアナンバーだ。比較的若い運転手がふたり、煙草を吸いながら談笑している。レオは、さっきのポーランドナンバーのトラックと同じように、二台が高速道路の本線に乗り入れて視界から消えるまで待ち、ほかの車両が入ってくる気配もないことを確かめた。それからレンタカーのトランクへ急ぎ、ダッフルバッグを開け、銃の入ったビニール袋をなにも入っていないプラスチックの桶に落とした。

さして走ることなく、わりあい大きな町にたどり着いた。ストレングネース。セルフサービスの洗車場が存続するのにじゅうぶんな人口のある町。ＯＫガソリンスタンドのレジの女性は美しい笑顔と感じのいい声の持ち主で、このガソリンスタンドの裏手に洗車場があると教えてくれた。分厚い壁で仕切られた同じ大きさの洗車ブースが三つあり、そのうちひとつがもうすぐ空く。ブースは一時間から借りられる。レオは料金を払い、脱脂剤を買って出ていきかけたが、そこで振り返った。

「潤滑剤も要るな。よくある５－５６でいいんですが」

「どこかつかえてるんですか？」

「いや、念のためです。これからつかえることがないように」

「それでしたら、この潤滑剤ならいろんなことに使えますよ。わたしも使ってます。自転車のチェーンとか……」

「どうも」

ふつうの車庫ほどの大きさの、まったく同じ四角が三つ。左側のブースのパネルドアに開いた窓から、中にとまっている地元のタクシーが見えた。低い脚立に乗って紺色の屋根を磨いているのは、おそらくドライバー本人だろう。右のブースに入っているのは古い乗用車で、フォグランプもエクストラランプも装備、排気管はふたつあり、ナンバープレートに〝ボルボ最高〟というステッカーが貼ってある。金色の野球帽を後ろ向きにかぶった、まだかなり若い男が、高圧洗浄機を使って丹念に車を洗っている。中央のブースが空いたので、レオはそこに、トランクが外から見えないようバックでレンタカーを入れた。レジの女性が言っていたとおり、両側はれっきとした壁だ。ろくに目隠しの役目を果たさない仕切りカーテンではない。

車体を洗いはじめる。さしてていねいに洗う必要はない。しばらく経ってここを出ていくときに、それなりにきれいになって、水に濡れて光っていればいい。もう一度、自分のいるところが車体の陰になって外から見えないこと、残り三方が壁で仕切られていることを確認する。それからトランクを開け、黒いゴミ袋の入ったプラスチック桶を出すと、洗車ブースの床に中身をぶちまけた。ＡＫ４が二挺。埋める前、金属部分にしっかりとグリースを差し、粘性の高いエンジンオイルをできるだけ多く、銃が浸るほどの勢いで塗りつけてから、ラップフィルムで包んでおいた。オイルを落とさないためではない。水分が入りこまないようにするためだ。グリースとオイルで錆（さび）は防げる。ラップフィルムで念入りに包んで、排水管の中に突っこんでおけば、永久にもつだろう。弾薬も抜かりなく真空パックされているとあれば、穴は浅かろうと深かろうと関係ない。

そのグリースやオイルを、これからすべて取り除く。

レオは何層にも巻かれたラップフィルムを剝がすと、石油系の脱脂剤とアルカリ脱脂剤の両方に銃を浸し、しばらく待ってから、高圧洗浄機で表面全体を洗い流した。となりのブースでボルボを洗っている金色の野球帽の男が使っていたのと同じものだが、こちらはパワーを全開にする。銃は車のエンジンよりも壊れにくいのだ。それから圧縮空気で水気を飛ばし、ホースの上のフックに掛かっていた雑巾で拭きあげ、最後に潤滑油をスプレーした。

ガソリンスタンドを離れると、国道55号線を北に走り、凪(な)いできらめくメーラレン湖の絶景を望むストレングネース橋を渡った。トランクには、いつでも撃てる状態の軍用銃が二挺入っている。サムから聞いた道順によれば、この美しい橋から、フェリーが出航する乗り場までの距離は、二十一キロメートル。スウェーデンの原風景を駆け抜ける道のりだ。このあたりの森にはルーン石碑や青銅器時代の墳墓が山ほどあるし、道端には朝食つきの宿や蚤の市の看板が立っている。このあと、食料品店が見えたらそこで右に曲がることになっている。そこから目的地までは、少しスピードを落とさなければならない。神にすら忘れ去られたような、でこぼこの曲がりくねった道だ。

サム。

友人。

信頼している、とすら言える相手。

家族だけを信じてきた自分が、家族以外のだれかを信頼することを覚えた。初めて言葉を交わしたときには、怒りと憎しみばかりが心を占めていたというのに。

けだるい午前、この日も木片とネジを相手に作業中だった。立ち上がって背筋を伸ばしていると、刑務所の門前に車が一台停まったのが窓から見えた。やがて四十歳ほどの男が運転席から降りてきたとき、レオの胸の中でなにかが破裂した。その爆風が大波となって喉へ押し寄せ、叫びを生んだ。われを忘れるほどの怒りは、そんなふうに感じられた。あのクソ刑事！　ブロンクスは結審の日からまるで変わっていなかった。ジーンズに革ジャン、革靴——くそったれめ、服まで同じじゃないか？　その内なる叫びは、しばらく経ってから、さらに強さを増して戻ってきた。廊下をはさんだ向かい側、七番独房の囚人。終身刑で服役中のサム・ラーシェンが、事前予約なしの面会だとかで、番犬どもに連れていかれたのだ。ということはつまり、あのクソ刑事とラーシェンが狭苦しい面会室で会うということだ！　ブロンクスの野郎、情報を仕入れに来たのか！　ブロンクスは強盗事件の捜査をし、三兄弟とその父親を逮捕して互いから引き離すことには成功したが、武器の隠し場所は結局暴けなかったし、起訴対象となった銀行強盗事件の多くについてもじゅうぶんな証拠をつかめずに終わった。だからサム・ラーシェンを訪ねてきたわけだ。受刑者委員会の会長である彼なら、刑務所内のあらゆる噂が耳に入っているだろうから。

その日の午後、レオは初めて、招かれてもいないのにずかずかと他人の独房に踏みこんだ。

直談判したのだ。

刑務所に太古の昔から存在する名誉の掟について話した——刑務所という世界では、性犯罪者とたれこみ屋が最も蔑まれるのだ、と。実のところ、こんなまがいものの倫理に関心はない。それはムショ暮らしという生き方を選んだ連中のためのヒエラルキーであり、レオはそんな連中などどうでもいいと思っている。そういう意味では、彼は裏社会の人間ではなかった。ただ自分のためにサムを詰問していた。自分と弟たちの身を守ることしか考えていなかった。

サムはレオをじっと見つめ、彼の話が終わるまで待った。

「言いたいことはそれだけか？」

「いや」

それから、レオに近づいてきた。

「じゃあ、さっさと話を終わらせろ。無傷でこの独房を出ていきたいなら」

「おれを脅すのか？　たれこみ屋のくせに？　ふつう逆だろ。違うか？　もうすぐみんなに知れ渡るぞ。そうしたらどうなる？」

相手がぼんやりとしか見えないほど、近くまで。

「おまえなあ」

「なんだ」

「おまえがさっきから言ってる、そのクソ刑事とやらはな……おれの母親が死んだと知らせに来たんだ。だから少しは気を遣えよ。出ていけ。ゆっくり弔いをさせてくれ」

脅すことはもうなく、声を荒らげることもなかった。

その必要がなかったのだ。

七番独房に乱入した囚人は、恥じ入りながらその場を去った。

そのあと、独房に鍵がかかり、長い夜が始まる時間になってようやく、いろいろと疑問が湧いてきた。警察官、しかも犯罪の捜査を担当する刑事が、なぜ受刑者に母親の死を伝えるなどという仕事をするのか？ レオは考えをめぐらせ、おそらく仕事ではなかったのだろう、という結論に至った。サム・ラーシェンは真実のすべてを話したわけではないのだ。明日の朝、もう一度あのいまいましい独房を訪ねよう、すべてを聞くまでけっして引き下がるまい、と彼は決意した。


曲がりくねったでこぼこの狭い道に、ようやく終わりがやってきた。急カーブを抜け、ノロジカが二頭逃げていった野原を過ぎると、青く美しい水面と真っ黄色のケーブルフェリーが前方に現れた。湖峡の向こうにアルネー島が見える。湖や海を渡る際の距離を目測するのは難しいが、おそらく一キロ弱といったところだろう。レオは携帯電話のディスプレイを見た。時刻は十三時に近づいている。もうじきフェリーの船頭が赤い丸太小屋から出てきて遮断桿を上げ、船のエンジンをかけるだろう。本土から、メーラレン湖に浮かぶ数多くの島のひとつまで、五分間の航行だ。静けさと、それ以上の静けさとを隔てる五分間。島の人口は十二人、行楽客もあまり来ない。サムからはそう聞いている。だれにも邪魔されずに準備を整え、そのあとだれにも邪魔されずに後始末をするには、実に理想的な場所だ。レオは車で船に乗りこみ、船頭の合図に応え、船が岸を離れてから車を降りた。湖の空気を吸い、水中を見つめ、船体のまわりで戯れる白い渦を眺めた。

レオは決意したとおりに行動した。ふたたび七番独房を訪れ、サム・ラーシェンがドアに背を向けてベッドを整えているところに、ずかずか入りこんだ。暗黙のうちに禁じられていること。決められた目印を無視して——サムがドアの取っ手に結びつけていた赤い紐は、この刑務所のこの区画では、邪魔するな、なにがあろうと入ってくるな、という意味だ——勝手に中へ踏みこんだ。そうして奇襲すれば優位に立てる。独房の主にとっては不意打ちだった。レオはそっと独房のドアを開け、がっしりとした肩を観察した。目の前にいるこの囚人は、自分よりもはるかに体格がよく、筋力もある。二十年ものあいだ、刑務所のジムで欲求不満を筋肉に変えてきた男だ。たったの一撃しかチャンスはない。もし、サムが攻撃に転じて襲ってきたら。暴力が対話に取って代わったら。喉仏を狙うのだ。そこにうまく命中すれば、このたれこみ屋はあのクソ刑事と話すことも二度とできなくなる。

「昨日は嘘をつきやがったな」

サムは即座に振り向いた。が、襲いかかってはこなかった。

しばらくしてから返事をしたが、声を荒らげることもなかった。

それでもなお、七平方メートルのこの独房で、とどまることを知らない攻撃性、切迫した無言の威嚇、相手への憎しみと敵意が、呼吸のひとつひとつにみなぎっているのは一目瞭然だった。

「なんだと？」

「どこまで情報を漏らした？　ここの区画で、でかい耳そばだててありとあらゆる噂を聞きまわってるくせして、おれには馬鹿馬鹿しいでたらめを聞かせやがって。クソ刑事が母親の死を知らせに来た、だと？」

「さっさと出ていけ。いますぐだ」

「昨日。ブロンクスの野郎が来たな。で、おまえは——面会室であいつと会った。あの野郎、子飼いのムショネズミからなにを訊き出そうとした？　銃のありかか？　おれたちの有罪を立証できなかった銀行強盗事件で、奪った金の隠し場所か？」

この区画にいる、この刑務所にいる、ほかの囚人たち。

こんな状況で、同じ独房に囚人をふたり押しこんだら、壁が血に染まっていたことだろう。

「おまえなあ」

「なんだ」

「言っておくがな……おれはいま、かなり残念な気分でいる。ほかでもないおまえがあの紐を無視して、ノックもなしにずかずか入ってきやがったせいだ。そんなことをするやつだとは思ってなかった。ブロンクスの野郎をあんなに長いこと手玉に取ってたんだ。一年以上だろう。気に入ってたんだが」

　だが、このふたりのあいだには、この時点ですでに不思議な巡り合わせのようなものが感じられた。憎しみと威嚇のただ中で、ふたりはどこか結びついてもいるようだった。

　おそらくそのせいだろう。サムは言葉を継いだ。

「つまりな、こういうことだ。あいつの母親も死んだんだよ」

「なんだと？」

「聞こえただろ」

もちろんレオには聞こえていた。が、はじめはわけがわからなかった。

サムと、いま話題になっている男とのあいだには、嫌悪が、隔たりが感じられる。

つじつまが合わない。

「あいつ……おまえと、兄弟なのか？」

「ああ」

「面会に来た刑事――あいつの話だよな？　ブロンクスだよな？」

「そうだ」

「ブロンクスが――おまえと、兄弟？　名字が違うじゃないか。それでもおまえは、おれをつかまえやがったあのクソ刑事の、ほんものの兄弟だって言うのか？」

「ああ。あいつは刑事だ。だが、おれの弟でもある。刑事で、弟だ。レオ、兄弟ってのがどういうものかは、おまえがいちばんよく知ってるんじゃないか？　おれたちに残った唯一のつながりが、母親だった。それ以外につながりはなかった。その母親が死んだいま、おれとヨンはもう二度と話をせずに済む」

このとき、この場所で。最初の対話。時間をかけてゆっくりと、友情へ、深い信頼へと育っていったもの。ふたりには共通点がいくつもあったのだ。

ふたりとも、ブロンクスという名の刑事を憎んでいた。

ふたりとも、警備の厳重な刑務所に入れられていた。

ふたりとも、長男として、同じ構造をした世界で成長した――家族をまとめる母親と、家族を壊す父親のいる家庭で。

曲がりくねった道を三キロ。本土と比べてもよりいっそう美しく、牧歌的な風景だ。うっそうと茂る森、広々とした野原を抜け、十三世紀に建てられた教会、古い館や農場、八世紀の砦の遺跡を素通りすると、サムの説明どおり、かつては遊び騒ぐ子どもたちであふれていたがいまは閑散としている、古い学校のそばのカーブでハンドルを切った。また湖が見え、やがて赤い柵も見えてきたところで、スピードを落とす。島を横切ってたどり着いたのは、柵と同じように赤い小さな家だ。放置されてぼうぼうに枝を伸ばした五本のリンゴの木の陰に隠れている。

そして、男が現れた。あいかわらず堂々たる体格で、威圧感の塊だ。力強い足取りで芝生を横切り、停まったばかりの車に近づいてくる。ふたりは刑務所で皆がしていたような抱擁を交わした。もはや癖になっていると言ってもいい。二カ月半ぶりだ。サムが出所してから一度も会っていなかった。彼が出所してからの時間は、それまでとはあまりにも違っていた――サムがいなくなり、彼と話ができなくなって初めて、レオはそれまで当たり前のようにとらえていた彼との対話が、実はどれほど価値のあるものだったかを思い知った。刑務所の塀の中、独房の扉の中で、真の友の不在がどれほど身にこたえるかも実感させられた。サムの終身刑は期限つきの懲役刑に変更され、彼は二十三年の時を経てついに釈放されたのだった。

何度か深呼吸をする。森の空気は濃い味がする。蠅が顔の前をしつこく飛びまわり、二羽の猛禽（もうきん）がはるか頭上の空を旋回しているほかは、ひたすらに静かだ。人はひとりも見当たらない。

「ポリ公も来ないな？」

サムは微笑んだ。

レオがなにを言いたいかは、ふたりともわかっている。

「この国でいちばん、あいつが来そうにない場所だ。弟はこの家を心底嫌ってる。なぜかはわかるだろう。おれのことを――おれたちのことを、よく知ってるおまえなら」

ダッフルバッグを肩に担ぎ、芝生を横切って、ぼうぼうに茂ったリンゴの木々と、木造の小さな家のあるほうへ向かった。家は近づいてみるとさらに小さく見えた。ドアが少し開いている。サムはレオを寝室に案内し、それからもうひとつの寝室も見せた。ふたりがいま入ってきたのは、どうやら裏口だったらしい。

「あそこが便所。あそこが居間。キッチンはあっちだ。四十七平米」

サムはふたつある寝室を指差した。

「狭いだろう。どっちも独房みたいだ。親父とお袋がこっちで寝て、あっちの部屋でヨンとおれが二段ベッドに寝てた。毎年、夏になるとかならずだ。けど、おれが十八のときに終わった。べつの独房で寝るようになったからな。太陽も湖もない夏の始まりだ」

レオは両親の寝室だったという部屋をしばらく見ていた。ダブルベッドの寝具は乱れたままだ。

「おまえ、ここで寝てるのか？」

ためらい。答えない。おまえには関係ない、と言いたげな沈黙。それでもサムはやがて返事をした。

「ほかにベッドがないからな」

「この家をいちばん嫌ってるのはおまえのはずじゃないか。クソ刑事の弟じゃなくて」

「おれもそう思ってたよ。出所したあとに初めてここに来るまではな。来てみたら……信じられないくらい穏やかな気分だった。わかるか？」

「いや。全然わからない。おれは子ども時代に戻るなんてまっぴらだ」

狭苦しい居間――ひじ掛け椅子、いかにも一九六〇年代らしいテーブル、テレビ。ほぼキッチンへの通路と化している部屋だ。キッチンには、やはり一九六〇年代を思わせるななめに張り出した造り付けの戸棚があり、ウィンザーチェアが数脚、黒い薪(まき)コンロも見える。そして、食卓の上は、一年間にわたって練りあげた強盗の計画で埋め尽くされている。

巻いてあるA3の地図。

目出し帽、ブーツ、防弾チョッキの入った段ボール箱。

サムの写真の入った、しかし名義はヨハン・マルティン・エリック・ルンドベリになっている運転免許証。

ツナギが二着。青と、黒。

少し離れたところにある長椅子の上には、いまから数日後、最後の襲撃で使う予定のものが並んでいる。まず、作りかけの警察の身分証。一枚には、髪を剃ったレオの写真が入っている。一年近く前、外出許可を得て刑務所の外に出たときに撮ったものだ。もう一枚にはサムの写真が入っている。その横に、上海から取り寄せた合金用3Dプリンタが置いてある。ライプツィヒの税関経由でスウェーデンまでひそかに運ばれたこれで、身分証に入れる金属製の紋章を作る予定だ。

「牛乳配送トラックはどうなった?」

「ちょうどいまごろ、ヤーリが搬入口の裏にとめてるところだ」

「あいつはまだ信用できるんだな?」

「おい、こういう小道具を抜かりなく用意してくれる連中はな、ちゃんと真面目にやってるもんだぞ」

サムが運転免許証をつまみ上げ、レオに手渡す。レオは親指でプラスチックの表面をなぞった。

「ああ。ほんものそっくりだな。S字の型押しもあるし、紫外線ライト対策もちゃんとしてある。サム、おまえが牛乳配送トラックで検問を通るとき、ポリ公どももきっとこうするぞ。無意識に親指で免許証をなぞるんだ。しかもトラックの準備は完璧で、すでに位置についてるときた……どんなことになろうと、たとえショッピングセンターの周辺一帯に検問が敷かれたって、あのトラックなら絶対に抜け出せる。変身したあとだからな。手品みたいなもんだ。カムフラージュだよ。運転席の男はもう目出し帽をかぶってないし、人相も一致しない。サツは、必死に逃げ出そうとする馬鹿ども全員をチェックすることになるんだ。牛乳配送トラックなんかさっさと通してもらえる。貨物室の調べは簡単に済むからなおさらだ。入ってるのは……牛乳だけなんだから」

レオはダッフルバッグをキッチンの床に下ろしていた。いま、それを開ける。きれいに洗って油を差したばかりのAK4が二挺、逃げるときに発砲しなければならなくなっても足りる数の弾薬。一挺をサムに渡し、もう一挺を自分で握った。

「時間がない。いま復習できるチェックポイントはせいぜい二カ所だな」

「どうしてだよ。どうしてそんな馬鹿みたいに急ぐんだ。一年前から練ってきた計画だぞ、レオ。それなのに、一つ目の襲撃計画を最後までさらう時間もないのか？」

一年。会議はすべてサムの独房で、赤い紐を目立つようにドアの取っ手につけた状態で行なわれた。刑務所というのはそういうものだ。犯罪というただひとつの共通点を分かちあう中で、人脈が何倍にも広がる。次なる犯罪の温床。参加者はすでに集まっている。それどころかいっしょに閉じこめられているのだ。ふたりは毎日のようにサムの独房に集まり、ベッドやひとつしかない椅子に座って、計画の各段階を細かく練りあげた。タイムスケジュール、輸送員の行動パターン、逃走経路、車両を確認した。だが、サムが出所したあとは、盗聴を恐れて連絡を絶った。したがって、塀の外でしかできない最終準備をひとりで整えるのは、サムの役目になった。

「なにを考えてるかはわかってるぞ、サム。おまえは確かに何十年もムショにいて、危険人物扱いされてきた男だが、銀行強盗はやったことがない。不安なんだ。だから先延ばししようとしてる」

レオは巻いてある地図に手を伸ばし、輪ゴムを外すと、これから訪れる場所の見取り図を広げた。

「違うか？　ほんとうはわかってるはずだぞ。どうしてこんなに急いでるのか。おれが計画した襲撃はかならず成功するってことも。いまやらなければ永遠に手遅れになるってことも」

サムは答えなかった。その必要もなかった。彼がしっかり理解していることを、レオは知っていた。

ふたりで立てた計画。

四日間で、四段階。

第一段階には、計画を練る過程で〝牛乳配達〟という作戦名をつけた。これは数時間後の予定だ。第二段階〝家庭訪問〟は、明日。第三段階〝予行演習〟は、あさって。そして第四段階〝警察本部〟で完結だ。その日の十四時に搬送が行なわれる。月初めの木曜日に搬送されるのは、ふだんならほんの少額だ。が、今回は違う。これほどの額が搬送されることなど、もう何年もないだろう。

存在しないものを奪う。そのために、史上最大の奇襲をかける。同時に、弟たちと自分を刑務所にぶちこんだ、あのクソ刑事を打ち負かす。そして、姿を消すのだ。永遠に。

「ここだ。第一のチェックポイント」

レオは、さっきまで丸められていたせいでしつこく丸まろうとする地図の角に、ひとつずつグラスを置いて押さえた。

「予想は紙幣カセット六つで変わらない。中身は五百クローナ札だけで、だいたい五、六百万クローナ。ちょうどおれたちに必要な額だ」

地図の中央あたり、四角の中にあるもうひとつの小さな四角、そこに描かれた十字を指差してから、銃を持ち上げてどこかに狙いをつけ、銃身を軽く叩いてみせた。

「こいつがおれたちのマスターキーだ。ATMの画面に〝取扱休止〟の表示が出たら、それは現金輸送員が裏で機械を開けたしるしだ。そうしたら、サム、こいつを使うんだ。無双のマスターキーを。やつらの不意をついて防犯扉を開けろ。アラームを切って機械を大きく開けてるときにな。やつらがいちばん用心してるのは、現金を運んでるあいだだ。防犯扉を閉めたとたんに安心する。そこで最初の発砲だ。青いツナギを着たおまえ——〝青い強盗犯〟が、扉の錠を撃つ。ただし、まっすぐに撃つのはまずい。弾が扉を貫通して、やつらに当たって怪我をさせたり、悪くすれば殺してしまったりしかねない。だから、ななめ横から撃って錠を壊せ。そうすれば弾は跳ね返ることもなく、コンクリートの壁にめりこんだままになる。スウェーデン軍の弾薬を使うのはそのためだ――被甲(ジャケット)が分厚くて硬い。スウェーデン軍の軍用銃を使うのもそのためだ――ロシアのAK47ではまっすぐに撃つしかない。扉の向こうに残るのは肉片だけになる」

広げられた地図には、いくつもの十字や矢印に加えて、緑色の円もふたつ描かれていた。レオがそれらを指差す。円はその指先がちょうどおさまる大きさだ。

「次のチェックポイント。すべてを決する瞬間だ。車の乗り換え。変身の結果、強盗犯は煙のように消える。素人はここの計画が甘い。だが、この瞬間を完璧にコントロールしなければ、サツを出し抜くことはできないんだ」

それが、緑の円ふたつの意味だ。

車両1と、車両2。

「車の乗り換えは、やつらの目の前でやる」

何度も話したことだ。それでもサムはこの部分を聞きたがったし、また聞かずにはいられなかった。何度も繰り返し、頭に叩きこんだこの計画は、もはや遠い未来の話ではない。現実なのだ。

「昔、銀行強盗をやる前に、まったく同じ車を二台、小さな町から外に伸びてる二本の道路にそれぞれ一台ずつとめておいたことがある。色も型もナンバーも同じ車だ。まるで違う場所二カ所から目撃情報が入ってきて、倍になった捜索範囲をおまえの弟のクソ刑事が調べさせられてるあいだに、おれたちは逃げおおせた。べつのときには、襲った銀行から数百メートルしか離れてないところで、しかも人が行き来してホットドッグをかじってる場所で、逃走車を乗り換えた。おまえの弟は、逃走車の横にまったく同じダッジ・バンがその前からとまってたことに気づかなかった。バンが二台、前後を逆にしてとなり合わせにとまってたんだ。おれたちはそれを利用して、だれにも見られずに車を乗り換えた。だがな、サム、おれもさすがにこれは初めてだよ——逃走車の乗り換えを、犯行現場で、サツが見てる目の前でやるなんて。おれだけじゃない。だれにとっても前代未聞だ」

心に抱いている満足感と自信が、声にありありと表れた。この揺るぎない自信を伝えることこそ、いまの自分がするべき仕事だ——数時間後に生まれて初めて軍用銃を人に向けて発砲する人間を、安心させてやること。そして、はっきりわからせてやること——現金輸送員を襲う強盗犯は、暴力によって時間にすき間を作り、そのあいだに行動する。床に伏せて身を守ろうとする人々、強盗犯が銃を乱射していると無線で報告する人々、皆の時間を止めてしまう。筋の通らない、したがって理解しがたい状況を作りだして、人々をさらに混乱させる。すると、邪魔がなくなる。強盗犯が自由に行動する時間が生まれる。

「そのあと、勝負のときに運転席に座ってるのは、サム、おまえだ。トラックはサツの検問に近づいていく。やつらはおまえの顔をじろじろ見るだろう。そこでおまえが落ち着いてれば、警官も落ち着く。やつらが探してるのは強盗犯だ——牛乳パックじゃない。黒と青のツナギ、軍用銃を探してる。そこに緑と白の制服を着た運転手と助手が現れて、免許証をちゃんと持ってて、そわそわしているようすもないとなれば、ポリ公は免許証を親指でなぞって型押しにさわっただけで〝このトラックは大丈夫そうだ〟と判断する。〝ただの牛乳配送トラックだ、さっさと行け、もっと怪しい車をチェックしなきゃならないんだ〟」

　薪コンロのそばの床に錆びたブリキの箱があり、白樺の薪で満杯になっている。のこぎりでていねいに伐採してから割った太い薪で、白い樹皮には少し苔が生えている。レオは薪を二本取ってから、箱の底をまさぐって点火用の小さな木片を探し、とがった切り屑を三つ見つけ出した。

「これ、使えるのか？」

　重い鋳鉄製の扉を開ける。かすかにきしむ音がした。

「ああ。問題ない。電気ヒーターを切ってもいいほどにするには大量の薪を使わなきゃならないが、煙突から熱が広がって、冬の寒い日でも家全体がよく暖まる」

　四角い開口部から薪を入れ、その下やあいまに切り屑を突っこむ。しばらく時間がかかったが、やがて炎はおさまって安定し、乾いた薪のはぜる親しみ深い音が会話の伴奏をするようになった。

「レオ、これを」

サムがコンロの上の棚から瓶を一本取り出す。蒸留酒だ。ラベルはないが、おそらくそうだろう。水切り台から小さなグラスをふたつ。サムはそこに酒を注いだ。

「フェリーの船頭にもらった。自作だとよ。この島に生えてる野草だけで風味をつけてある。こいつには、ニワトコの花と、あとなにかほかにも入ってるな。おれにはよくわからないが」

「いや、結構だ。いまはまだいらない。これから最初の襲撃だぞ」

「おれを落ち着かせるために話をしてくれたんだろう。今度はおれがおまえを落ち着かせてやる番だ」

「いらないと言っただろう、サム」

「聞こえたさ。だがな、ほんの少しの酒を飲むか飲まないかって問題じゃないんだ。いま肝心なのは、おれたちがもう自由の身で、やりたいことをなんでもやっていいってことだ」

レオはサムの手の中で宙ぶらりんになっていたグラスを受け取り、口に運んだ。ニワトコの花の香りがする。それから、ジュニパーベリー。間違いない。タチキジムシロも少し入っているかもしれない。だが、飲まなかった。

「それは違う。おれたちはまだ自由の身じゃない。あのどでかいフェリーに乗って、リガに、サンクトペテルブルクに、ロシア貯蓄銀行に向けて出発したら。飲むのはそれ、からだ。

スイートルームで。シャンパンをひと箱運び入れて。それでやっと、サム、おれたちは自由になるんだ」

口元から離したグラスを掲げてみせてから、流し台に下ろし、ニワトコの花とジュニパーベリーの香る中身を捨てた。それから広げた地図に手を伸ばし、四角の中に描かれた十字を最後に一瞥する。それを囲む、さらに大きな四角は、スウェーデン最大のショッピングセンターを成す、たくさんの四角のひとつだ。レオは鋳鉄製の扉を開け、力強くも穏やかに燃える炎の中に、地図を押しこんだ。紙はさっと燃えあがり、かすかな煙を放ちながら、灰色の燃え滓となって崩れ去った。

四分半後に、人がひとり命を落とし、アスファルトの駐車場で自らの血の中に横たわる――この午後、いまちょうど車を降りて巨大なショッピングセンターに向かって歩いている客たちは、だれひとりそれを知らない。

センター内の店で無数の行列を成し、会計を済ませて重い袋を手に自動ドアから出ていけるまで辛抱強く待っている、何百人もの買い物客たちも、だれひとりそれを知らない。

現金輸送車に乗り、四月らしく濡れたアスファルトの上をゆっくりと進んでいる輸送員たちも、やはりなにも知らない。

間近に迫った不慮の死は、目出し帽をかぶった男たちふたりにとってもまったくの予想外だった。男たちはそれぞれ青と黒のツナギ姿で、ショッピングセンターの正面入口前にとめた最新型の黒いアウディRS7、その運転席と助手席に乗っている。警察はここに到着するなり、このアウディこそ逃走にうってつけの車だと勘違いすることだろう。

時刻 16：14：10

車の左右のドアが同時に開いた。輸送員のひとりは背幅が広くがっしりとしていて、茶と黒をした制服の上着の縫い目がはちきれそうだ。彼が降り立ったのは、たくさんある四角のひとつ、その中にある小さな四角の前だ——ホームセンターが、家電量販店、大型スーパー、家具店、その他ありとあらゆる店舗とつながっている。そのキュビズムめいた模様のあちこちに、青と白の殻に覆われた機械がいくつも、使い勝手を考えて配置されている。ATM。またの名を現金自動支払機、商業施設には欠かせない機械だ。もうひとりの輸送員は女性で、制服にきつそうなところはなく、セキュリティーケースをしっかりと手に持っている。実のところ、もし強盗犯が現れたとしたら、その犯人はこの銀灰色のケースを切断バーナーで簡単に開けられるだろうと、彼女は知っている。だが、ケース内に仕掛けられた着色剤は簡単には見つからない。というわけで、もし仮に、車からATM後方のセキュリティールームまでのわずかな距離で強盗に遭ったとしても、その着色剤がケース内に広がって終わるだけということになる。

ガラスドアがすうっと開く。輸送員たちは暖かい屋内に入ると、壁面に埋めこまれた二台のATMに近づいていった。画面には〝カードをお入れください〟と表示されている。

ふたりはまもなくセキュリティールームに入って紙幣カセットの交換を始め、画面の文字は〝取扱休止〟に変わるだろう。しばらく待つように、という買い物客へのメッセージだが、武器を持った強盗犯への〝仕事を始めろ〟という合図でもある。

輸送員たちは、一般客のように、うず高く積まれずらりと並んだ品物の数々を目指して直進するのではなく、方向転換してくじ売り場のあるカフェへ向かった。中綿入りのジャケットを着た若い女性がふたり、壁ぎわに設置された台の上で、今週の繋駕速歩競争（競馬の一種。騎手は繋駕車（一人乗りの二輪馬車）に乗り、競走馬に引かせて競う）の用紙に記入している。段ボールのような色をしたテーブルでは、タクシーの運転手がひとりと、ベビーカーをそばに置いた父親がふたり、プラスチックカップでコーヒーを飲んでいる。輸送員たちは、セキュリティールームの扉をふさいでいた高齢者用の歩行器をふたりがかりで脇に移動させ、鍵束を出し、扉を開けた。中に入る直前、訓練で学んだとおりに、もう一度後ろを振り返った。

時刻　16：14：40

このとき、カフェの細長い窓の外、駐車禁止区域にとまった黒いアウディの中で起きていたことには、だれも気づかなかった。スモークの入った窓ガラスが、助手席に乗って双眼鏡でＡＴＭの画面を見ている〝青い強盗犯〟の姿を隠していた。

時刻　16：15：05

セキュリティールームは狭く、木の椅子一脚と、がたつくプラスチックテーブル一台分のスペースしかない。あとはＡＴＭの裏面だが、これは金庫の扉のようになっていて、鍵とカードキーがなければ開かないし、壁の向こう側で機械を一時的に使えなくすることもできない。男性輸送員がほぼ空になった紙幣カセットをＡＴＭ内から引き出し、そのあいだに女性輸送員がセキュリティーケースの蓋を開け、新札の入った換えのカセット六つをあらわにした。彼女が三つ目のカセットを右側のＡＴＭに差し入れたそのとき、狭い部屋が爆発した。

八度にわたって銃声が響き、粒の大きな粉塵がもうもうと舞い上がった。無数の破片が壁や天井にぶつかって跳ね返り、ガラス片に似た鋭さでふたりの顔や手を切った。

静寂。せいぜい一、二秒だ。

それから、さらに五発。銃弾が錠を貫通して壁にななめに食いこみ、壁はザザッと叫んでさらに破片を吐き出す。心臓が激しく脈打ち、ふたりは床に伏せるしかなくなった。

次にやってきたのは、音ではない。震動だ。分厚い靴底がコンクリートの破片を踏んだことによる震動。溝の入ったゴムの下で、破片が砕けているのがわかる。

黒いツナギを着た強盗犯が、女性輸送員に銃口を向けた。彼女は震動の源に目を向けようとしていた。埃のせいで目が血走り、まばたきをすると涙が出て、糊のような灰色の塊がまつ毛を覆い、次のまばたきまでのあいだに乾いて固まっていく。

そのせいで、黒い目出し帽をかぶった強盗犯たちの顔は見えなかった。それぞれ青と黒のまったく同じツナギを着ていて、片方が大きなナイロンバッグを肩に掛けていたこともわからなかった。

軍用銃も、自分の頭をぐっと床に押しつけてきた手も、目に入らなかった。叫ぶことさえできなかった。

彼女に残されていたのは、短いかすかなうめき声だけだった。その声も、自分たちが強盗事件の真っただ中にいるという事実をまだ理解していない買い物客に向けて、今週のお買い得品を知らせる店内放送にかき消された。

時刻　16：15：45

皮膚に鋭く食いこむ細いプラスチック製のバンドが、輸送員たちの手首と足首を縛る。粘着テープがふたりの口をふさぐ。粘土タイプの耳栓が、ふたりの耳の中に押しこまれる。黒っぽい枕カバーが頭にかぶせられる。

こうしてふたりは、周囲のできごとから完全に隔離された。

時刻　16：16：10

〝黒い強盗犯〟は銃弾で破壊された防犯扉から外に出ると、あわただしい避難の始まったショッピングセンターに銃口を向けた。まだ脱出できていない客たちが、柱や、商品の棚、レジカウンターの陰に隠れようとする。強盗犯はそのまま正面出入口へ進み、駐車場へ出ると、あわてふためきながらアスファルトに伏せる人々の上方に銃を向け、引き金を引いた。弾倉を空にすると、新たな弾倉を装塡し、これも空にした。とにかく全員を怖がらせて追い払うのだ。いま駆けつけているであろう連中と混同することのないように。

それからあえて入口前をうろついた。センサーが作動し、自動ドアが何度も開いたり閉まったりした。

両手で銃を持ち、上に向ける。強盗犯の持っている銃の威力と、その脇にとまっている逃走車が、もうすぐ到着する連中の目にとまるように。

時刻　16：16：40

ぱっと見ただけで、どういう状況かは理解できる。人の気配は消えている。見張り役の強盗犯がひとり。ドアが開き、エンジンがかかったままの逃走車。

そこに一台目のパトカーが到着した。猛スピードで駐車場に入ってくる。距離は五十メートルもない。まだ放たれていない銃弾と、パトカーの前部までの距離。

秩序から、混乱までの距離。

時刻　16：17：00

〝青い強盗犯〟には覚悟ができていた。これも計画の一部なのだ。それでも銃声にぎくりとした。ここセキュリティールームの中でも、まるで駐車場にいるようにはっきり聞こえる。最寄りの警察署まではたったの二キロだと知っていたから、一台目のパトカーがすぐに来ることは予想していた。銃の乱射、それが〝黒い強盗犯〟の任務だ。威嚇すること。強盗犯も自分たちと同じくらい強力な武器を持っているのだと、警察の連中にわからせてやらなければならない。パトカーの陰に身を隠しても無駄なのだと――ＡＫ４の銃弾は、車の板金を紙かなにかのように貫く。

外で銃声が鳴り響いているあいだに、〝青い強盗犯〟は輸送員ふたりが両手両足を縛られ、頭に布をかぶせられてうつ伏せになっていることを確認した。

これから自分がすることを、輸送員たちに見られてはならない。そこに命運がかかっている。

足先の床に、肩に掛けて持参したナイロンバッグが置いてあり、中身が見える。緑と白の牛乳パック六本、容量はすべて一・五リットル。そのうちの一本を取り出し、端をつかんで引っ張った。中に液体は入っていない。パックは上下ふたつに分かれたが、内側の縁に糊がついているので、また元に戻せる。

紙幣カセットをひとつ、牛乳パックの下半分に入れ、上半分をかぶせる。継ぎ目はほとんど見えない。あらかじめ細工を施され、保管容器と化した牛乳パック。その一つ目にはいま、九十万クローナが入っている。これをナイロンバッグに戻し、残る五つの紙幣カセットについても同じ手順を繰り返した。そうして手を動かしながら、駐車場での銃声のテンポが上がっていくのを聞いていた。はじめは散発的な射撃音だったのが、いまや荒々しいドラムロールのような音に変わっている。

ふと、あるにおいが〝青い強盗犯〟の鼻をついた。石の床に広がってしみを作っている薄黄色の液体に気づいたのはそのあとだった。バッグが男性輸送員の体液で濡れてしまわないよう、あわてて持ち上げた。

バッグの持ち手を頭にくぐらせ、左肩から右腰へななめ掛けにする。そして、正面出入口に向かって走りだした。〝黒い強盗犯〟に、第一段階終了の合図をするために。
一歩進むごとに、少しずつ乾いて薄まっていく尿の跡が残った。

時刻　16：18：05

最初に到着したパトカー二台は、すでに銃弾で破壊されている。だが、逃走をうまく阻むことのできる位置にとまっていた。黒服の強盗犯が発砲しているあいだ、警官四人は地面に伏せて身を守るほかない。軍用銃で車を撃つとどうなるか、もし彼らがこれまで知らなかったとしても、このにおいで思い知ったはずだ——車体を貫通した銃弾のせいで、車内から焦げたゴムのにおいが漂ってくる。

時刻　16：18：15

中身の詰まった紙幣カセット六つが牛乳パックに入れられ、青いツナギ姿の強盗犯がなめ掛けしているナイロンバッグにおさまっている。この強盗犯が、出入口ドアの内側から、黒いツナギ姿の強盗犯に向かって〝完了〟と叫んだ。
ここでふたりともショッピングセンター内に戻る予定だった。区画Hの七番独房で立てた計画ではそのはずだった。銃弾で穴だらけにされたパトカーの陰で、地面に伏せて増援を待っている警官たちに、強盗犯たちは逃走車をあきらめてショッピングセンター内に逃げこんだ、と思いこませる計画だった。

だが、強盗犯たちは、こんなに早く増援が現場に到着するとは思っていなかった。ずらりと車のとまった駐車場のどこかで、八名の特殊部隊員がすでにじりじりと前進し、位置について、作戦実行の合図を待っていたのだ。

強盗犯たちはまた、昔の連続強盗事件のころとはまったく違うやり方で、警察が暴力に対して暴力で応戦してくる可能性も、いっさい考えに入れていなかった。

時刻 16：18：25

まず、右脚ががくりと折れた。銃弾が命中したあたりの布が、まるで空気を噴き出す風船の口のように震えた。そして、脚の筋肉が言うことをきかなくなった。

黒いツナギ姿の強盗犯は後ろに倒れたが、それでも敵が撃ってきたと思われる方向に銃を向けて、もう一度、短い連射をした。

ふたたび立ち上がろうとしたときに、だれかが手を差し伸べてきて、自分の手をがしりとつかんだのがわかった。言うことをきかなくなった脚に代わって、自分を支えてくれている。握った手に力を込め、正面出入口の自動ドアまで引っ張ろうとしている。

その瞬間、腹のあたりに三度、激しい衝撃を受けた。さらに五発目の銃弾が、防弾チョッキに覆われていないわきの下に食いこむのを感じた。

意識はそこで途絶えた。

六発目の銃弾が後頭部に命中し、額から出ていったからだ。

時刻　16：18：40

サムは死んだ手を握っていた。

感触でわかった。目出し帽の穴で肌がむき出しになっているところに飛んできたのが、骨の破片と血であることも、同じように感触でわかった。

生気を失った身体を地面に放り出して入口に駆け戻りつつ、次の銃弾が飛んでくる覚悟を固めた——きっとこの青いツナギに、自分の身体に、銃弾が穴を穿つだろう、と。

射線から離れなければ。

考えることができたのはそれだけだった。

ショッピングセンターの中に入れ。

なんとしても第二の逃走車にたどり着いて、計画の残りをひとりでやり抜くのだ。

背後で入口のドアのガラスが砕けるのが聞こえた。弾が外れたのだ。建物の中に無事入れたサムは、頭に叩きこんだ見取り図をたどり、スーパーマーケットに向かって疾走した。クロムメッキの仕切りを跳び越え、ミニトマトの入ったかごと、ミストを浴びて光っているレモンの箱のあいだに着地した。キュウリの山を崩しつつ左に曲がり、さまざまな種類のパスタやガラス瓶に入ったイタリア風ソースの並ぶ棚のあいだを走る。これから倉庫へのスイングドアを突破するのだ。バッグは肩に掛けたまま、銃はしっかりと抱えて、サムは目的地へ急いだ。

が、不意に立ち止まった。ほんの束の間、二、三度呼吸をしただけだが、まわりで起きていることが見えてきた。

人々が走っている。逃げている。自分から。

自分の行く先には、だれも来ない。

自分は、人々をおびえさせ追い散らす異物なのだ。

精神を集中して耳をそばだてると、彼らの呼吸も聞こえてきた――冷凍食品コーナーの陰に隠れている客たち。泣いている者、支離滅裂なことをつぶやいている者。いつもと変わらないのはただひとつ、今週のお買い得品の宣伝を続ける店内放送だけだ。

三発。

スイングドアが砕け散り、道が開けた。サムは倉庫に駆けこみ、搬入口に通じる開いたシャッターへ走った。

時刻 16：19：25

側面にでかでかと牛乳の描かれたトラックは、ヤーリが襲撃にじゅうぶん間にあうようとめておいた場所にちゃんとあった。賞味期限を過ぎた商品を入れておく冷蔵室と、ゴミ収集場の向かい側。いい場所だ。人目につかないが、いかにも隠れ場所という感じではない。

ここから少し離れたところでは、車の流れはまだ通常どおりのようだ。運がよければ、警察はまだ検問を始めていないのかもしれない。

そして、このとき——搬入口から飛び降りて牛乳配送トラックに向かって走りだしたこのときになって、自分がひどく震えていることに初めて気づいた。大地震のあとに続く余震のように、全身がぶるぶる震えている。思わず両手をきつく組み、指の付け根が白くなるまで力を入れた。それでようやく、牛乳を満載した貨物室のバックドアを開けることができた。

時刻 16：19：55

荷物を載せるためのパレットにはそれぞれ、牛乳パック十六本入りのケースが八個ずつ積んである。が、いちばん上のケースは六本分欠けていた。サムはそのケースを下ろすと、五百クローナ札の詰まった紙幣カセット入りのパックを六本、空いているところに押しこんだ。

青いツナギを脱いで目出し帽を取り、ナイロンバッグに詰めると、さきほどのケースの下に置いてあったケースの真ん中に突っこんだ。このケースも同じように、あらかじめパックを六本取り除いてあったのだ。これでバッグは牛乳に囲まれて見えなくなった。

軍用銃にも隠し場所が用意されていた。キャスター付きパレットの車輪のあいだに、あらかじめ金輪をつけておいたので、ここに銃身と銃床を固定した。これで走行中にカタカタ鳴ることもない。

貨物室から外へ飛び降り、一歩下がって点検する。

レオの声が聞こえるようだ。

〝サツは、必死に逃げ出そうとする馬鹿ども全員をチェックすることになるんだ。牛乳配送トラックなんかさっさと通してもらえる。貨物室の調べは簡単に済むからなおさらだ。入ってるのは……牛乳だけなんだから〟

サムは貨物室のバックドアを閉めた。

計画では、ふたりでトラックに乗るはずだった。もし検問で停められたら、助けあう予定だった。

だが、もう、そうはならない。自分だけで警官と話をし、検問を突破しなければならない。

残っているのは、自分だけなのだから。

時刻 16:20:40

ショッピングセンターの裏手から、角を曲がって外に出たとたん、サムは気づいた。先のほうで、車の流れが滞っている。考えられる理由はひとつしかない。警察が検問を始めたのだ。

さらに先のほうに、何台も見えた。青い警告灯を点滅させている、青と白のパトカー。

サムは自分の両手を見た。もう震えていない。警察が捜しているのは、黒いアウディの新車を盗んだ強盗犯だ。牛乳配送トラックではない。緑と白の上着の胸ポケットに指先を入れる。ちゃんとある。運転免許証。スウェーデンの国土の輪郭が型押しされたプラスチック。

〝そのあと、勝負のときに運転席に座ってるのは、サム、おまえだ。トラックはサツの検問に近づいていく。やつらはおまえの顔をじろじろ見るだろう。そこでおまえが落ち着いてれば、警官も落ち着く〟

検問はすぐそこだ。

牛乳配送トラックと、車を一台ずつ確認している警官隊とのあいだに、車が三台。

バックミラーに目をやる。運転席は薄暗く、肌について乾いた血しぶきはもう見えなかった。

こんな大きなテレビはほかに見たことがない。壁の上端に設置されている、というより、カウンターの端から、オイルにまみれたキャベツやグリーンサラダのボウルを運ぶ細長いワゴンまで、ほぼ壁全体を覆っている。

イヴァンは窓ぎわ二列目の傷だらけになったテーブルに向かい、どしんとひじを乗せて頬杖をついた。コーヒーのカップと宝くじ券の山をこのテーブルに置いて、テレビ中継されるキノくじの抽選を見るのが最近の習慣だ。あちこちのテーブルを試したが、この席がいちばんよく見える。柱とか、トイレが空くのを待つ客とか、会計をしようとレジに向かう客とか、そういった諸々に視界をさえぎられることがない。それにしても巨大な画面だ。イヴァンが塀の中にいたあいだに、テレビという機械はすっかり様変わりしていた。大きくなったが、ふくらんではいない。まるで家電メーカーが、商品の体積も重量も変えることなく、ただスチームローラーで平らにのしたかのようだ。

この店があるのは、ストックホルム、地下鉄のスカンストゥル駅から歩いてすぐのところだ。イヴァンはいま、どういうわけかこの界隈で暮らしている。又借りのワンルームアパートだが、ストックホルムの都心に近いところだ。レストランの名は〈ドラーヴァ〉。店を切り盛りしているのは、いまキッチンでファン付きオーブンのあいだを小走りに行ったり来たりしている、眉毛がヤマアラシの針毛並みにぼうぼうなダッチオという男と、その妻のシルヴィアだ。シルヴィアはなかなかの美人だが、冷ややかな目つきが美貌を台無しにしている。このふたりは、イヴァンがだれかを知っている。なにをしたのかも知っている。強盗をはたらいた兄弟の父親で、もう酒を一滴も口にしない男だということも。そして、いつも感じよく接してくれる。お節介なほどで、従業員をよこしてコーヒーのお代わりを注がせる回数が少し多すぎたりもする。ひょっとすると、ここに通いはじめた当初、何度かそれとなく口にしたせいかもしれない——自分が、このイヴァン・ドゥヴニヤックが、最後の銀行強盗のときに逃げこんだあの別荘にいなければ、もうすぐここに来る予定の息子は死んでいただろう、と。親心を語る話は、人の親には通じるものだ。それで相手を見る目が変わることもままある。そうして尊敬のまなざしで見られるのは気分がよく、それがなくなると物足りなくなりがちだ。が、いまはとにかくイライラさせられる。簡素なバーカウンター、大理石でできたピザ用作業台のほうから飛んでくる、好奇心たっぷりのぶしつけな視線が、わずらわしくてしかたがない。

始まりはよかったのだ。はずれたキノくじの山ではなく、家族とともに過ごす夕べが待っていた。うれしくてつい饒舌になり、今日から自由の身になった息子レオと、ここダッチオとシルヴィアの店でいっしょに食事をする予定なのだ、と話した。ところがそのあと、あのクソでかい画面に第一報が映し出されると、ダッチオは妻にふつうの声ではなく、ささやき声で話すようになった。遠慮しているつもりなのだろうが、馬鹿馬鹿しいことだ。こんな状況ではそもそも遠慮のしようがない。現金輸送員が襲撃された事件の映像が大画面いっぱいに映し出され、そこからテーブル二台を隔てたところで、強盗をはたらいた父親が強盗をはたらいた息子を待っているのだから。

いまもまた、ふたりはピザのオーブンの前でささやきあっている。もはや遠慮は見られない。チャンネルを替え、次なるニュース番組を見ている。ストックホルムの南のどこかで起きた武装強盗事件の、べつの映像。それまでとは違う新しい映像。

このあたりで、いやな予感が癇に障るようになってきた。生まれるたびに心の奥底に根を張る、この不快感。大きくふくれ上がり、身を潜め、しつこく彼を待ち伏せる。少しでも気を抜けば、足をとられて滑り、たちまち真っ逆さまに落ちてしまいそうだ。

何年も前にもこんなふうに、自宅でテレビの前に座っていた。テレビ番組『指名手配』はその夜、一時間の特別番組という形で、マスコミが軍人ギャングと名づけた強盗団を特集していた。命名の由来は、まるで軍の作戦のごとく、的確かつ暴力的に銀行を襲う手口と、捜査で明らかになった、正体不明の犯人たちが軍の武器庫から前代未聞の数の銃を奪ったらしい、という事実だった。それを見て、唐突にぴんと来たのだ。画面に映し出された、銃を構えて銀行にずかずか踏みこんでいく男たちの姿に、どこか見覚えがあった。身のこなし。歩き方、足の角度、かすかに手首を曲げてなにかを指差す手。そのまま監視カメラの短い映像に目を凝らしていると、また見覚えがあると感じた。ひとつひとつの動きを結びつけるもの――個性。そこに気づいてしまったら、テレビの中の男たちが黒い目出し帽をかぶっていようと、もはやなんの意味もなかった。彼らが画面に残した痕跡、彼らに共通した身のこなし――それは、テレビの前の父親には見慣れたもので、心にすうっと入りこんできた。彼らが生まれたときからずっと見てきたのだ。

あのときは不快感など覚えなかった。ただひとつ、連帯感だけがあった。レオを説得して犯行を思いとどまらせることに失敗すると、彼は戦術を変えた。息子たちの人生に加わり、次の銀行強盗をともに実行する道を選んだ。

いま抱いているこの不快感は、ニュース番組の内容のせいだ。あのときとは違っている。今回の強盗犯は、早くも現場で警察と相対することとなった。銃撃戦になり、犯人のひとりが射殺されたという。

「息子さん、どうしたんだろうね？　ちょっと遅くないかい？　満席になったためしのないこの店で、わざわざテーブルを予約したっていうのにねえ」

ダッチオ。好奇心を抑えきれなかったのだろう。ウェイターにやらせればいいものを、店主自らコーヒーのポットを持ち、お代わりを注ぎに来ている。

「レオなら、もうすぐ来る」

湯気を上げるブラックコーヒーが、まだ半分ほど中身の残っているカップに注がれた。

「あんたと息子さんのために、なにか特別なものを用意してくれ、っていう話だっただろう、イヴァン。だから、思いつくかぎり最高の食材を仕入れたんだよ」

カップがいっぱいになっても、ダッチオはテーブルを去らない。テレビのほうを向き、客の見ている映像を見ている。新しい映像。遠くから携帯電話で撮影された、ぶれてはいるが鮮明な動画。黒いツナギを着て目出し帽をかぶった男が、ぐったりと横たわっている。右腕から少し離れたところに軍用銃が見える。

「高かったんだぞ。仕入れた肉」

そして、血。地面にわざと広げたようになっている。レポーターによれば、犯人は立ち上がろうとして、あの血で足を滑らせたのだという。そのときに、防弾チョッキのすき間に銃弾が当たった。それから、さらにもう一発――今度は、頭に。

「もし、なにかあったんだとしたら、というか、息子さんが来なかったら……」

イヴァンはこの二年、一滴も飲んでいない。この二年、怒りを抑えることもできていた。他人に食ってかかることも、殴りかかることもなかった。だが、いまは。爆発が近い。ダッチオのぼうぼうに生えた眉毛をつかんで、引っこ抜いて、喉の奥に突っこんで、黙らせてやりたい。

「なにを言いだす？」

「今日だろう。出所したの。だから、つまり……」

「レオが強盗をはたらくことはもう二度とない。もうすぐここに来る。いいから、その馬鹿高い肉とやらをさっさと料理しろ」

「牛ヒレ肉だよ。アルゼンチン産の、吊るしてしっかり熟成させたやつだ」

「なんでもいい。味なんかどうでもいいんだよ。昔からそうだった。じゃなけりゃ、おまえと美人のかみさんの店になんか来るわけがない」

それで、ダッチオはやっと離れていった。が、ささやき声は続いている。イヴァンは確信した——店主はいま、妻の耳元で陰口を叩いているにちがいない。強盗犯の息子が出所したその日に、派手で凶悪そのものの強盗事件が起きるなんて、偶然とは思えない、とかなんとか。

レオ。今朝会ったばかりの息子。

そのせいで、いやな予感があっさりと心に穴をあけ、いまいましい根を張っていく。

ダッチオが小声で話していること。テレビの映像ががなりたてていること。

あの門の前で、ふと感じたのだ。言葉では言い表せないが、父親なら気づくこと。近寄りがたさのようなもの。レオは外界を遮断していた。自分の中だけに存在していた。

あのときは、きっと自由の身になったせいだろう、と思っていた。そう思いたかった。イヴァン自身、出所のたびに経験したことだ——何年も抱えてきた憧憬と喜びが、門の開いた瞬間に崩れ去り、不安と戸惑いに取って代わる。だが……テレビに映っている、あの大量の血。あいつの血なのか？　だからなかなか来ないのか？　とはいえ、いまのところは、約束の時間からまだ十分しか経っていない。これからもっと遅刻したとしても、だからといってストックホルム郊外で強盗をはたらき、検問を突破し、警察から逃げて、奪った金を隠して服を着替え、それから父親と食事をしに街中のハンガリー人経営のレストランにやってきた、とはかぎらない。

「ダッチオ」

イヴァンの声が、閑散とした店内に響きわたる。小声で話していた店主が顔を上げた。

「なんだい？」

「アルゼンチンの牛ヒレ肉とやら、焼きはじめていいぞ」

「けど、来なかったらどうするんだよ。イヴァン、もし……」

「さっさと焼け！」

塀。門。フェリックスと、あの、あの女まで来ていた。

〝あの子たちが小さかったころ、あんたがあんなふうじゃなければ……ああ、もう、そうしたら、レオは絶対に銀行強盗なんかしなかった！〟

ブリット＝マリーが家族を壊した。だから自分は、あの女を壊してやった。

〝それに、フェリックスとヴィンセントだって、刑務所に入らなくて済んだはず〟

これからは自分がすべてを元に戻す。朽ち果てた家を建て直すように、家族を建て直す。過ちは過去のことだ。これからはなにもかもが上向く。

おれが変われるなら、おまえだって変われる。

「焼いてるか？」

「もうすぐ始めるよ」

「ほら見ろ、来たぞ！」

イヴァンはもっとよく見ようと、冷たい窓ガラスに顔を近づけた。

あの歩き方。昔と変わらない、いかにも自信満々な歩き方。向かっている先は、この店のドアだ。やがてイヴァンは息子を抱擁した。今日これで二度目だ。

「ダッチオ、ぐずぐずするな！　食事するんだ、さっさと用意しろよ！」

「おれはいらないよ、親父」

イヴァンは抱擁を解くと、息子を脇へ連れていき、聞き耳を立てている連中から距離を置いた。

「レオ──腹、減ってないのか？　ほら、座るぞ。なにが飲みたい？」

「時間がない。それだけ伝えに来た。都合が悪くなったんだ」

巨大テレビから流れる声が、壁からずるりと落ちてきてふたりのあいだにおさまり、束の間の薄いベールとなってふたりのやりとりを包みこむ。番組に呼ばれた有識者が、警察と犯罪者のあいだで激しさを増す暴力についてコメントし、軍用銃AK4を強盗に使うなどめったにないことだと研究者が分析し、最後に警察の女性広報官が、生き残ったほうの強盗犯については依然として手がかりがないと語った。

「じゃあ、またな、親父。電話する」

入口の赤い絨毯（じゅうたん）を、半分まで。レオはそこまで進んだだけで、早くもきびすを返し、店を出ていこうとしている。

「ちょっと、食事はどうするんだい？　この肉は？　イヴァン、これ全部、あんたと息子さんのために用意したんだよ」

ダッチオがその言葉を裏付けるように、フライパンをひとつ掲げてみせる。同時にレオが、ズボンの尻ポケットから、マネークリップで留めた紙幣の束を引っ張り出した。ほとんどが五百クローナ札だ。彼はそのうちの四枚を差し出した。

「これで足りるか？」

ダッチオは手も首も横に振った。

「それじゃ多すぎる」

「残りはとっておいてくれ。おれがまた来るまで。そのときに親父と食事をする」

レオはそう言うと、来たときと同じ決然たる足取りで店を出ていった。昼間におずおずと忍び寄ってきた暖かさはすでに消えているが、それでもイヴァンはコートを取りに行く間も惜しんで息子のあとを追った。じめっとした冷気がまるで秋のようだ。故郷ユーゴスラヴィアもこんな感じだった、とよく思い出させられる空気。六〇年代に故郷を離れ、スウェーデンにやってきた。ハンガリーとの国境が、ドラーヴァという名の川だった。いま、その川と同じ名をしたレストランの外で、イヴァンは走って長男に追いついた。

「おい、レオ――待て」

「悪いが、親父、ほんとうに時間がないんだ。人と会う約束がある」

「だが、金はあるんだな」

この言葉がレオを引き止めた。

「悪いか？　親父」

「ああ、出所して一日も経ってないんだ、おかしいだろう。あの金……」

イヴァンはそこで口をつぐんだ。レオにはその理由がわかった。五十歳前後の男性がふたり、両手を上着のポケットに突っこんでかすかに背を丸め、そばを通りかかったのだ。ふたりともイヴァンを知っているかのように会釈し、イヴァンもうなずき返した。よくあることだ。人々は皆、無意識のうちに、イヴァンとの対立を避けようとする。

「……あのときの金は、警察につかまる前に、あの薪コンロで全部燃やしちまったと思ってたが」

「今日、森で見つけたんだよ。あちこちの地面に生えてるから、いい場所に行けばちゃんと見つかる」

レストラン〈ドラーヴァ〉の窓にちらりと目をやる。ふたりとも店内に立ってこちらを凝視しているのがよく見える。ダッチオと、その冷淡な妻。もう野次馬根性を隠そうともしていない。

「ということは……だからなのか？　親父」

「なにが？」

「あれほどおれと食事をしたがったのは。おれの行動をチェックするためだったのか？　これからどうするつもりか訊こうと思ったのか？」

好奇心旺盛な店主夫婦の後ろで、巨大テレビが青みがかった光を放っている。強盗事件の捜査の続報だ。

「なるほど。あれを見てたのか。それなら心配しなくていい。あんなくだらないことには関わってないから」

レオはあたりを見まわした。父の視線を避けるのが主な目的だ。あの視線には、なにか見抜かれてしまうかもしれないから。

首都の夜が始まろうとしている。それなのに、やけに閑散としていて静かだ。

「親父――おれは今日出所したんだ。その同じ日に強盗なんかすると思うか？　サツだってそんなこと思っちゃいないぞ。だれもおれを尾行してない」

「遅刻してきたかと思えば、今度は時間がないと言う。今日、門の前で会ったとき、あのときみたいだと思った……おまえを説得しようとしたとき。前回。思いとどまらせようとしたとき。それで、おまえは生き延びた」

自分が母親の命を救ったと思いこんでいる父親。

「なあ、親父、おれたちの絨毯を一緒くたにするなよ」

父はぎくりと身を固くしたように見えた。

「なんの話だ？」

「覚えてないのか？　あんたに会いに、拘置所へ行ったときのこと」

ふたりとも、覚えている。

それでも父は首を横に振った。

「覚えてない」

「ほんとうに？」

「絨毯をどうこうした記憶はないぞ」

「覚えてないのか？　人の命を救ったと思いこむってのがどういうことか。そんな思いこみを、どれほど簡単に奪い取ってしまえるものか」

レストランの窓の内側に見える巨大テレビ。ニュース番組がまだ続いていて、いまは国際ニュースを報じている。ニューヨークの国連本部ビルからのレポートに、どこかの戦争の短い映像がいくつも挿入される。

そのあたりで、初めてレオが微笑んだ。

「なあ、そんな馬鹿みたいに心配するなよ。もし仮に、おれが今日、あの現場にいたとしたら、あんなことには絶対にならなかった。おれが一枚嚙んでたら、あんな結末にはならない。仲間は死なせない」

「二度とやるなよ、レオ！　次はムショから延々出られなくなるぞ！」

「おれは事件の現場にはいなかった。ここにいるだろう。違うか？」

「二度とやるんじゃないぞ——わかったか？　前回はな、おまえらみんな、とんでもなく運がよかったんだ。軍用銃を二百二十一挺かっぱらって、現金輸送車やら銀行やら山ほど襲って、ストックホルムのど真ん中で爆弾までぶっ放した。それなのに、レオ、おまえは銀行強盗二件でしか有罪にならなかった！　フェリックスとヴィンセントは一件だけだ！たった一回しか参加しなかったおれと同じってことだ。まったく、とんでもない運のよさだよ。それか、検察がどうしようもない能なしだったか。どっちにしろ、ひとつわかったことがある——おまえらがあちこちのムショで何年か暮らしたところで、やったことが時効になるわけじゃない。分厚い捜査資料は消えずに残ってるんだ。もしおまえが、おまえらが、また同じことをやったら、次は全部の件で有罪にされるかもしれない。そうなったら、ムショを出るころにはもう中年だ。いまのおれと同じ歳ごろだぞ」

もう一度、窓に目をやる。ふたりはもうこちらを見ていない。ダッチオはグラスを拭き、妻は塩入れをあちこちに運んでいる。

「おれを見ろ、レオ」

イヴァンは息子のまなざしを追いかけ、目がしっかり合うまで待った。

「おまえは変われる。おれが変わったみたいに」

「へえ。いまのままじゃだめだっていうのか？」

「なあ、レオ……おれと同じ失敗を繰り返すことはないんだぞ。変わることはだれにでもできる。おれにだってできたんだからな！　意志の力を使うんだ。どんなに邪魔が入ってもな。覚えてるか？　ガキのころに教えてやっただろう、熊と踊ること。あれと同じだ」

「親父――おれはな、銀行強盗をやったんだ。飲んだくれてたわけじゃない。銀行強盗ってのはな、やろうと決めてやるもんだ。しっかり計画して、リスクを最小限まで減らせば……飲んだくれるのは、あんたみたいに、現実の世界でうまくやっていけない人間のやることだ」

暖かい店内での食事、上等な肉、始まるはずだった対話。だが、ふたりはいま、ここにいる。薄暗い街中で、湿った歩道に立っている。隔たりはまったく狭まっていない。

「昔のくだらんことはな、レオ、全部もう過去の話だ。大事なのはこれからのことだろう」

「イヴァン。会えてよかったよ」

車はとなりのスペースに前輪のはみ出した状態でとまっていた。急いでいたせいだろう。長居するつもりもなかったようだし。リアウィンドウに貼られたステッカーでレンタカーとわかる。ふたりはそれ以上口をきかず、互いを見ることもなかった。レオはドアを開けて運転席に乗りこみ、エンジンをかけた。去っていく車のエンジン音は静かなものだった。

イヴァン。

隔たりが広がるときには、昔からいつもそうだった。〝親父〟は消え、彼は息子にとって〝イヴァン〟となる。

そして、あの不快感が、今朝のいやな予感が、さらに大きな穴を穿つ。長男は本気で自分の殻に閉じこもっている。どこかに向かっていて、もはやこちらの声が届かないときの彼は、いつもそうだ。

溺れそうなほどの暗闇。

果てのない漆黒。

だからこそ、すべてを隠してくれもする。

レオは目的地近く、狭い林道をすれ違うための待避所に車をとめた。エンジンを切る。ヘッドライトを消す。そうして、漆黒の中に消えた。

ゆっくりと息をする。吸って、吐いて。吸って、吐いて。心臓の鼓動がまだ少し速い気がする。まわりのすべてが静まりかえっているせいで、胸郭を内側から叩く鼓動の激しさが、よけいにはっきりと感じられる。

冬を抜けきっていない春の寒さ。銃を掘り起こしたあのパーキングエリア周辺よりも、はるかにたくさん雪が残っている。十三時のフェリーに乗ったときには気がつかなかった。ここのほうが海から遠い。内陸部のほうが気温は低いものだ。昼のあいだに解けた雪が徐々に凍り、そうしてできた薄い氷の層が、明かりに向かって歩きはじめた彼の足に踏まれて割れた。前方、道路がメーラレン湖に突き当たるあたり、地図によればここから四百メートルのところで、街灯が三つ、フェリー乗り場を囲むようにして明るく堂々と輝き、闇を切り裂いている。

歩くのが速すぎる。早鐘を打つ心臓を落ち着かせなければならないのに、いやな予感に駆り立てられて、木々のあいだを進むスピードが無意識のうちに上がる。あまり速く動いてはいけない。こちらが先にやつらを見つけなければならない――やつらに見つかるのではなく。やつらがあそこにいたら、もしそんなことになっていたら、気づかれないうちに引き返せるようにしておかなければならないのだ。

ここはなにもかもが違っている。都会は大きなランプシェードがかかっているようなもので、人工的な光が巨大なやわらかい帽子のごとく家々を覆い、近づけば近づくほどその光は強くなる。ここにあるのは星だけだ。あとは、飾り気のない街灯が三つだけ。その呼びかけるような明かりが道しるべだ。

ふつうならそろそろ、それまで抱いていた感情がべつのものに変わるころだ。安堵、平穏。警察の捜査網をくぐり抜けたあとの、褒美にも似た思い。ところがいまはそれがない。今回は、現場での事の成り行きも、その後の逃走もコントロールできなかった。そのせいで父との約束に遅れた。突き止めずにはいられなかったから！　まず、四時四十五分のニュース。道端に車を停め、現金輸送員が襲われた事件、それに続いた銃撃戦の生中継をカ

ーラジオで聴いた。中継はアナウンサーの淡々とした声で終わった──

「……詳細は不明ですが、強盗犯のひとりが撃たれた模様です」

撃たれた？

強盗犯のひとりが？

だれだ？

まわりの暗闇──何度も夢に見た、底なしの穴に似ている。永遠に落下を続けるかのような。あるいは、子どものころ、湖の底に向かって深く、深く潜っていき、ずっとここにいたらどうなるだろう、と考えたときのような。

右手の茂みでなにかが動いた。次の瞬間、近くに生き物がいることを示す強烈なにおいがした。一匹ではない。ヘラジカかイノシシの群れが、そう遠くないところで休んでいる。

そのとき、深い闇のただ中で、動物のにおいのただ中で、携帯電話が鳴りだした。着信音はなく、胸ポケットでブーンと震えている。サムだ！　手探りで引っ張り出した。もうすぐだ、もうすぐサムの声が聞ける。いや、違う。この電話じゃない！　暗号化されたほうではない。もうひとつのほうだ。発信元の市外局番は08。ストックホルムだ。どういうことだろう？　サムがべつの番号からかけてきているのか？　どこかで身動きがとれなくなっているのか？　出なければならない。だが、ここでは無理だ。すぐ近くで、やつらが待ち構えているかもしれないのだから。いや、ひょっとして……ヤーリだろうか？　いや、違う。サムもヤーリも暗号化されていないほうに電話してくることはないはずだ。それに、あのふたりのどちらかがほんとうにかけてきているのだとしても、ここで電話に出るリスクは冒せない。もう道のりの半分近くまで来ているし、静けさの中で物音はさえぎられることなくあっという間に伝わる。彼は少し向きを変えて道路に戻り、側溝沿いに進みながらフェリー乗り場に目を凝らした。下がった遮断桿の前で乗船を待っている車がないか、アスファルト敷きの丸い広場をうろついてあたりを見張っている人間がいないか、見極めようとする。

　四時四十五分のニュースの途中でもう、車をUターンさせて引き返そうかと考えた。まっすぐここに来て、なにがあったのか確かめたかった。だが、そのまま走りつづけた。そう遅くならずに着き、狙った時刻にじゅうぶんに長いこと、他人の目に自分の姿を焼きつけることができた。間違いなくそいつの記憶に残るように。父以外の記憶にも、だ。食べてもいない食事の勘定を払うと言い張った。五百クローナ札を何枚か多めに渡した。そこまでしたら店主は忘れないだろう。こうして、警察が型どおりの質問をしにあのレストランを訪れたとしても――いや、訪れることは確実だろうが――レオ・ドゥヴニヤックには確固たるアリバイがある。家族以外の証人もいる。時刻からして、レオがストックホルム南の郊外で現金輸送員を襲い、後始末を済ませ、それからハンガリー人が経営する街中の店に現れた、と考えるのは理論的に不可能だ。

あのチンケな店の外の歩道に立って、店内のテレビ画面を横目で見るのは、実に耐えがたい経験だった。自分で計画はしたが、実行に加わることも、刻まれる時を味方につけることもできなかった強盗事件のニュースが、興奮したレポーターによって大声で報じられているのだから。

四日。与えられた時間はそれだけだ。だからレオだけは、資金調達のためのこの襲撃に参加できなかった。三人の中で、事件のあと自動的に捜査の対象となる可能性があるのがレオだから。新たに結成されたこのグループでは、レオこそが銀行強盗のエキスパートだ。名も知られているし、そのうえ出所したばかりでもある。あとのふたり、サムとヤーリは、べつの罪で区画Hに入れられていた。レオには、無駄な取り調べに割く時間はない。存在しないものを奪う、最後の大奇襲作戦のチャンスを逃したくなければ、完璧なアリバイを用意しておく必要があった。

携帯電話で撮影された、ぶれた動画。湿気で曇ったレストランの窓越しに見たかぎりでは、そのように見えた。目撃者が撮影したわけだ。レオが刑務所にいた何年かのあいだに、携帯電話の性能は爆発的に上がり、人の身体の一部と化していた。前回、一連の銀行強盗をやったときには、監視カメラだけどうするか考えればよかった。銀行に入るやいなやカメラを撃ち落とし、捜査官がなにがしかのパターンを読みとることができないようにしてやった。そうすればあとに残るのは混乱した目撃者たちの証言、歪曲された断片的な情報だけだ。しかも人によって言うことが違う。人間はショック状態に陥ると、思いこみでものを見るようになるからだ。そうした証言をパズルのように組みあわせて、全員に共通する経験を見つけ出すのに、警察はかなりの時間を費やすはめになった。それがいままでは、携帯電話で事件の瞬間をとらえた映像が、証言の不備を補ってくれる。一般市民をコントロールすることはできず、彼らの手から携帯電話を奪い取る策など立てられるわけもなかった。こうして撮影された、素人の手になるぶれた動画を見たレオは、やはり最悪の事態が起こったのかもしれない、と思った。最悪の事態――つまり、自らの血の海に倒れているのはサムである、ということ。

三つの街灯に近づいていくと、船頭が次の航行までのあいだに休憩する小屋も見えてきた。真っ黄色のフェリーの輪郭が水ぎわにかすかに見え、漆黒の水に浮かんで静止しているのがわかる。そのとき、またブーンと音がした。胸ポケットに入れた携帯電話。市外局番08、さっきと同じ番号だ。震動がそのまま消えていくにまかせ、先を急ぐ。車が一台、エンジンを切って乗船を待っている。自分を待っているのだろうか？　警察の車か？　そうだとしたら、外の暗闇にだれが隠れている？　レオはさらに近づいていった。最後の道のり。選択肢はほかにない。確かめなければ。サムの代わりはきかない。何カ月もサムの独房で計画を練ってきたのは、レオとサムのふたりだ。ヤーリ——過失致死と恐喝で服役していたあのプロの犯罪者は、ずっとあとになってから仲間に加えた。最初のミーティングはヤーリの給与交渉に終始した。双方が妥協し、中間の額で折り合いがついた。ヤーリに与えられた仕事は、現金輸送員襲撃をさらりと済ませること、最後の奇襲作戦で逃走を手助けすることだ。彼はわりに話の通じやすい相手だった。なにが得意か、どう貢献できるかを自分で心得ている人間は皆そうだ。よけいな穿鑿はせず、頼まれた仕事はきっちりこなし、尋問では黙秘を貫く男として知られていた。報酬は千五百万クローナ。双方ともそれで満足していた。裏社会で永遠の沈黙を買い取るにはじゅうぶんな額だ——これが表の社会なら、秘密保持条項の入った契約書にサインするところだが。

というわけで、もしほんとうにサムが死んだのなら。あるいは逮捕されたのなら。すべてが崩れる。なぜなら、この計画には時間制限があるから。これほどたくさんの段階を踏まなければならないのは初めてだ。逮捕される前、警察に名を知られる前なら、なんの障害もなく次から次へと銀行強盗を計画し、実行することができた。今回も無名のままであれば、計画を練って次々と襲撃をかけ、奪った金を元手に最後の奇襲作戦までたどり着けただろう。だが、それはもう過去の話だ。いまでは警察の前科記録に載っている中でも五本の指に入る有名人として、全警官の意識にしっかりと刻みこまれている。これほど大がかりな奇襲を仕掛けることのできる、数少ない犯罪者のひとりとして知られているのだ。つまり、チャンスは一度しかない。リスクはこれまで以上に大きいが、引き受ける覚悟はできている。利益もこれまで以上に大きいはずだから。これほどの好機は二度と来ないだろう。

ここに来る途中で聴いた七時のラジオニュースでも、新しい情報はとくになかった。撃たれた強盗犯の身元は報じられず、もうひとりの強盗犯にもいっさい触れていない。逮捕されたのか、まだ逃げているのかどうかもわからなかった。銃撃戦と、死者が出たこと、それがニュースの焦点だった。車のスピーカーから流れてきた中で、それまでになかった情報は、駐車場やショッピングセンター内にいた目撃者たちの声だけだった。ほとんどが混乱しきった言葉の断片で、ひとまとまりの文になっていることはめったになく、銃弾で車体に穴があいた、皆あわてて地面に伏せて身を守ろうとした、などと語っている。声に表れた恐怖。だが、もうひとりの強盗犯については、やはりひとこともなかった。

船頭の小屋。もう、すぐそばまで来ている。窓が四つ、小屋の四面にひとつずつあり、控えめな明かりが外に漏れている。レオは森に面した窓に忍び寄った。こちらからなら、伸び放題の茂みに隠れて近づける。木の壁に行き着くと、ぴたりと身体を寄せて中をのぞいた。男がひとり。その前のテーブルには、コーヒーのなみなみと入ったカップと、広げられた朝刊。昼過ぎにいたのと同じ船頭だ。

ほかにはだれもいない。レオはそう確信した。

年老いた船頭の後ろの壁に掛かっている白い時計がやけに大きく、人間の腕ほどもありそうな針が学校の時計を思い出させる。針は七時四十五分を指していた。出航まであと十五分だ。

来た道を引き返す。茂みに身を隠すと、回れ右をして、乗船を待っている車に後ろから近寄った。

運転席に男が、助手席に女が座っている。

近づいてみるとわりに古い車で、色は赤、アンテナもなければ、バックミラーがふたつついているわけでもない。つまり覆面パトカーではなかった。中の男女はラジオを聴いていて、ラジオ・ウップランドという局のテーマソングが外まで聞こえている。車体に触れられそうなほど近づくと、女が帽子をかぶり、コートの襟を立てているのが見えた。男は髪の薄い頭に野球帽をかぶり、中綿入りのジャケットを着ている。どうやら警察は来ていないようだ。いまのところは、まだ。

最後にもう一度、船頭の小屋へ。船頭はあいかわらずのんびりしているようで、コーヒーカップの中身は半分に減り、学校の時計は七時四十九分を指している。だれがあの小島を訪れ、だれが去ったのか、ひとり残らず把握することのできる唯一の人物。平日の夜にこの湖峡を渡る人はほとんどいない。黄色い夜光ベストを着て座っているその姿を見るかぎり、とくに変わったことはなにも起きていないようだ。そうでなければ、彼はもっとあたりを警戒し、目を光らせているだろう。外を歩きまわったり、操舵室に陣取ってアスファルトの広場のようすをうかがったりしているかもしれない。呑気(のんき)にコーヒーをすすり、新聞のスポーツ面をじっくり読んでいる場合ではないはずだ。

レオは湿った湖の空気を吸いこんだ。いま確かめられることはすべて確かめた。二十時のフェリーで湖峡を渡ろう。渡らなければならない。これから車に戻り、あの遮断桿まで運転していくには、走らなくても間にあうだろうが、歩幅は少し広げたほうがよさそうだ。

こうもうまくいかないものなのか。

〈ドラーヴァ〉で座っている、いつもと同じ席。ほかのテーブルにいる、いつもと同じ常連客。白い布の帽子をかぶり、ピザを出し入れするへらを持って、オーブンの前で身をかがめている、いつもと同じダッチオ。

それなのに、いまいましい不快感が、息もできないほどに胸を締めつける。こんなあっという間に広がるなんて信じられない。増殖し、襲いかかってくる。せっかちな癌細胞のようだ。

夕食は取りやめになった。すべてが取りやめになった。一心不乱。レオのようすを言い表す言葉はそれだ。不快なまでの、すさまじい集中力。あのときと同じだ。皆が逮捕された、あの最後の襲撃の前と。

不快なまでの近寄りがたさ。

イヴァンはあのあと、しばらくそのままリング通りに立ちつくし、レンタカーがグルマシュプラン方面に去っていくのを目で追ってから、ふくらむ不快感を連れて店内に戻った。しけた常連客どもの文句には知らん顔で、クソみたいな強盗事件のクソみたいな映像、クソニュース番組を流すクソテレビの音量を上げた。カウンターの向こうで小さくなっている店主と、その好奇心旺盛な妻のほうを見やると、ふたりとも自分と同じくらいニュースに興味津々なのがわかる。まるでハイエナだ。イヴァンの息子がどんな人間かわかっているつもりのハイエナ。

その頭上に、ずらりと並んでいる。

赤ワインのボトル。

ひどく久しぶりに感じた。切断された腕がむずがゆいような感覚。飲んでもいないのに、室温で保存されたワインが早くも体内で踊りはじめる。幻肢痛ならぬ、幻口渇。あの安心感に満ちた、ぼんやりとする感覚が、頭の中に入りこんでくる。

だめだ。

絶対にだめだ。

弱気になるな。よりによって、いま。

あいつを変えられるのはおれだけだ。あいつがどこに向かっているにせよ、正しい道へ連れ戻せるのは、おれだけなんだ。

イヴァンは座り心地の悪いプラスチックの椅子から立ち上がると、店のコードレス電話を三たび借りた。ピザを作るダッチオの手のせいで粉まみれになっている。単調な呼び出し音が繰り返し鳴るのも、これで三度目だ。かけた番号を、ヴィンセントからむりやり訊き出した番号のメモと見比べる。この番号からレオは弟に電話をかけてきたのだ。数字をひとつずつ確かめる。合っている。最後にもう一度、またその番号にかけた。心の準備はできていなかったような気がする。一度目の呼び出し音も終わらないうちに応答があったのだ。

「もしもし？」

レオの声。そうだろう？

「もしもし……イヴァンだ」

なんと静かなのだろう。向こうの声の主がどこにいるのか聞きとろうとするが、なにも聞こえない。

静かすぎる。

「なんの用だ？」

「いや……なあ、おまえ、わかってるとは思うが……おれはな、おまえのことが心配なんだ。わかるだろう？」

「なにが言いたい？」

「忘れるんじゃないぞ。おれがいることを。もし助けが要るなら」

「どこからかけてる？」

「さっきの店だが」

「番号はどうやって手に入れた？」

「おまえの弟に訊いた」

ふたたび、静寂。

なにもない。空っぽだ。

「なあ、イヴァン」

「なんだ」

「これからは、おれが許可した番号以外からは電話してくるな」

静寂の種類が変わった。レオが電話を切ったのだ。

戸惑い。ついさっきまであった、いやな予感、不快感、不安。そしていま、怒りが生まれた。

退けられた。

今日、これで三度目だ。

まず塀の前で、次は夕食のとき、そしていま、まただ。許可した番号、だと？　どの番号からかけようと勝手だろう。

なんの前触れもなく、ある感情がたちまちそばに寄ってきた。はじめは気づかなかった。屈辱。感じているのは、屈辱だ。頭からつま先まで汚された気がした。助けが要るならおれがいる、あいつのことを気にかけている、そう言ってやった、何度も言ってやったのに……許可した番号、だと？

「電話、つながったかい？」

ダッチオ。ハイエナがオープンの前から声をかけてきた。ハイエナの女房ともどもこちらを見ている。あざ笑っている。ハイエナの笑いだ。

「おれがだれと電話しようが、おまえには関係ない。自分の仕事をしろ」

「けど、息子さんにかけたんだろ？　そんなふうに聞こえたが」

「ハイエナの分際で盗み聞きか」

「なんだって？」

「いいからピザ焼いてろ。聞くべきじゃない話に聞き耳を立てるのはやめることだな」

テレビから、覚えのあるオープニング曲が流れだす。ニュース番組が始まるたびに鳴り響く音楽。イヴァンはさらに音量を上げた。しけた負け犬どもがまた文句をつけてきたが、かまいはしない。もっと物理的に物申すべく立ち上がったのがひとりいたが、相手がだれかわかると気が変わったらしく、向きを変えて配膳ワゴンへ歩いていき、ナプキンだか塩入れだかを探すふりを始めた。

トップニュース。アナウンサーの男は深刻な面持ちをしている。髪型もメイクも念入りに整えてあるが、それでもわかる——あれは訓練された表情、深刻な面持ちを作っている人間の振る舞いだ。机の上に置かれた両腕、少しかしげた首、不自然なほど低い声。アナウンサーの右肩の上に、写真が映し出されている。血の海に浸った軍用銃の写真だ。レポートが始まると、イヴァンは画面がもっとよく見えるよう、椅子を後ろにずらした。いまのところはこれまでの報道と同じ情報ばかりだ。さらに大量の血。強盗犯のひとりが死亡。ストレッチャーに乗せられた、ショック状態の現金輸送員たち。一、二分が過ぎたところでイヴァンはテレビを消そうとしたが、そこにいきなり新しい映像が現れ、古い映像を押しのけた。警察の制服を着た女性広報官がパトカーの前に立っている。これまでの映像には出てこなかった人物だ。現場でインタビューを受けているのだが、その場所が明るくライトアップされていて、まるで映画撮影用のセットのように見える。さっきのアナウンサーと同じく、考え抜いたうえで自分のための舞台装置を整えたかのようだ。声が不自然に低いのも同じだった。警察の捜査により、襲撃犯は目出し帽をかぶった男性ふたりであると確認された、と彼女は説明した。銃撃戦で射殺された犯人の身元が判明した、もうひとりの犯人は奪った金を持って逃走中、重武装しているうえ、精神的にかなり追い詰められているとみられるため、きわめて危険、とも言っていた。

イヴァンは水の入ったグラスに手を伸ばした。ワインに呼ばれ、誘われていても、コーヒーと水しか飲まない。彼は少し誇らしい気持ちで椅子にもたれ、女性広報官をじっと見つめたまま、グラスの中身を飲み干した。

女性広報官があまり楽しくなさそうな表情になっている。ここまではすべて計画どおりだったが、ここからはそうはいかない。念入りに準備した、考え抜かれた声明は終わり、自由な質疑応答が始まったのだ。広報官はひたすら質問をかわしている。捜査が慎重な配慮を要する段階にあるため、この点について話すのは時期尚早だ、その点も同様、あの点も同様。そう言っているが、イヴァンは見抜いた——この女は嘘をついている。サツはいつだって、口で言うよりたくさんの情報を握っているものだ。逃げた犯人がだれなのか、とっくに調べあげているにちがいない。ひとりの身元が割れている以上、共犯者はすぐに絞りこめる。自分と三人の息子たちが身をもって経験させられたことだ。

レオではありえない。それもわかっている。この店に来たのだから、現場にいたはずはない。

それでも、なにかがおかしい、と感じた。

出所一日目のレオはどうして、自分に対してあんな妙な振る舞いをみせたのだろう？ 父親と夕食をともにする約束を破って、いま、いったいどこにいるのだろう？

フェリーで五分間の航行。そこから島の反対側まで車で五分。何時間か前と同じ道のり。だが、いまはすさまじい不安に包まれている。なにもかもが始まりもしないうちに終わってしまったかもしれないのだ。最後のほうはヘッドライトを消して走った。スピードを落とし、停まる。前方、濃い闇の中に、真っ暗な家。ろくに見えないあの家がいま、すべての鍵を握っている。

サムがあそこにいたら。

サムがあそこにいなかったら。

レオは車内にとどまり、サイドウィンドウを下ろした。冷たい空気。目が冴える。ここに座ったままでいれば、なにもわからないままだ。なにもわからないかぎり、サムはまだ生きている。奪った金も、まだその手にある。

あのあと、電話がまた鳴った。三度目、やがて四度目。しつこく、すがるように。〝青い強盗犯〟の可能性もなくはない、とレオは思った。出ようと決めて携帯電話を胸ポケットから引っ張り出し、ボタンを押して応答した。相手の声。親父。レストランの電話なんかからかけてきやがった。まわりに人がいるのに。盗聴され、位置を特定される可能性もあるのに。

サイドウィンドウを閉める。外はじめじめとして冷えこんでいるが、車内の暖かさはまだ逃げていない。

どんな状況であろうと、解決策はかならずある。かならず出口が見つかる。だが、いまは——もしかすると、ないのかもしれなかった。

あの暗い家の中で、警察が自分を待ち構えていたら。船頭になにも告げず、一般車両で前のフェリーに乗ってきて、自分を隠してくれているこの同じ暗闇に潜んでいるとしたら。いまこの瞬間も、暗視スコープでこちらを見つめ、体温が発する緑色の微光を追いかけているのだとしたら。

車のドアを開け、両足で地面のようすを確かめてから、柵と門に向かって歩きはじめた。立ち止まり、耳を澄ます。なにも聞こえない。風の音すらしない。

はじめはふたりだった。そこに三人目が加わった。銀行強盗犯、殺人犯、暴行犯。そのうちのひとりが死んだ。またふたりになったわけだ——が、どのふたりだろう？

目の前に広がる芝生は緩やかな上り坂だ。薄い氷の張った地面がそのせいで意外に滑りやすく、硬い靴底がときおりなすすべもなく足場を失った。昼過ぎにここを訪れたときには、石塀沿いのこのあたりにサムの車がとまっていた。いま、その場所にはなにもない。これは、最悪の事態が起きたしるしだろうか——それとも、あえてどこかべつの場所にとめてあるだけだろうか。

玄関扉の目の高さに、四角い小窓がついていた記憶がある。中を見ることはできない、すりガラスの窓だ。とはいえ、キッチンや裏手の窓から家の中をのぞくのはあまりにも危険だろう。

扉の取っ手は白っぽい金属製だ。手をかけて慎重に押し下げると、かすかに光ったようにも見えた。鍵はかかっていない。狭く暗い玄関に足を踏み入れる。敷居をまたぎ、キッチンへ。地図を燃やしたコンロのそばを通る。

息遣い。

いや、錯覚か？

二脚ある椅子にも、長椅子にも、だれも座っていない。

次の敷居をまたぎ、狭い居間に入る。そこに……いた。たぶん。ひじ掛け椅子。人が少し前かがみになって座っているように見える。

まるで、だれかの影のように。

「おれがやられてもおかしくなかった」

サム。

い、い、サムの声だ。

心の奥底でいま感じているのが、喜びなのか、安堵なのか、それともなにかにカムフラージュされた怒りなのか、レオには判断がつかなかった。ひとつだけ確かなのは、こんな激しい感情に流されている暇はない、ということだ。

食卓の椅子に手を伸ばし、影の近くへ引き寄せる。

「だが、やられなかったな、サム。おまえはやられなかった」

「ちくしょう、あいつ……よろめいたのが見えたんだ。自分の身体に手を当ててた……このあたり」

サムは影じみた手を振り、腰と肩甲骨のあいだを示してみせた。

「それで、おれは走って外に出た。あいつのもとへ。あいつをつかんで、助けようとした……頭も撃たれてたことは知らなかった。弾がそこに当たったってことは。それでも、ヤーリが死んでいくのは感じた。その瞬間、手を握ってて、わかったんだ。筋肉から力が抜けていくのが。こうして思い返してみて、いま実感したよ——おれが撃たれていてもおかしくなかった」

レオは、区画Hの服役囚たちが挨拶代わりに交わす抱擁でしか、サムに触れたことがなかった。が、いま、彼はサムの影じみた手を探りあて、その上に自分の手を重ねた。

「だが、おまえは生きてる。おまえの手をこうして握れば、ちゃんとわかる」

なぜなら、目の前に座っているこの男は、彼がどんな罪を犯して罰せられたかを考えると奇妙なことではあるが、実のところ、暴力の使い方などまったく知らないのだ。二十五年前にたった一度だけ、暴力を逃れようとして逆に暴力をふるった男。以来、同じことは二度と繰り返していない。自分から暴力に近づいていくこともなかった。

レオはさらに少し力を込めて影じみた手を握ったが、なんの反応も得られなかった。握り返してくることはない。さらに固く握ってみるが、やはり手応えはいっさいない。こちらの言葉が届いているしるしはまるでなかった。そこでレオは立ち上がり、ふたつある窓のロールカーテンをさっと下ろした。手で床を探ってフロアライトのコードを見つけ、スイッチを入れる。電球の光は弱々しいが、人の表情を読みとるにはじゅうぶんな明るさだ。

サムの金髪は、長いこと黒い目出し帽をかぶって汗をかいたせいで、ぺたりと頭に貼りついて乱れていた。その目は外の世界ではなく、内側に向けられている。いまもなおショッピングセンターの駐車場に残り、同じ映像を繰り返し再生している。そして、ほとんど見えないが、それでも目のほかに唯一見てとれるもの――肌のむき出しになっていた部分、左目と左の口角のまわりに飛び散って固まった、小さな血痕。目出し帽の縁があったところで途切れている。

「親指。検問所の警官。おまえが言ってたとおりだったよ」

〝おれがやられてもおかしくなかった〟とは違う、べつの話題。声がかすれている。まるで声帯が言葉を引き止めているかのようだ。

「無意識に親指でこすってた。型押しのところ。紫外線を当てると光るところ。おれの顔より、そっちのほうを見てた」

徐々に声のかすれが消え、サムが身を乗り出してきた。

「目出し帽、ツナギ、ブーツ――全部燃やした。打ち合わせどおりに」

「検問を通ったときに着てた服は？　牛乳配送係の制服は？」

「それも燃やした」

　サムの目がようやくあのいまいましい駐車場をあとにしたのが、手に取るように感じられた。彼はふたたびあの現場を離れ、ここにやってきた。

「それから、牛乳配送トラック。あれもいっしょに燃やしたよ」

　ショックを受けた強盗犯の目つきが、逆にプラスに働いたのだろう。呆然としたその瞳は、ちょうど本日分の乳製品を配達してきたばかりのトラック運転手の平然たる態度と解釈された。

「あと、あの銃、おれの銃は、空にした紙幣カセットといっしょに、深さ二十五メートルの水底に沈めてきた。この下の桟橋につないである手漕ぎボートで二分、沖に出たところだ」

　ふたりは互いを見つめた。いま、この場で、友情と信頼関係がぐんぐん育っているような気がした。もう暴力はふるいたくないのに、あと一度だけ、これが最後だと言って、暴力を行使することに同意した人間。暴力によって反撃され、握った手が動かなくなるのを経験したにもかかわらず、ひとりきりで最後までやりきった。役割を果たした。サムはショックに耐え、打ち合わせどおりに行動した――強盗犯から一般人に変身して、検問を突破し、服と第一の逃走車を燃やし、次の逃走車、自分の車に乗り換え、この島に渡ってきて、銃と、最後の手がかりを始末した。そうして家にたどり着き、暗闇の中でひとりきりになってから、ようやく打ちひしがれることを自分に許した。

レオはかすかに笑みを浮かべた。適任の仲間を選んだ誇らしさのせいかもしれない。立ち上がってキッチンへ向かい、食料庫の扉を開けると、棚の二段目と三段目のあいだの壁に取り付けられた金属製のバルブを回した。

吸気口だ。

「ここだよな？」

サムがうなずいたので、レオは丸い金属のバルブをさらに回した。すき間がじゅうぶんに広がると、そこに手を差し入れ、ラップフィルムにくるまれた長方形の包みを引っ張り出した。

「定規はあるか？ 折尺(おりじゃく)でもいい」

「ここらへんに、お袋の古い巻尺がまだあると思う」

サムは調理台のひきだしを開けて中を探ると、ほどなく赤と緑と黄色で彩られた小さなロールをレオに手渡した。伸ばしてみる。長さは一メートル。だらりと垂れたリボンのような巻尺を、ラップフィルムに包まれた札束に合わせた。

「二十センチだな。一センチあたり五万とすると——百万。厚みの同じ包みが六つあるということは、六百万。じゅうぶんだ。これだけあれば〝家庭訪問〟には足りるし、小遣いも少し出る」

札束の包みを壁の穴に、すでに入っている包みの上やすき間に戻した。バルブを閉め、食料庫のドアを閉める。

「もう一挺の銃は？」

「あいつの死体から一、二メートル離れたところ、アスファルトの上に転がってた。回収は無理だった」

どんなことがあっても痕跡を残すな。

残していいのは、おれが残すことにした痕跡だけだ。

黙ったまま、互いのようすをうかがう。穏やかさのようなものがふたりを包んでいる。居間のフロアライトの控えめな光は、キッチンに届くころには弱々しすぎて、相手の目鼻立ちがかろうじて見分けられる程度だ。それでもレオには確信できた――この瞳、サムの瞳が、ちゃんと戻ってきている。犯罪現場と死を思い起こさせるのは、左の目元と口元に残った血しぶきだけだ。

「明日のことだがな、サム。少し考え直さなきゃならない。サツの思考回路を想像するに、回収できなかった銃のせいで、おれは二度と行かないつもりだった部屋で何時間か過ごすはめになるだろうから」

襲撃に使われた二挺目の銃、したがって本来なら水深二十五メートルの湖に沈めるはずだった銃はいま、鑑識の手に渡っている。そんな手がかりを初めて残してしまったことで、これからどうなるか、レオははっきりと認識していた。警察は彼を連行するだろう。事情聴取を行なうだろう。だが、あくまでも事情聴取だ。やがてアリバイがあると判明する。彼が直接関わっていることは立証できない。過去の事件に基づいた、すでに色褪せた疑念があるだけだ。あの時だって、警察はろくな状況証拠すら並べることはできなかった。

「おまえの弟のクソ刑事との話が終わったあとには、二、三時間、時間が要る。ヤーリの代わりを探すためだ」

最終段階である〝警察本部〟を実行するためには、信用できる仲間を探さなければならない。人を信用したことなどないのに。信頼関係を築く時間もないのに。

そうなると、考えられる候補者はふたりしかいなかった。

フェリックスと、ヴィンセント。

「だからな、サム――アルバニア人に連絡してくれ。〝家庭訪問〟は夜に延ばしてほしい」

フェリックスはどうだろう――あいつはもう手を引いているし、あんな頑固な人間はほかに知らないが。

ヴィンセントはどうだろう――あいつもすでに手を引いているし、しかも自分を避けているようだが。

「サム、おまえは生き延びた。奪った金も無事で、ちゃんとここの食料庫に入ってる。明日は……そうだな、今日起きたことのせいで、何時間か遅れることになる。だが、それでもじゅうぶん間にあう。おれたちの計画はまだ崩れてない。三日後には完了だ」

パニック。

彼女が感じているのはそれだった。

どこから湧いてくるのか、わからないままに。

ブリット＝マリーはベッドでまた寝返りを打った。うなじから腰まで汗で湿っている。枕元のテーブルに載った目覚まし時計が、角張った数字でわめいてくる――二十三時四十七分。

一時間半ほど前、まだ早いのにベッドに入り、暗がりのどこかに眠りが見つかることを願った。あの子がいつ、どんな状態で帰ってくるか、知らずに済ませたかったから。明日の朝、目を覚ましたら、あの子はきっと客間で軽くいびきをかき、シーツにくるまっている。子どものころのように。

だが、いくつもの妙な感情が胸の中で押しあい、ぶつかりあい、寝つけずに過ごした初めの一時間、これは異常なことだろうか、と彼女は考えた。それとも、息子を愛し心配する母親なら、こんなふうに感じるのは当たり前のことだろうか？　長く刑務所に入れられていた息子は、今朝自由の身になったばかりで、おそらくどこかで出所を祝っているだけなのだろうが。

これは当たり前の感情だ。そう考えることにした。自分がいま感じているのは愛情なのだ、と。だが、その真ん中に、なにかほかのものもある。パニック。あまりにも強烈で、あまりにも馴染みのある感覚。眠りに落ちそうになるたび、夢の世界へ落ちていきそうになるたびに、刑務所の独房のようすが目に浮かび、腹立たしいことに一瞬でぱちりと目が覚める。パニックの出どころはそこだった。刑務所。あちこちの刑務所を訪れ、殺風景でカビくさい面会室に入った記憶。だが、パニックに陥る理由などないのだ。面会は徐々に日常の一部と化した。来る年も来る年も、二週間ごとに長旅をして、各地の塀の中で暮らしている三人の息子たちに会いに行った。

ブリット＝マリーは家の中を見まわした。豪華さからはほど遠い、小さな家だ。

だが、とにもかくにも自分の家だった。

はるか昔に、ストックホルムの中心から南へ五キロほど離れたところに建てられた家。地区の名前はタルクローゲン、ごくふつうの収入を得ている人たちが生活を営む、狭いながらも居心地のいい家々が並ぶ界隈だ。ブリット＝マリーはここでの暮らしが気に入っている。交通量の多いニューネース通りがすぐそばを走っているのが難点といえば難点だが、昼間の騒音はもはや生活に組みこまれ、とっくに慣れきってしまってまったく気にならない。だが、夜がやってくると車はまばらになり、そのせいで音がはっきりと聞こえてくる。重量のある大型トレーラーの起こす震動が、木の壁に、木の床に、木のベッドに伝わりもする。ここに引っ越してきたのは、息子たちが逮捕されたあと、初公判の始まる前だ。それまでは地方の小都市ファールンに住んでいたが、町中でも、職場の介護ホームの廊下でも、新聞の一面を日々飾る事件のせいでひそひそと噂をされるようになり、そこから逃れたかった。息子たちがいくつかある重警備刑務所に別々に入れられるというので、なるべく近いところにいたいと考えたためでもあった。

どの息子にも月に二度会いに行った。だが、三人のようすはまったく違っていた。ヴィンセントは、初めて面会に行ったときにはもう、気持ちの整理をつけているのがありありと伝わってきた。自分のしたことを悔い、二度と犯罪には手を染めないと決意していた。〝あれが最後だよ、母さん〟。息子はそう言った。一字一句たがわず。〝最後だよ〟と。フェリックスも同じだろうか。どうだろう。いまだによくわからない。が、そう願ってはいる。フェリックスは取り調べで黙秘を貫き、そのあとも自分が犯した罪について、母親とふたりきりのときにすらいっさい話そうとしなかった。そして、レオは——ヴィンセントの場合と同じで、初めて面会に行ったときにはもう、わかってしまった。この子はけっしてやめないだろう。犯罪者の世界に足を踏み入れ、そこから出たがっていない。この子が変わることはけっしてないだろう。

ブリット＝マリーはベッドで身をよじった。額やこめかみにも汗がにじんでいる。無音でありながらうるさく時を刻む、煌々と光る時計に耳を澄ました。

パニック。

消えてくれない。

それどころか、ベッドの上でふくらんでいく。となりに割りこんできて、自分をベッドから突き落とそうとする。

喜ぶべきだ。幸せに浸るべきだ！　息子たちが三人とも自由の身になれたことに感謝すべきだ。最後に皆で集まったのはいつだったろう？　明日のことを考えよう。明日は三人全員が、この家での昼食にやってくる。明るく大きな声でこう言えるよう、心の準備をしておかなければ。〝ほら、わたしのかわいい息子たち、今日はわたしたち一家の再出発の日よ〟。だが、心の奥底ではわかっているのだ。そうではないと。再出発どころか、破滅の始まりかもしれないと。

そう考えたあたりで、また襲ってきた。パニック。

そして、ついにわかった。パニックのほんとうの出どころが。

あのいまいましい、家族の絆というもの！

すべてはそのせいだ。イヴァンがつくりあげた、くだらない、病んだ、歪んだ絆！　今朝、あの男は刑務所の門の外で彼女の目の前に現れ、あの絆とやらを思い出させてきた。そのせいで、彼女がこれまでに築きあげたもの、距離を置いてきた年月、すべてが無駄になった。あの男が、また入りこんできた。彼女の中に。昔と同じように。内にこもり、外のすべてと戦おうとする、あの異常な結束を生み出した、いまいましい絆！

その絆がいま、またもや、次男と三男の決意を打ち砕きかねない。

ヴィンセントと、フェリックス——ふたりはレオに抗(あらが)えるだろうか？

じゅうぶんな意志の強さを備えているだろうか？

これこそが、パニックの根源だった。

レオがまた、絆という名の縄を引きはじめるのではないか。また弟たちを道連れにして、奈落に引きずりこむのではないか。イヴァンと同じように、あの男のように振る舞うのではないか。彼女が自分の命を守るために離れざるをえなかった、あの絆を利用するのではないか。だが、レオから離れたくはないのだ。自分の息子から離れるなんて、考えたくもない。

車が一台。ほかの車と同じように、その音がはっきりと聞こえてくる。

だが、ニューネース通りからではない。

このエンジン音は、反対側にあるキッチンの窓から聞こえてくる。隣家のあるほう、住宅地を抜ける半月形の狭い道があるほうだ。車は近づいてきて、スピードを落とし、停まった。この家の前で。やがて、足音。聞き覚えがあるような気のする、力強くも落ち着いた足取り――もしあの子が、まだああいうふうに歩くのであれば。

やがて玄関のドアが開いた。

錠がカチリと開く音は聞こえなかったが、玄関の床がいつものようにきしんでいる。もう間違いない。あの子の足音だ。長男の姿を見たいと思う。どんなようすか知りたい。どこにいたのか見極めたい。

ネグリジェを整えてから、寝室のドアを開けた。

レオは冷蔵庫から放たれる光の中に立っていた。天井灯も戸棚のライトもついていないせいで、刑務所帰りの人独特の青白い肌がほとんど真っ白に見えた。

「母さん？　寝ないのか？」

死人。そんな考えが頭に浮かんだ。息子の、この三十一歳の身体に血が通わなくなったら、きっとこんな姿になる。

「うん、まだね。だって、まだ十二時よ」

ヘルゴード・チーズ。スモークされた豚肉の塩漬け。レオはふたつの皿をコンロに置いた。

「パンはどこ？」

ブリット＝マリーは食料庫から、三角形のクネッケブレード（平たいクラッカー状のパン）が入ったかごを出した。

「いままで、どこに……どこかで祝ってたの？」

「出所を、ってこと？」

ブリット＝マリーはうなずいた。レオは肩をすくめた。

「いや、母さん。祝ってはいない」

「じゃあ、なにをしてたの？」

「べつに、なにも」

チーズスライサーの刃が鈍っていて、きれいな薄片ではなくしわくちゃの小さなかけらばかりになった。レオはそれらを三角形の隅にひとつずつ載せた。

「そのへんをドライブしてた。あちこち行ける自由を満喫してきた」

塩漬け肉を分厚く切り、べつのクネッケブレードに載せる。

「だからさ、心配するなよ、母さん」

ブリット＝マリーは息子の白い肌を見つめた。いまや青に近く見える。心配しないようにはしているのだ。それには全力を尽くしている。それでも、いま息子が言ったことを聞いて安心はできなかった。だから、その場にとどまった。ネグリジェ姿で、寝ているあいだに絡まらないようまとめた髪もそのままに、冷たい床に裸足で立っていた。

小柄に見えるかもしれない。それでも、彼女は両足に体重をかけ、揺るぎなく立っている。

「レオ、なにをするつもりにせよ」

昔、イヴァンに立ち向かったときに、そうしていたように。

「弟たちを巻きこむのはやめなさい」

そして、手を前に、上に伸ばし、ひげを剃っていない頬に手の甲を滑らせた。

レオは、廊下の暗がりに消えていく裸足の足音に耳を傾けた。

いやな感覚が残っている。触れてきた母の手。昔から、ずっとそうだった。母はやわらかく、息子たちに触れてくる人だった。

だが、いまは。頬に触れた手の甲に、厭わしさに似たものを感じた。

具を載せたクネッケブレード二枚に、オレンジジュース二杯。それから、客間へ。ソファーベッドが広げてあり、新しいシーツが掛かっている。母は食卓の椅子をひとつ持ちこみ、そこにデスクランプを置いていた。その横に、新品の歯ブラシと、新品の下着と、新品の靴下が並べてある。

出所から一週間、ここが彼の家だ。そのあとは、〈楓〉という名の社会復帰支援ホームに住居が用意されている。部屋の広さは十平方メートル、刑務所や薬物依存症リハビリ施設を出た連中のための住まいだ。

だが、そこで暮らすつもりはない。

目指す場所はべつにある。したがって、たったいま母に〝やめなさい〟と言われたことを、彼はしなければならない。

ほかに選択肢はないんだよ、母さん。

なぜって、わかるか？　母さん。フェリックスかヴィンセントに、ヤーリの代わりをやってもらわなきゃならないんだ。

そうして、おれはいままで以上に、母さん、あなたに心配をかけることになる。

ヤーリの持っていた銃が、警察の手に渡っているから。で、あのクソ刑事ブロンクスが明日、そのことを知らされるんだ。あいつはきっと昼食の時間に――もっと遅い時間だといいんだが――ここに、母さんの家に、おれを連行しにやってくる。

エリサは慎重に目を開けた。まず片目、それから両目。

テーブルのへりが見えた。その向こうに、コンロ、戸棚、白く塗られた壁。

間違いない。自分は横になっている。

眠っていたのだ。

いったいどうしてそんなことに？

セーターの裾とズボンのベルトのあいだから肌がのぞき、寝ていた長椅子にべっとり貼りついている。毒々しい真っ赤なビニールカバーが、彼女の背中をとらえて離さない。

光。

警察本部の中庭に面した窓から差しこんでいる。

寝入ったときにはなんとも思わなかったが、いまの光はまるでガラス越しに攻めこんできているかのようだ。それで目が覚めたのだろう。それとも、家ではないところで眠っていたせいだろうか。そういうときには、服を着ているのに裸でいるような感覚がある。

左手首にはめた時計。七時二十五分。朝の。いや、ほんとうにそうだろうか？　キッチンの固い長椅子から身を起こすと、背中がすっかりこわばっていた。中綿入りの白いジャケットを丸めて枕にしていたせいで、首もがちがちになっている。場所はストックホルム市警犯罪捜査部の簡易キッチン。スウェーデンの警察組織の心臓部、ストックホルム・クングスホルメン島の一角を占め、さまざまな部署が集められている警察本部のど真ん中にあるキッチンだ。こんなことは絶対にしないと誓っていたのに。職場に泊まりこんで、紙コップに入ったブラックコーヒーと、マザリンふたつを朝食にするなんて、そんなステレオタイプじみたことは。

簡易キッチンのとなりに洗面所がある。エリサは口をゆすいで、特大ボトルに入った無香料の液体石鹸(せっけん)で顔を洗い、濡らした手で褐色の髪を梳き、人差し指を濡らしてやはり褐色の眉を整えた。年齢は三十四歳、警部補の中では若いほうだが、すでに何度も大きな事件の捜査を指揮している。だが、己に課したルール、警官のステレオタイプに陥って職場で目を覚ますことは絶対にしない、というルールは、これまでかならず守ってきた。警察本部には泊まらないこと、夕食を職場でのジャンクフードで済ませないこと。そして、たぶんなによりも大事なルールは――刑事の勘、なるものをあてにしないこと。警察の捜査はパズルのようなもので、どのピースにもなんらかの意味がある。正しい組み合わせを見つけるには、ときどきパズルから距離を置き、新たな目でピースを眺めることも必要だ。

勘で決めてはいけない。それに、周囲への配慮も許されない。だれが捜査の対象であろうと、見つかった新たなピースがだれにどんな結果をもたらそうと——たとえそれが自分自身であっても——パズルは完成させなければならない。

勘は、破綻を招く。

勘が、最終結果と一致することはめったにない。

勘は、じゅうぶんな証拠を集める作業に耐えられない人間のためのものだ。

勘は、裁判ではけっして通用しない。だれも有罪にすることはできない。

ということで、ゆうべは三つのルールのうち、ふたつを破ってしまったわけだ。職場で寝入った。ジャンクフードを食べた。昨日の夜十時——某ショッピングセンターの駐車場に呼び出され、血の海に横たわる強盗犯の死体を目にしてから、四時間半後——七年前に出された長さ四十一ページに及ぶ窃盗の被害届を手にして、今回の事件は単なる現金輸送員襲撃事件ではないと気づいてしまってからは、家に帰ることなどできるわけがなかった。そして夜が深夜になり、朝の五時を過ぎたところで、ちょっとだけ簡易キッチンの長椅子に横になって背中を伸ばそう、などと考えてしまった。

エリサはあくびをしつつ、まだ静まりかえったままの廊下に出た。ルールを破れば、その帰結からは逃れられない。初めて自動販売機の前に立つ。四十一番——インスタントのカフェラテ。十二番——たっぷりのハーブ入りクリームチーズでくっつけて固めたような、硬いパンのサンドイッチ。二十三番──蓋の内側にクッキークランチの袋とプラスチックのスプーンが入ったバニラヨーグルト。オフィスの机のそばに、湿ったトレーニングウェアの入ったバッグがある。昨日、トレーニングの最中に呼び出されたときから置きっぱなしにしていたものだ。ここ、彼女のオフィスには、ステレオタイプに沿ったものがいっさいない。けっして招き入れないつもりだ。今朝も、けっして。捜査でわかったことを関連づけるための、メモ、矢印、ピントのぼけた人物写真などがまとめられたホワイトボードは、ここにはない。あふれかえりそうなゴミ箱もなければ、空のプラスチックカップが並んでいるわけでもない。

このオフィスでは、なにもかもがエリサ独自のシステムに従って配置されている。机上に並んだ書類の山、三つ。進行中の捜査資料はすべてこうして整理される。

それぞれの山のいちばん上に、写真が一枚。これは映画のポスターのような役割を果たしている。映画を見てからポスターを見れば、頭の中でストーリーを補い、いくつもの場面を順番に並べることができる。それと同じだ。

三つの山。三つのキーポイント。

まだ目が覚めきってはいないようで、エリサはもう一度あくびをし、ぼんやりしたまま左の山の上に置いてある写真を手に取った。この山にはいつも〝馬鹿野郎、おまえが先に手を出したんだ〟というタイトルをつけている。犯行の瞬間。思いつきが犯罪に変わるポイント。今回ここに置いたのは、銃弾で破壊された防犯扉を写した、わりに鮮明な写真だ。犯行時にはその奥で、強盗犯たちの狙った獲物——金があらわになっていた。犯人たちは現金輸送員たちが安心しきったところを襲ったのだ。中央の山のタイトルは〝馬鹿め、しくじったな〟。犯罪が痕跡に変わるポイント。捜査を始めたばかりのころにはこの山がいちばん低いが、終わるころにはいちばん高くなっているのが常だ。今回、この山には初めから強力な切り札が入っている。上に載っているのは、死んだ強盗犯の写真だ。とはいえ、今回〝馬鹿め、しくじったな〟と言える理由は、この男の身元が判明したことではない。その下に広がる血の海でも、この男が死んだという事実でもない。銃だ。男の死体から一メートルも離れていないところに転がっている軍用銃、ＡＫ４。これこそ、長さ四十一ページにわたる被害届との接点であり、彼女の夜を、深夜を、朝をがらりと変えた要因だった。最後に、右側にある第三の山——〝逃げられると思うなよ〟。痕跡が犯人に変わるポイント。上に載っているのは、搬入口でカメラに背を向けている、ぶかぶかの上着に野球帽姿の男の写真だ。監視カメラがとらえた、きめの粗い白黒写真である。

　エリサはコーヒーを飲んだ。苦く、酸味まであるが、風味と呼べそうなものはまったくない。まろやかさに欠けている。あの自動販売機はとっくの昔に石灰を除去しておくべきだったのだ。折をみて業者に連絡してメンテナンスを頼もう、と彼女は頭のメモ帳に記した。ぬるくて味のない飲み物に、クリームチーズをはさんだパン。まるで幼児に手早く与える既製ベビーフードのようだ。大人のためのベビーフード。

三つの山は生まれたばかりだ。データも目撃証言も証拠も、まだかなりの部分が欠けている。ほとんど手をつけてもいない捜査だが、まもなく他人に明け渡すことが決まっている。ふだんなら腹立たしく思っただろうが、あの銃と、中央の山からたったいま引っ張り出した書類、その上の写真のことを考えれば、まあ当然の成り行きではあった。

また廊下に出て、二十四時間営業の店と化している自動販売機の前で、今朝二度目に立ち止まる。もう一度、四十一番、インスタントのカフェラテを選んでから、番号のないボタンを押した。カップ一杯の熱湯。白湯だ。彼がいつも早くに出勤していること、よく飲んでいるのがこれだということを、エリサは知っている。四つ先のドアが彼のオフィスだ。写真と書類を脇にはさみ、紙コップの上端、少し丸みを帯びているところを指先で持って、急いで歩けば、きっと火傷せずにたどり着ける。

「コン、コン」

ドアは大きく開いていた。ノックの代わりに声を出した説明として、両手に持ったカップを少し掲げてみせる。机に向かっていた彼は、顔を上げ、うなずいた。エリサは中に入った。

「祝杯をあげにきましたよ、ブロンクスさん。こっちがあなたので、これがわたしの」

そう言うと、なにを着ていてもどういうわけかいつも同じに見える男の前に腰を下ろした。今日の組み合わせは、ブルージーンズに灰色のセーター、黒い靴、青白い肌。同僚となって初めて会ったときから、変わった点はただひとつ、髪の生えぎわだけだろう。こめかみの上のカーブがさらに後退している。あと一、二年もしたら、彼も薄毛に悩むこの年代の男性の例に漏れず、髪をすっかり剃ってしまうことだろう。そもそもこの男、彼自身のオフィスによく似ている。飾り気がなく、個性もなく、いかにも役所じみた家具が並び、ところどころ傷のついた壁にはなにも掛かっていない。前任者の痕跡を消そうとすらしていないのがわかる。唯一目を引くのが、捜査書類の山だ。エリサの書類の山とは違い、床一面に散らばっている。どれも古い事件の資料だが、彼に言わせればまだ終わっていないらしい。どの書類も、隅々まですさまじい暴力に満ちていることを、エリサは知っている。そうした事件の痕跡が、このさしたる特徴のない外見にまったく表れないのを、彼女は昔からずっと不思議に思っていた。この男は、暴力を遠ざけておくことができるらしい。ほかの同僚たちには、暴力がいつもつきまとっているのに――目を見ればその痕跡がたどれるし、声やしぐさにもその色がしみついている。ところがブロンクスは、暴力にけっして影響されまい、けっして流されまいと決意を固め、実際にそのとおりになっているように見えた。それは健全なことだろうか、とエリサはかねてから疑問に思っている。さしあたり、朝の目覚めをこの男のとなりで迎えたいとは思わない。

「ありがとう、エリサ……だが、おれはもうじゅうぶん祝った。捜査は終わった。判決も確定した」

ブロンクスは窓を目で示し、含みのある表情でうなずいてみせた。窓というより、その向こうにそびえる大きな建物だ――地方裁判所の古い建物。あそこで、マスコミが〝世紀の強盗事件〟と名づけた、スカンジナビア史上最悪の強盗事件の裁判が始まった。奪われた金は、一億三百万クローナ。ブロンクスはこの一年、寝ているあいだ以外はずっとこの事件に取り組んでいた。数々の尋問、地方裁判所での審理、高等裁判所での審理を経て、二週間前に最高裁判所が上告を棄却した。ようやくすべてが終わったのだ。

こうして判決は確定し、犯人たちの刑罰が執行される時がやってきた。ヨン・ブロンクスは警察内で英雄として称えられた。起訴までの道筋をつけたうえ、奪われた金はすべて押収した。犯人たちは一クローナたりとも使っていなかった。それまでの生活習慣を急に変えないよう気をつけていたのだ。

「飲み物はありがたくもらっておくよ。だがな、エリサ、悪いがひとりで飲ませてほしい。この部屋は最近、ずっと騒がしかったから」

ブロンクスは微笑んで白湯を飲み、裁判所の屋根をしばらく眺めていた。

ほとんどの新聞が〝世紀の強盗事件〟と報じていた事件。襲撃された車を、現金輸送車の中の現金輸送車、と呼んだ新聞もちらほらあった。クリスマス後のバーゲン期間を前にして、ストックホルムのど真ん中、ショッピングモール〈ガレリアン〉のそばにある国立銀行本店から、大金が警備会社に搬送され、そこから街中のすべてのATMに運ばれるはずだった。一年でいちばん商売がさかんで、いつも以上の額がやりとりされる時期である。そんなときに女性現金輸送員が襲われ、銃で脅されて、犯人たちに現金輸送車を丸ごと渡すはめになった。マスコミも警察も、彼女は被害者だと考えていた。が、ブロンクスは異なる事実を突き止めた。彼女は犯人のひとりと親しい関係にあり、犯行の二年ほど前にはもう警備会社に就職して、徐々に出世し、徐々に組織の奥深くへ入りこんでいた。目的はひとつ――狙った日に、狙った現金輸送車を運転させてもらえるよう、じゅうぶんな信頼を勝ち得ること。

「あのですね、ヨン、なんの話をされてるかはわかってるんですけど、いま祝いたいのはその件じゃないんです。わたしも、あなたと同じ考えですから――わたしたちはただ、仕事をしてるだけ。それで給料ももらってる。べつにたいしたことじゃない」

ブロンクスの顔が赤くなった。顔の前でなにやらカップをいじっていたが、エリサには見えた。彼女も自分を称える連中のひとりだと決めてかかっていたことを恥じているのだ。

「でも、これを見てください」

ふたつの資料はそれまで、裏返しにされて彼女のひざの上に置いてあった。エリサはその片方を取り、ブロンクスの机の上、白湯のカップの横に置いた。

「これです。祝いたいのは」

ヨン・ブロンクスはその書類を横目で見た。写真。見覚えがある。昨夜、ニュース番組で何度も見かけた。アスファルトの空間に倒れている男の死体。

「ヤーリ・オヤラ。プロの暴力犯、借金の取り立て屋です。金さえ払えばなんでもやる。他人のひざを撃ち抜いたことも何度か。でも、これまでの有罪判決や逮捕歴を見るかぎり、武装強盗に関わったことはありません」

「そのために祝杯をあげるのか？　その男が死んだから？」

まだ気まずそうだ。が、少なくとも顔の赤みは引いている。

「違います。オヤラはどうでもいいんです。そうじゃなくて、その横に落ちてる銃……」

エリサは身を乗り出し、写真を指差した。

「……これは祝杯の理由になります。あなたが待ち望んでた銃ですよ。ずっと、長いことね。これでようやく、少なくともそこにある巨大な書類の山は片付けられる」

今度は、ブロンクスのオフィスの床に積んである、まだ終わっていない事件の書類を指差した。いちばん大きな山――六千ページに及ぶ捜査資料。

「なぜって、ヨン、この銃があれば、あいつらの犯した罪すべてへの関与を立証できるんです。有罪になったほんの数件だけじゃなくて」

エリサはそう言うと、ふたつ目の書類をブロンクスの机に置いた。

六千ページのうちの一ページをコピーしたもの。ほかに類をみない連続強盗事件の発端となった、武器窃盗事件の被害届の抜粋だ。

物品：自動小銃
型：ＡＫ４
番号：１１２３７

物品：自動小銃
型：ＡＫ４
番号：１００４２

物品：自動小銃
型：ＡＫ４
番号：１１５３４

物品：自動小銃
型：ＡＫ４
番号：１２６２１

物品：自動小銃
型：ＡＫ４
番号：１０６６８

ページの上から下まで、ずらりと記述が並んでいる。軍の武器庫から、二百二十一挺の軍用銃が盗まれ、どこかへ持ち去られた。いったいどこへ持ち去られたのか、捜査を担当したヨン・ブロンクスにはわからないままだった。

「ヨン、この写真の銃は、あのときにあとかたもなく消えた銃、あなたがそれからずっと探してきた銃です。シリアルナンバーが一致しました。三つの王冠の刻印も合ってます。レオ・ドゥヴニヤックとその一家が手に入れて、十件の銀行強盗で使ったとあなたが確信してた、あの大量の武器のひとつなんです。で、よりによってドゥヴニヤックが出所した今日、この銃が現れた。新たな強盗事件で」

エリサはカップを手に取り、乾杯するように掲げてみせた。そうして祝意を表してから、あいかわらず味のしないコーヒーを飲んだ。

「チャンス到来ですよ、ヨン。この銃を追えば、残りも見つかります」

ヨン・ブロンクスは乾杯しなかった。彼女の言葉は聞こえていた、間違いなく聞こえていたのだが、消化しきれていなかった。

ドゥヴニヤック？

武器が盗まれた、あの事件？

ブロンクスは椅子を離れてしゃがむと、うず高く積まれた書類をめくりはじめた。内容はそらで覚えているから、目的のページがどこにあるかは正確にわかっている。これだ。武器庫の強化扉の下に掘られたトンネルの写真。それから犯人たちは床を爆破し、銃を一挺ずつ運び出した。盗みが発覚したのは半年後だった。武器庫の点検は毎日行なわれていたものの、外から見ていただけだったから。

「ほんとうだ。シリアルナンバーは被害届と一致してる。確かに、レオ・ドゥヴニヤックが絡んでる可能性はある。だが、銃を売っただけという可能性もある。実際、売ると言って警察を脅して、二千五百万クローナゆすり取ろうとした男だからな」

「ヨン、本気でそう思ってるわけじゃないでしょう？」

「あの時点ですでに、盗まれた銃はごっそり闇市場に出たのかもしれない。きみのその写真に写った銃は、どこの犯罪集団が持っててもおかしくない」

「あなたはそんなこと、本気で考えてはいない。なぜって、もう六年経ってるから。あのころ、AK4は銀行強盗によく使われてた。でも、最近はまず使われない。考えてみてください、ヨン。最後にAK4が話題にのぼったのはいつでした？　あのあとはもっぱらカラシニコフだったでしょう。昨晩ね、それも調べたんですよ。刑事の勘とやらは無視して、事実を確かめたんです。あれ以来、AK4が使われた強盗事件は一件もありませんでした」

ブロンクスはななめ下からエリサを見上げた。その場から動かず、書類の山に腰を下ろす。まるでぐらぐら揺れるスツールのようだ。

「レオ・ドゥヴニヤック。あの男のことは、おれがいちばんよく知ってる。強盗現場で人に向けて発砲するのは、あいつのやり方じゃない。やつが撃つのは、監視カメラ、壁、防弾ガラス、天井、まあなんでもいいが、皆を怖がらせて動けなくさせることが目的だ。それで毎回うまくいってた。おれたち警察までもが尻込みした。こっちに引けを取らない威力の武器を持ってて、実際にそれを使えるってことを見せつけてきた。考えたうえで暴力をふるってた。ひとつひとつの銃弾が、ある意味……そうだな、新しい単語のようなものだった。暴力があいつの言語だった。理由もなくやみくもに乱射するというのは、まるでエリサのほうは逆に、ななめ上から彼を見下ろしている。

「ヨン」

いい気分では、けっしてなかった。

「あなたは暴力を憎んでる。それがあなたを突き動かす力ですよね。わたしを突き動かす力は、事実を正しく組みあわせること。わかります？」

そこで、エリサは椅子の高さを調節するレバーを動かし、座面を下げた。

「あなたはあのころ、刑事の勘ってやつを何年も抱えてたでしょう。レオ・ドゥヴニヤックが銀行強盗を十件やって、爆弾を破裂させて、北欧史上最大の銃器窃盗事件を起こしたと、あなたにはわかってた。それでも立証できたのは二件だけだった。必要な証拠を揃えられなかったからです。勘なんてね、ヨン、なんの役にも立たないんですよ。勘ってやつのせいで、優秀な刑事でも目がくらんで、徹底的に証拠を集めることをやめてしまったりする。で、捜査の方向を変えなくちゃならなくなっても、勘はまるで死んだなにかの塊みたいにそこに居座って、間違った方向を指しつづけるんです。最初からずっと変わらない、同じ方向を」

ブロンクスが自分の話を聞いているのかどうか、よくわからない。こちらを見ているだけなのではないか。その視線は自分を素通りして、後ろを見ているのではないか。

「はじめは勘に従ってたけど、そのあと徐々に間違いに気づいた刑事は、その勘をなにかべつのものに変えなきゃならない。なにに変えると思います？　自分の間違いを認める謙虚さ、なんて言わないでくださいね。違いますから。答えはね、ヨン、体面ですよ。その勘に固執して、体面を保とうとする。でも、体面を保つことを目的にして捜査を進めるのは、絶対に間違ってます。わたしの話を聞いてください。事実に耳を傾けて。この銃を追いかければ、残りも見つかります」

エリサはそこで言葉を切った。ブロンクスが話を聞いていたのなら、いまこそ反応する時だ。じっくり考える時だ。

反応はあった。

「ところで、エリサ、実を言うと、今朝はこれでもう二杯目なんだ」

ブロンクスはカップに手を伸ばし、白湯をひと口飲んだ。それから、書類のスツールの上でできるかぎり後ろに身体をのけぞらせ、目をこすった。

「一杯目は簡易キッチンで沸かした。毎朝、来るとすぐに沸かす習慣だから。ちなみに、きみはそのとき、ずいぶん気持ちよさそうに寝てた」

そう言って、ブロンクスは微笑みかけてきた。

それで、今朝はもうひとつ、絶対にやらないと思っていたことをやってしまったらしい、とエリサは悟った。この男のそばで目覚めること。中庭から差しこむ光のせいで目が覚めたのではなかった。自分が寝ていたのと同じ部屋で、他人が物音をたてたせいだったのだ。ブロンクスは、してやったり、という顔をしていた。なにを祝うかという話で気まずい思いをさせられた、その仕返しをしてやった、とばかりに。

だが、顔を赤らめたりなどするものか。この男じゃあるまいし。

「わかりました、ヨン。この銃だけではつながりが証明できないというのであれば、逃走のようすを見てみましょう。これから見せるのは、青いツナギを着た犯人二号がまだATM裏のセキュリティールームにいると、わたしたちが思っていたあいだに起きたことです」

エリサは上着のポケットから携帯電話を出し、画面中央の矢印を押してからブロンクスに手渡した。監視カメラがとらえた、音のない映像だった。完璧からはほど遠い解像度で、ようすを知るには使えるが、身元の特定は無理だろう。ヨン・ブロンクスは小さな画面に太陽の光が反射しないよう、携帯電話を持つ手を下げた。

搬入口。男がひとり、カメラに背を向けて現れた。肩にバッグを掛けている。監視カメラ映像の例に漏れず、動きはぎくしゃくとしていて、一歩ごとにコマがいくつか欠けているような印象だが、それでもこの男が搬入口から飛び降りて、駐車されたトラックに向かって画面の端を走り、貨物室の扉を開けて中に飛びこんだのははっきりと見てとれた。二十一秒後、男は貨物室を出て地面に飛び降り、急いで運転席に向かった。

ブロンクスはさっと顔を上げ、エリサの目をまっすぐに見た。

ふたりとも、同じことを考えている。

欠けている人物の役割は？　死んだ強盗犯は、逃走時にどんな仕事をするはずだったのだろう？　牛乳配送トラック、つまり逃走車を運転する役目か？　あるいは、奪った金をバッグに入れる役目か？

「逃走計画の各段階は、馬鹿馬鹿しいほど単純な形で組みあわさってます。あなたは昔よく、これがドゥヴニャック独自の手口だ、と言ってましたよね。実際、気には食わないけど、感心はさせられます」

エリサが手を伸ばす。ヨンは携帯電話をその手に置いた。

「犯人グループは、現金輸送を担当する警備会社がいまだに第二世代と呼ばれるシステムを採用してることを知ってました。現金輸送用のセキュリティーケースには防犯対策が施されてるけど、紙幣カセットはまったくの無防備なんです。それから、パトカーがおそらく近くにいるだろうこともわかってた。警察がすぐ現場に到着して、エンジンのかかった逃走車と、銃を持ってその横で見張りをしてる強盗犯を発見することを、犯人たちは予測してた。そして、強盗犯は百パーセントの確率で、現場に来るときに使ったのと同じ車で逃走する、そう警察が考えてることも知ってた」

エリサはまた画面上の矢印を押した。今度は、青いツナギを着た男の動きがスローモーションになっている。それでも男のようすからは焦りが見てとれた。駐車場に置き去りにされた男の分まで仕事をしていることは明らかだった。

「警察が片方の車に注目するよう仕向けて、自分たちは周囲に溶けこむべつの車で逃げるつもりだった。その車は、犯行のはるか前からここにとめてありました。これまでの調べでわかったことですが、おとといから昨日にかけての夜中、乳製品メーカー、アーラ社のヴェステロース流通センターで、トラックが一台盗まれたそうです。その一、二時間後、今度は同じアーラ社のカルヘル流通センターで、べつのトラックのナンバープレートがなくなったとか」

確かにこれは牛乳配送トラックだ。ブロンクスにもそれはわかった。トラックがスローモーションでひどくゆっくり走り去ったおかげで、側面のロゴがはっきり見てとれた。

「犯人は、凶暴な強盗犯からまわりの風景の一部に変身しました。奪った金すら、風景の一部になったんです。そうして警察の検問をやすやすと通過した。わたしたちはなにも気づかなかった。こんな天才的なトリックを考えつく強盗犯なんて、ヨン、あなたがここ何年かのあいだに調べた中では、ひとりしかいないでしょう?」

ヨン・ブロンクスは即席のスツールに座ったままだ。座り心地がいいと言えないこともない。ぐらぐら揺れる書類の山のせいで、背筋が自然に動く。小さな動きを続けているうちに、こわばりが解けてきた。

おそらくエリサの言うとおりだろう。

おそらくドゥヴニヤックのしわざだろう。

逃走車を換えるときの、ユニークで独創的な手口。あとかたもなく姿を消した強盗犯。いやというほど見覚えがある。あのころも、ドゥヴニヤックは天才的な逃走計画を立て、当時実入りのよかった対象に狙いを定めていた。少し辺鄙（へんぴ）なところにある小さな銀行。逃走経路の選択肢が山ほどあり、金庫にはそれなりの金が入っている。

「なるほど、エリサ。確かにきみの言うとおり、同じ方向を指し示している事実が三つある。銃。逃走の方法。あいつが同じ日に出所したという事実」

「四つです」

「四つ？」

書類がもう一枚。上着のもうひとつのポケットに入れてあった。刑務所の受刑者リストの抜粋だ。

「死んだ強盗犯も出所したばかりでした。五カ月前のことです。どの刑務所にいたか知ってます？」

「いや。きみは知ってるんだな？」

「エステローケル刑務所。区画H」

「それで?」

「昨日までレオ・ドゥヴニヤックが収容されていたのと同じ区画です」

ブロンクスがいきなり勢いよく立ち上がったので、即席の椅子が崩れて床じゅうに散らばった。あえて持とうとしていた疑念は、これで霧消した。もう、おそらくドゥヴニヤックのしわざ、ではない。ほんとうにドゥヴニヤックのしわざなのだ。そう考えて、ヨン・ブロンクスはなにやら……目眩に近いものを覚えた。これまで身体にみなぎっては消えていた、すべてのエネルギー、すべての気力が、突如として戻ってきたような感覚だった。

「驚いたな」

「ええ。驚きですよね。ゆうべはわたしもそう思いました」

「それで……きみの発見を、おれにあっさり渡してくれるつもりなのか?」

「ええ。わたしの机の上にある、やりかけの捜査資料の山三つ、そのままお渡しします」

そのエネルギーが、ブロンクスを室内のあちこちへ運んだ。ドア、窓、机、エリサが座っている来客用の椅子、それらのあいだをそわそわと行き来する。やがて口を開いたときには、吐き出すような口調だった。

「エリサ」

「なんですか」

「忘れてくれ。きみの書類の山なんか要らない」

「どういうことですか？」

「きみにも協力してほしい。あいつを追い詰めよう。いっしょに」

ブロンクスは熱にうかされたような歩みのただ中で立ち止まり、エリサを見た。反応を待っている。笑顔すらも待っているかもしれない。

エリサはまったく笑わなかった。彼の言葉が理解できなかったかのように、ただじっと座っていた。

「ええと、エリサ、きみにも捜査に協力してほしいと……」

「聞こえました」

エリサは来客用の椅子から立ち上がった。

「でも、協力したいかどうか、よくわかりません」

さっき上の空のように見えたのは、まったくの逆だった。彼女は集中しきっていた。話し方、動き方、いまこの瞬間に百パーセント集中しているのがわかる。

「それは、つまり――この事件を捜査したいかどうかわからない、ということだろうか」

「はずれです。あなたといっしょに捜査をしたいかどうかがわからないんです」

彼女は目をそらさない。その言葉に嘘はない。

侮辱されたと感じるべき場面だろう。だが、ブロンクスは好奇心を刺激された。

「もう少し詳しく説明してくれないか」

「あなたがさっきやろうとしたこと。これで二回目でした。あんなことは一回でじゅうぶんです」

「二回目？　なにが二回目だって？」

「ついさっき、わたしの足をすくおうとしたでしょう。昔からある常套手段。〝きみの書類の山なんか要らない〟。そう言ってわたしを動揺させた。そのあと、あなたの提案を喜んで受け入れるように。〝きみにも協力してほしい〟って。その前は、わたしが突き止めた事実を話してるのに、あなたは自分の考えと違うとなったら、わたしの寝顔を見た話をして、わたしを小馬鹿にしましたね。〝ずいぶん気持ちよさそうに寝てた〟とか言って。サイコパスのやり口ですよ。気に入りません」

ブロンクスはまた室内を歩きまわりはじめた。そうしたいと思ったわけではない——身体にみなぎるエネルギーのせいで、しかたなく、だ。

さっきは侮辱されたと感じるべき場面だった。

だが、そうは感じなかった。

いまは傷つき、腹を立てるべき場面だろう。

だが、そうも感じない。

「出ていく前に、エリサ、この捜査をおれに任せる前に、ひとつやってほしいことがある」

エリサはもうドアの手前にいたが、立ち止まった。

「なんですか？」

「あいつをここへ連れてきてほしい——おれの代わりに。事情聴取をしてほしい——おれの代わりに。いまの段階でおれがレオ・ドゥヴニヤックの前に座っても、きっとなにも訊き出せない。昔、六カ月近く頑張っても無駄だった。おれたちの関係は完全な膠着状態だ。それに、この捜査におれが関わってることを、あいつに知られたくない。少なくとも、いまは、まだ」

「連れてくるって、なにを根拠に？　わたしの理解が正しければ、証拠はなにひとつありませんよね。せいぜい数時間しか拘束できませんよ」

「ああ。それはあいつもわかってるはずだ。だが、もしあいつを連行しなかったら——自分の盗んだ銃が押収されたことは、あいつもわかってるんだ。自分が出所した日に起きた強盗事件とのつながりが、いずればれることも。それなのに連行しなかったら、あいつは猜疑心を抱く。警戒する。あいつには、自分は安全だと思いこませておきたい。これからも犯行を続けさせたい。今回のはたぶん、単なる資金集めのための襲撃だ。もっと大きな事件を起こすための準備段階なんだ。その本命の事件が起きたときに、やつを逮捕できるよう準備しておきたい。それと同時に、残りの銃も見つける」

エリサは返事をせず、そのままドアに向かった。

ブロンクスはまだ話しつづけている。

「それにだ、エリサ。昨晩は徹夜したんだろう。このいまいましい職場で。疲れきって、簡易キッチンで居眠りしちまうまで。正直なところ、あいつに好奇心をそそられたんじゃないか？」

胸の真ん中。

ここで感じるのは、もうずいぶん久しぶりだ。

ヨン・ブロンクスはそれでも、ありありと覚えていた——エネルギーがついに体内から湧き出てくる瞬間。腹部から、太陽神経叢と呼ばれる場所へ、アーチを描いて上昇してくる。そして、まずそこに着地する。燃える。熱く、激しく。次なる着地場所は喉だ。喜び、怒り、恐怖、すべてが炎の中で渾然と溶けあっているように感じる。呼吸がそこで詰まっているような気がする。

三十分。それで炎はおさまり、だんだん小さくなっていった。パソコンに映し出されたタイムラインに沿ってマーカーを移動させるたびに、炎の勢いが弱まる。エリサがコピーして送ってきた映像で、強盗犯の動きを見つめているのだ。ぶかぶかの服を着た大柄な男が、搬入口から地面に飛び降り、牛乳配送トラックで走り去っていくところを。

何年も探しつづけて、ついに見つけた、初めての手がかり。

胸の中に感じる熱。子どものころはこのせいでしょっちゅう恐怖にかられた。腹のすべての筋肉が、外ではなく内に向かって張りつめているときに、湧き上がってくる熱。暴力がそばにあり、いつ襲いかかってきてもおかしくないとき。最悪の事態を覚悟したとき。大人になってからは、この熱を制御することを学んだ。まるで原始人のように、小さな炎を内に抱え、けっして消えないように守りつづける。そして、自分がそうしようと考えたときにだけ、強く燃えあがらせる。

ブロンクスはまたタイムラインに沿ってマーカーを動かし、ショルダーバッグを持った男をまた観察した。身体つきは似ているような気もする。だが、ほんとうにドゥヴニャックなのかどうかはよくわからない。この男は……もっと大きい気がする。それ自体はおかしなことではない。塀の中で、受刑者の筋肉はかならず分厚くなる。そして、刑務所内のジムは、身体を鍛えるため、アナボリックステロイドを取引するために利用されるだけではない。刑務所にあるほかの施設と同様、人に会い、人脈を広げ、アイデアを出しあい、練りあげることのできる場所でもあるのだ。

ブロンクスは画面に顔を近づけ、少しぼやけた、動きのぎこちない映像に見入った。

もし、これがほんとうにレオ・ドゥヴニャックだとしたら——なぜ、ヤーリ・オヤラという男が死んだのだろう？　ドゥヴニャックの弟ではなく？

昔、兄弟をひとりずつ尋問していくうちに、だれもはっきりとは言わなかったものの、三人のあいだに亀裂が入っていることにブロンクスは気づいた。その亀裂がどんなふうに入りはじめたかも、おおかた見当がついた。長兄が父親の手を借りてまたもや銀行を襲い、ついに逮捕されたとき、弟たちふたりはすでに手を引いていたのだ。だが、長兄と父親の逮捕が、弟たちふたりの逮捕にもつながった。吹雪の中で逃走車が側溝にはまったあと、フェリックスとヴィンセント・ドゥヴニヤックもヨーテボリのアパートでとらえられた。淡々としたものだった。ふたりとも、まるで逮捕されるのを待っていたかのようだった。

その後は関係者全員が供述を拒んだ。弟たちふたりは、このまま行けば刑罰を免れられる、と思っていたようだ。が、事件はすでにマスコミの注目を集めていたし、一味の逮捕で報道がさらに過熱したこともあって、一般市民から多くの情報が舞いこんだ。ブロンクスはそのうちのひとつをもとに、一味が銀行二軒を同時に襲ったときに使い、その後破壊した銃を発見することができた。情報を提供してくれたのは一般人で、犯人兄弟が乗りまわしていた会社の車――強盗の隠れ蓑(みの)としてやっていた会社だ――をテレビで見た、兄弟があの車で森に入り、そこで〝なにか重そうなもの〟を運び出して、小さい湖に沈めたところを見た、という話だった。そこで潜水士が湖に入り、その重そうなものを発見した。分解した銃を入れてコンクリートで固めた箱だった。こうして、レオ、フェリックス、ヴィンセント・ドゥヴニヤックのDNAと指紋が、連続強盗事件のうちの一件とつながった。

もし仮に、おまえが今回、弟たちを引っ張りこんでいたとしたら、おまえは昔と同じように、仲間の死をなんとしても防ごうとしただろう。だが、おまえは新しいグループを立ち上げた。そして、そのメンバーのひとりが死んだ。

もし仮に、おまえが牛乳配送トラックで走り去ったあの男だとしたら、おまえはいま、ひとりきりなのかもしれない。

いいや、もし仮に、あれがおまえでないとしたら、少なくとももうひとり共犯者がいて、そいつは生きているわけだ。

ヨン・ブロンクスは最後にもう一度、牛乳配送トラックに乗りこむツナギ姿の男を目で追った。

おまえは、あるいはおまえの共犯者は、冷静沈着に行動している。おまえは、あるいはおまえの共犯者は、まるでなにごともなかったかのようにのうのうと逃げている。ひとりが射殺されたのに、おまえは、あるいはおまえの共犯者は、そのまま仕事を続けている。

そして、おれは——この六年間、こんな晴れ晴れとした気持ちになったことはなかった。

わかるか？　胸の中でいま燃えているこれは、幸福感だ。

おまえを追い詰める二度目のチャンス、おまえの人生をもう一度地獄に変えてやるチャンスがめぐってきたのだ。おまえが昨日出てきたのと同じ地獄。次はもっと長いこと出られないようにしてやろう。

黒い車。新しすぎるし、高価すぎるし、つやつや光りすぎている。キッチンの窓の外を、ゆっくりと滑るように通り過ぎていく。これで三度目だ。家の前でスピードを落としたが、完全に停まりはしなかった。

ブリット＝マリーには、前部座席に座ったふたりの顔がはっきりと見えた。白髪頭の年配の男と、もっと若い短髪の男。三度とも同じ人物だ。

このあたりでは見かけない車。

この家の片側は、車線が多く騒々しいニューネース通りに面している。夜明けから日暮れまでひっきりなしに車の行き交う道路との境目に、貧弱な生け垣があるだけだ。そして、こちら側の窓から見えるのは、U字型をした——いや、V字型だろうか——狭い道だ。通り沿いに小さな家が十四軒並んでいて、見かける車といったら近所の人のばかりだった。そんな中で、あの黒光りする車、ボンネットが流線形で、音もなく忍び寄るように走るあの車は、肩を引いて身を低くして獲物に襲いかかろうとする猛獣のようだと思った。

初めてこの車に気づいたのは、たぶん九時ごろだったと思う。今日は病院での仕事が休みで、寝起きにさっそくコーヒーをいれていたら、あの猛獣のような車が窓の向こうを通り過ぎていった。ふだんならだれもここを通らない時間だ。この住宅街に住んでいるのは、車で通勤する余裕のあるサラリーマンばかりだから、この時間、あたりは閑散としている。その時点ではただその車に気づいただけで、道に迷っているのかな、などと思いはしたものの、それ以上は考えず、昼食の支度を始めた。鍋にジャガイモと水を入れてコンロに置く。これはスイッチを入れて茹であがるのを待つだけでいい。まな板に置いた鮭の切り身はつややかなピンク色で、まるで巨大なラズベリーグミのようだ。透明な小骨をつまんで取り除く。まるで眉毛を抜くような作業だが、鮭の骨のほうが抜き取るのは難しい。脆くてすぐ折れるくせに、鉄筋のように食いこんでいる。骨を取り終えると、長方形の耐熱皿に鮭を入れ、冷蔵庫のいちばん上の段にしまった。あとは息子たちが三人とも到着してから、オーブンで二十分焼けばいい。それから塩と胡椒を振って、ディルとクリームをたっぷり足して、仕上げにもう十分。ヴィンセントの大好物だ。あの子は出所してからもう何度もここに来ている。だが、いまのレオが鮭を好きかどうかはよくわからない。あまりにも久しぶりすぎて。

やっと、みんなが揃う。

ブリット＝マリーの身体がぶるりと震えた。気持ちが少し昂っているようだ。めったにないことだが、そもそも息子たちが三人とも訪ねてくるなんて、それ自体がめったにないことだ。

猛獣のような黒い車が二度目に通り過ぎていったのは、それから三十分ほど経ったころだった。どういうわけか、ひどくいやな予感がした。そして、唐突に、あの男を思い出した。イヴァンを。あの男と猛獣のような車に、いったいなんの関係があるのか——刑務所の前に現れて、クロバエのようにうるさく絡んできた、あの男と？　そもそもどうしてあの場に現れたのだろう。また首を突っこんでくるつもりなのだろうか？　人は変われるだの、自分は新しい決意を固めて再スタートするだのとしつこくまくしたてて、そんなこと望んでもいない者たちをむりやり引きこもうとするのだろうか？

あの男が変えようとしているのは、あの男がかつてコンクリートでがちがちに固めたものだ。

だからこそ、もう変えることはできない。

なかったことにはできない。

六年前からずっと、あの男のことは考えないようにしてきた。いや、ほんとうなら、十八年前からずっとだ。ところが六年前に考えざるをえなくなった。銀行強盗、裁判、刑罰のせいで。父親が、自分の息子といっしょに銀行強盗をやるなんて、いったいどういう思考回路をしているのだろう？　しかもそうすることによって、息子たちとより親密になれると、かつて暴力をふるったせいで失った息子たちとの関係を深められると思いこんでいた。あげくの果てに、恥知らずにも刑務所の門の前に現れて、自分があの場にいなければレオは死んでいた、などと臆面もなく言ってのける。周囲と揉め事ばかり起こして、そうやって氏族(クラン)の結束を強め、全世界に立ち向かうのだ、などと考えている！　神聖化された、いまいましい〝家族〟！　これからいったいどうなるのだろう。息子たちはこれからも絆に搦(から)めとられて、互いを束縛しつづけるのだろうか？　あの子たちが幼かったころに、イヴァンがあんなにもきつく結びつけた、家族の絆。息子たちがようやくそれぞれの道を歩みだそうとしているいまも、それは変わらないのだろうか？

ブリット＝マリーは外をもっとよく見ようと身を乗り出し、片方の頰を窓ガラスに軽く押しつけた。さっきも言ったとおり、猛獣のような車が近づいてきてスピードを落とし、滑るように走り去るのは、これで三度目だ。彼女は車をじっと見つめたまま、次の窓へ、次の部屋へと移動して、車が混雑したニューネース通りに入っていくまで目で追った。車は去った。つまり、単なる思いこみだったということか。理由はわかっている。ゆうべのパニック。兄弟を結びつける一方で、奈落の底へ引きずり落とすことにもなりかねない、あの絆というもののせいで、彼女はひどく不安になり、神経質にもなっていた。さっきも、イヴァンが猛獣よろしく頭の中に忍びこんできて這いまわり、駆けまわり、目を光らせるのを放置してしまった。そうして怒りにかられたせいで、見た光景を深読みしすぎてしまったのだ。

さざ波のような、明るい笑い声。

レオとフェリックスの声が食堂から聞こえてくる。フェリックスがこんなふうに笑うのは、最近ではめずらしい。また兄といっしょにいられるのがうれしそうで、幸せそうですらある。そして、フェリックスの笑い声と溶けあうような、レオのふざけた作り声。だれかの真似をしている。フェリックスとふたりでいるときに彼がよくやることで、なかなか上手い。昔から変わらない、ふたりのあいだでしか通じないやりとり。レオは昔から、フェリックスのかたくなな殻を、だれよりも簡単に突き破ることができた。

ブリット＝マリーは猛獣がもたらした不快感を振り払った。楽しい時間が待っているのだ。こうしてみんなでまた集まれることを喜ぼう。家族が揃ったことを。彼女の考える家族として、こうして集まれることを。

ずっと待ちわびていたのだ。

再会の昼食。息子たちが全員、彼女の食卓を囲む。彼女の頭の中では、これこそが目指すイメージになっていた。刑務所へ面会に行くたびに、このイメージを思い浮かべ、気力を奮い立たせた。

家の電話は、調理台の上の壁に固定されているが、最近はもうめったに鳴らない。息子たちが逮捕されてからは、ほとんどだれもかけてこなくなった。なにか恥ずべきことが起こると、周囲はそういうふうに反応するものだ。彼女自身、自らこの静寂を選んだ面もある。恥は人を孤立させる。恥を抱えている人は、他人との接触を避けがちになる。

その電話がいま、鳴っている。甲高い呼び出し音が繰り返し響く。

「もしもし、母さん」

「ヴィンセント！　ちょうどよかった、電話くれて」

ブリット＝マリーは受話器のコードを伸ばして冷蔵庫へ向かい、用意してあった耐熱皿を取り出した。

「いつごろ着く？　鮭、もうオーブンに入れておいたほうがいい？　ちょっと時間がかかるのよ、クリームが煮詰まってこってりするまでにはね。あれ、好きでしょう」

「母さん、おれ、行けなくなった」

ブリット＝マリーはキッチンの真ん中で立ち止まった。片手に受話器を持ち、もう片方の手に耐熱皿を載せて、じっとしてバランスを保った。

「どうして……なにかあったの？」

「時間がないんだ。それだけだよ。明日、マンションの入居前の点検があるのに、床の大きなタイルが二枚も割れちゃってさ。イタリア製の高いやつで、古いバスルームに使うとかならず割れる。家主には初めからそう言ってあったんだけど」

ふだんはこんなに饒舌でなく、詳しい話をめったにしない息子の話に、耳を傾ける。言葉数が多すぎるし、具体的すぎる。嘘をつくときのように。

「ねえ、ほんとうなの？　ヴィンセント」

「母さん」

「なあに？」

「耐えられる気がしない。いまは無理だ」

約束を反故にされて、がっかりするべきところだったかもしれない。みんなで食卓を囲むという、目指していたイメージが実現せず、三人のうちひとりが欠けてしまうのだから。だが、実際に感じたのは安堵だった。息子がなにに耐えられないのか、わかったと思う。例の絆だ。自分が身を振りほどいたのと同じ絆。ヴィンセントは昨日、刑務所に現れなかった。昨日も来なかったのだ。それが心のどこかではうれしかった。末息子はどうやら、絆が人を縛りつける縄になりうると気づいているらしい。気づきさえすれば、その事実と向きあい、自分の態度を決めることができる。それで母親に嘘をつくことになったとしても。

「あんたの分は取りわけて、冷蔵庫に入れておくから。おなかがすいたらいらっしゃい」

手に載せていたガラスの耐熱皿をオーブンの中段に入れた。鍋のジャガイモを少しかきまぜた。氷水の入ったピッチャーを冷蔵庫から出した。レモンのスライスと四角い氷がたっぷり入っていて、ガラスに当たるたびにからからと音をたてた。自然とまわりに伝染するような笑い声、わざとふざけている声のほうへ歩いていく。フェリックスとレオ。まるで昔のようだ。食卓に水差しを置くと、氷は音をたてなくなった。ブリット＝マリーは四枚並んだ皿のうち一枚を手に取った。

「食事、もうすぐできるけど、三人だけになるわ。ヴィンセントは来られないって」

そして、すぐに引き返そうとした。まるで急いでいるように。だが、キッチンの敷居に着いたところで、レオの声が追いついてきた。

「母さん」

「なあに？」

「どうして？」

「確か……イタリア製のタイルが割れたって言ってた。入居前の点検があるとか」

「なんなんだ。仕事かよ——また」

レオの声。いやな声だった。弟の嘘を見抜いているのが伝わってくる。母もその嘘に加担していること、伝言をそのまま伝えただけではないことも見抜いている。弟が自分を避けていることに気づいている。ブリット＝マリーがキッチンに入るころには、あの楽しげな笑い声もふざけ声もやんでいた。

「母さん」

ふたりはそれぞれべつの部屋にとどまったまま、互いを見た。

「またヴィンセントから電話があったら、伝えてくれよ。おれも昔、建設業界で長いこと働いてたから、バスルームにタイルを張ったこともあるし、点検係がどこを見て手抜き工事を見破るかも把握してるぜ、って」

フェリックスはこれまで、なにも言わずに座っていた。が、母がキッチンの壁の向こうに姿を消すと、彼は兄のほうに身を乗り出し、小声で言った。

「ヴィンセントのことはほっといてやれよ、レオ。心の準備ができたら連絡してくるだろ」

レオは答えず、無言のまま食堂のドアに手を伸ばしてそっと閉め、静寂を招き入れた。オーブンと換気扇の立てる単調な雑音が急に弱まったせいで生まれた、うつろな静寂だ。

「これでしばらく、ふたりだけで話ができるな」

「ふたりだけで？　レオ、なんのつもりだ？」

「ガキのころ、母さんにバルコニーから、もうすぐ食事だって呼ばれただろ。あのときと同じだな」

グラスに水を注ぐと、氷がさっきのようにからからと音をたてた。

閉ざされたドア、水、対峙するふたり。

まるでなにかの交渉のようだ。

「フェリックス」

「なんだ？」

「これからどんなふうに生きたい？　ほんとうの意味で生きたくないか？」

「やめろよ」

「これからも学生手当に頼って生きていくのか？　犯罪被害者庁からの金の取り立てに追われて生きていくのか？　ちょっとした銀行ローンも組めずに？　前科があるからって就職できずに？　それよりも……尽きないほどの金を手に入れて、このくそったれな国におさらばして、どこかべつの場所でやり直したいと思わないか？」

フェリックスは椅子の背にもたれかかった。交渉の席ではよくみられる、いまの質問は実に気に入らない、というしぐさだ。

「もうすぐ食事の時間だぞ、兄貴。回りくどい言い方するな。なにが言いたい？」

「おまえの助けが要る」

「助け？　具体的には？」

「代わりが要るんだ」

水をひと口。氷がひとつ、フェリックスの右顎に入りこみ、彼が嚙み砕くとガリリと音がした。

「代わり？　なるほど、昨日、撃たれたやつがいたもんな。うちにもテレビはあるんだよ」

レオは、氷の砕ける耳障りな音がやむまで待った。

「協力してほしいのは一回だけだ。銃を持って襲うわけじゃない。前にやったのとはまるで違う。奇襲作戦だよ」

「一回だけだと？　レオ。奇襲作戦だと？　はるか昔にも、まったく同じことを言ってたな。覚えてるか？　ＩＣＡスーパーのとき。革のバッグに入った三万のとき。〃一回だけでいいってことだよ〃。いや、あのときはなんて言ってたっけ……略奪作戦（ハイスト）？　ふざけるなよ、兄貴！」

「まさにそれだよ。略奪作戦（ハイスト）。粋で賢い奇襲作戦だ。ふつうにのんびり入っていって、一億いただいて帰ってくる。だれも、なにも気づかない。もしこれが、そうだな……二千万ぐらいの話だったら、そもそもやらないし、おまえを引っ張りこみもしない。その程度じゃ足りないからな。姿をくらますのに金ばかりかかって、二年もすれば尽きちまう。だがな、兄弟、一億だぞ。しかもだれにも気づかれない」

レオは弟の前腕に軽く手を置いた。フェリックスはぎくりと身をこわばらせたようだった。ふたりとも後悔した――レオは、弟の腕に手を置いたことを。フェリックスは、それに自分が反応してしまったことを。レオには覚えのある状況だった。

「それに、言っておくが、ＩＣＡのあとは二度とやらなかっただろう。少なくとも、あのあと十年は」

「それでもな、おれは最初からわかってた。いつかまたやるだろうって。それが……あんただから。あんたはそういう人間になったから。あのとき。親父が母さんを殴り殺しかけたとき。あんたが親父の跡を継いだとき」

「心理士の真似事か？　そういうのはムショで飽きるほど聞いた」

「なんとでも言え。でもな、あんたにとって大事なのは金じゃない。銀行用のバッグをひったくって、三万盗むことが大事なんじゃない。大事なのは……やれる、ってことだ。計画を立てること。逃げおおせること。状況をコントロールすること。銀行を十軒襲ったときだって、あんたにとっては金なんかどうでもよかった。どんなに金の話ばっかりしてても、だ。同じだったんだよ。やれるから、やった。一軒襲ったら、今度は同時に二軒、その次は同時に三軒。止められなければどこまで行ったかわかったもんじゃない」

「ここだよ」

「はあ？」

「わかってほしいのはそこだ。おまえにも加わってほしいんだよ。あのときに止められたせいでできなかったことを、最後までやり通すんだ。スウェーデン史上最大の奇襲作戦だ」

「やれるからってだけだろ」

「なんとでも言え。それでおまえの気分がよくなるのなら。とにかくおれは実行する。いっしょにやるのか？　やらないのか？」

　フェリックスは閉ざされたドアに目をやり、また小声で言った。

「噴き出た血」

「はあ？」

「黒い穴よりずっとましだ」

「おい兄弟、大丈夫か？」

「おれは大丈夫だ、レオ。あんたはどうなんだ？　自分がほんとうはなにを望んでるか、自分でわかってるか？　ほんとうはどこに向かってるのか。おれはわかってる。自分がどこに向かってるか。おれは噴き出た血のほうを選ぶ。これからずっと、何回でも」

「フェリックス……意味不明なこと言いやがって……いったいなんの話だ？」

「子どものころ——あんたは何歳だった？　九歳？　十歳？　あんたと親父の、あの胸糞悪い熊のダンス。あんたと親父だけのな、レオ。あんたと親父の……くそったれな哲学。暴力の哲学だ。親父があんたに教えこんだ。おれたちがだれかにやられそうになったら、あんたがやり返せるように。まさか忘れてないよな。だがな、おれが覚えてることはもうひとつある。親父が母さんを殴って、外側では母さんの目が真っ赤になったこと。それと同時に、内側には黒い穴があいたんだ。出血はしばらくしたらおさまったのを覚えてる。でも、穴はいつまでも残った」

小声で言う必要はなかったはずだ。ドアは閉まっている。母に聞こえるわけがない。だが、小声になったのはそのためではなかった。この言葉は、あまり大きくしてはいけない、ここに居座ってもいいと思わせてはいけない、そんな気がした。

「わかるか、兄貴？　おれの暴力の哲学は単純だ——噴き出た血のほうが、黒い穴よりずっとましだ」

レオは笑みを浮かべた。嘲りの笑みだ。

「なるほど、わかったぞ！　おまえ、ほんとにムショの心理士のところに通ったんだな。それでくだらないことをいろいろ……」

「なぜだ？」

「……ガキのころのおまるのせいで、大人になっても苦しむんだ、とか考えて……」

「なぜだ？」

「……壊れたおもちゃをひたすらほじくり返して……」

「なぜだ？」

「……ムショにいるあいだ、過去を振り返ってばかりいたんだろう。おれは未来に目を向けてたがな。それで……」

「レオ、聞けよ、馬鹿野郎！　なぜやるんだ？」

フェリックスは立ち上がっている。もう小声ではない。

「レオ？」

「これが唯一のチャンスだからだよ」

「嘘だな。過去にもチャンスはあった」

「あさっておれたちがやることは、サツにはちんぷんかんぷんだ。クソ刑事のブロンクスにもわからない――わかったころには、おれたちはとっくに消えてる」

「消える？」

「永久にだ。こんな略奪作戦（ハイスト）をやらかしたあとじゃ、ここには残れない。だからいま、こうして話をしてるんだ。おまえやヴィンセントを置いて消えたくない」

　酔ったような勢いで嘲りを並べる兄に抗うほうが楽だっただろう。だが、いまのレオは真剣だった。心から、本気で言っているのだ。その真剣さが、はっきりした返事を要求してくる。

「レオ、おれは、あんたが奪った金なんか欲しくない。あんたがつかまるずっと前に決めたことだ。知ってるだろ」

　閉ざされた食堂のドアをちらりと見やる。その向こうで呼び鈴が鳴っているように聞こえたのだ。甲高い音が二度、低い音が二度、また高い音が二度。

「したがって、おれは略奪作戦（ハイスト）には参加しない。あんたはあのときも、一回だけ、って言った。いまも同じことを言ってる。けど、あんたは絶対にまたやる。何度も、何度も。わかってるんだ。あんたも自分でわかってるんだろ、レオ。おれはもう、そういう生き方はやめたんだ」

また、呼び鈴。今度はふたりともそう確信した。それから、足音。母の足音だ。食堂のドアが開いて、換気扇の音が聞こえてきた。

「レオ、あんたにお客さんよ」

換気扇の音とともに、もうすぐできあがるディル風味の魚料理の香り。だが、食堂をのぞきこんだ母は、あまりうれしそうな顔をしていない。さっきまで満ちていた期待感が、すっかり消えている。

「警察の人。あんたと話がしたいんですって」

ドアは少し開いているだけで、キッチンの中まではよく見えない。男がふたり、女がひとり。上着は着たまま、靴も履いたままだ。一般人のような服装をしているが、どう見ても警察官だった。男たちふたりにはどことなく見覚えがある。今朝、黒い覆面パトカーで通り過ぎていったところを見た。白髪まじりの口ひげを生やした年配のと、筋骨隆々で日焼けした若いの。なるほど、レオ・ドゥヴニヤックがここにいることを確かめるために送りこまれた偵察隊か。

強盗犯がひとり射殺され、自分の銃が地面に落ちたまま残されたと知ったレオは、遅かれ早かれいつかブロンクスが来るにちがいないと予測していた。あのクソ刑事が考えそうなことも、ちゃんとわかっていた——母親の家にいるところを連行すること。そうすれば、抵抗される可能性が低いから。だが、いつ来るかまでは予測できていなかった。

まだ昼食時だ。夜までにはかなりの時間がある。

計画の第二段階——〝家庭訪問〟を実行する時間はじゅうぶんにあるだろう。もっとも、計画に少々変更を加えなければならないが。銃が一挺、ブロンクスの手に渡ってしまった以上、〝家庭訪問〟は規模を広げるしかなくなった。想定していたよりも時間がかかるだろうし、場所も取る。とはいえ、計画を変更したからといって、前よりも劣った計画になるとはかぎらない。前提条件が変わっても、それを自分の利になるよううまく使うことはかならずできるはずだし、そうするべきだろう。どうすれば利になるかもわかっている。午後、これから行なわれる事情聴取を利用して、クソ刑事ヨン・ブロンクスを挑発し、間違った方向へ進ませてやる。あさって、最後の奇襲作戦を実行するころには、あの男は二重に騙され、まったくべつの場所にいることだろう。

レオは肩をすくめて立ち上がった。フェリックスが身を乗り出し、鋭い声でささやきかけてくる。「いまの話はもう二度とおれにするなよ」。レオはすれ違いざま母に微笑みかけ、ゆうべされたように母の頬を撫でると、「母さん、大丈夫だ」とささやいてキッチンに入った。あたりを見まわす。窓の外を見る。家の前の駐車スペースに車が二台とまっていて、その片方に警官がひとり乗ったまま、彼を待っている。

だが、ブロンクスではない。あの野郎、いったいどこにいるんだ?

レオは白髪頭の男のほうを向いた。

「で、なんの用だ?」

答えは返ってきた。が、返事をしたのは問いかけた相手ではなく、女のほうだった。自分とそう歳が変わらないように見える女。

「わたしはエリサ・クエスタ。警察本部まで同行してもらいます。事情聴取をするので。あくまでも参考人として」

レオは女をまじまじと観察した。背が高く、すらりとしていて、なにごとにも動じそうにない、しっかりとしたまなざしをしている。いま母が向けてきているまなざしと同じだ。非難がましくはなく、悲しそうでもない。喜びや期待感が、強固な鎧に取って代わられている。自分たちが幼かったころ、母がときおり身にまとっていた鎧。なんの役にも立たず、だからこそよけいにむごかった。レオは無言でうなずいた。いま母になにを言っても無駄だ。玄関へ、母の家の駐車スペースにとまっている警察の車二台に向かって歩いた。

「息子さんには事情聴取のため同行してもらいますが、もうすぐここで家宅捜索も行ないます。息子さんはあなたの住所を自宅として届け出ているので」

ブリット=マリーは若い女性刑事を見た。家宅捜索? ここで? わたしの家で? この新たな安らぎの場で? 罪を犯した家族のことを絶えず噂される生活から、恥辱から逃れて、自ら築きあげた、この安心できるわが家で？

「おっしゃることがよくわかりません」

新しく手に入れた、この安心できる場所を、見知らぬ人たちに引っかきまわされる。それを新たなご近所さんたちに見られる？

「令状を見せていただけますか」

あのときでさえ、彼女の家が引っかきまわされたことはなかった。もっとひどいことが起きたというのか？　レオがなにか、もっとひどいことをした？　昨日は帰りが遅かった。

〝そのへんをドライブしてた〟と言っていた。

この警官グループを率いているらしい女性に向かって質問を繰り返そうとしたところで、がっしりとした両手に肩が包まれるのを感じた。だれかが後ろから肩をつかんだのだ。

「令状なんかいらないんだよ、母さん」

その腕が、彼女の向きを変え、彼女を抱きしめる。フェリックス。

「この国では、警察は令状がなくてもずかずか中に踏みこんで、母さんの家を引っかきまわせる。担当検事の虫の居どころが悪いっていうだけでじゅうぶんなんだよ」

「あなたがフェリックスね」

エリサは目の前にいる若い男を見つめた。兄より少し背が高く、どこか荒々しげな印象がある。兄は金髪だが、彼の髪は褐色だ。

「そうですけど」

「なら、確認してほしいことが……」

エリサは上着のポケットから紙を一枚出した。

「……これなんだけど……」

下のほうを指差す。

「……あなたの住所、これで間違いない？」

フェリックスはうなずいた。

「はい。合ってます」

「で、このいちばん下のは、弟さんの住所で間違いない？」

「はい」

「ありがとう。あと、昼間にあなたと弟さんと連絡のつく住所を、この下の空いてるところに書いてもらえると助かるんだけど」

エリサがフェリックスにペンを渡す。ブリット＝マリーはオーブンを開け、鮭を取り出した。クリームが少し焦げている。耐熱皿を乱暴にコンロの上に置いたせいで、鈍い音が大きく響いた。

「いいかげん、どういうことなのか教えてください！　息子をひとり連行したかと思ったら、もうふたりの情報まで訊き出して！　ふたりとも、刑期を終えて出所してから二年になるんですよ。そのあいだ、あなたたちの目にとまるようなことはなにひとつしてないのに！」

女性刑事は怒鳴られてもまったく動じていないようだ。

「申し訳ありませんが、あくまでも形式的なものです。結果として、息子さんたち三人とも捜査対象から外れることになるかもしれません。わたしはそう願ってますし、お母さんもそれは同じでしょう」

ブリット＝マリーは女性刑事をじっと見つめていたが、彼女の言葉はあまり聞こえていなかった。まったくべつの音が耳に届いたせいだ。自分の寝室でクローゼットの扉がきしむ音、ベッドに放り投げられてガチャガチャと音をたてるハンガー。そして、なんと、下着を入れているタンスのひきだしを開けている音まで聞こえてきた。あわてて寝室へ向かう。ちょうど中身を床にぶちまけているところが目に入った。枕元のテーブルのひきだしでも同じことをしている。隅の戸棚からタオルやシーツを乱暴に引っ張り出しているのも見えた。抗議するべく敷居をまたごうとしたそのとき、女性刑事が追いついてきてとなりに立った。

「ここから離れてください、ブリット＝マリー。もう少し穏やかに進めるよう言い聞かせますから」

エリサは家主がキッチンに戻るまで待った。

「やめなさい」

警官ふたりはエリサを見たが、手は止まることなく下着や枕カバーを引っかきまわしている。

「やめなさいって言ってるんだけど」

ようやくふたりは命令に従った。

「これからは家主に配慮しながら進めましょう。急ぐ必要はまったくない。あんたたちがいまやってることは、不信を買って、協力してもらえる可能性を狭めるだけ。あとで彼女の助けが必要になるかもしれないのに」

エリサはその場にとどまり、ふたりが自分の指示に耳を傾け理解したのを見届けてから、コンロのそばに立っている女性のもとに戻った。彼女はこちらに背を向け、鮭の焦げたところをこそぎ落としていた。

「ほんとうに申し訳ありませんでした、ブリット＝マリー。お気持ちはよくわかります。空き巣に入られてるのを見るようなものですよね。しかもリアルタイムで」

若い刑事が親身になろうとしているのはわかったが、ブリット＝マリーは返事をせず、振り向きもしなかった。単に、そうする気力がなかった。フォークを使って、クリームの焦げた表面をこそぎ取り、食べられそうにないところをゴミ袋に落としてから、アルミホイルを引っ張り出して、耐熱皿をすっぽり覆う大きさに切った。寝室にいるふたりが捜索を続ける音は聞こえたが、さっきよりは穏やかで、音も静かになっている。グループを率いる女性刑事が玄関のドアを開け、閉めた音も聞こえた。家を出て、後部座席にレオを乗せた車に向かっているのだ。

この瞬間、ブリット＝マリーは悟った――さっきまでやろうとしていたこと、家族をひとつにまとめあげようとする自分の試みは、けっして成功しない。これが分裂というものなのだ。絆はほどけ、引きちぎられてしまった。

殺風景な部屋。大きめのクローゼットほどの広さしかない。中央に簡素な机、その上に十六インチのTVモニター。それだけだ。壁にはなにも掛かっていない。照明はほとんどない。

だが、カップ一杯の白湯は用意されていた。

ヨン・ブロンクスは熱いカップを手に取り、ひと口すすって飲みこんだ。白湯。昔なら考えられなかったことだ。警察付きの産業医から、あなたはもう一生分のコーヒーを飲んでしまった、と聞かされるまでは。そのあとは妙に空虚な感じがした。ただのコーヒーとはいえ、当たり前のように生活の一部となっていたものが、急に消えたのだ。カップ十二杯分のカフェインが消えたことに空虚感を覚えたのではない。疲労、頭痛、手の震えなどの禁断症状は数週間でおさまった。そうではなく、習慣が消えてなくなったことの空虚感。彼を悩ませたのは、規則性を失ったことによる禁断症状だった。カップにティースプーンを入れてかきまわす感触、熱いカップを手で包みこむ感触、胸を満たす温もりを味わうことができない。そんなときに、ふと母方の祖父を思い出した。賢明でやさしかった白髪の老人。毎朝、起き抜けにカップ一杯、ただの湯――祖父はそれを〝白湯〟と読んでいた――を飲むのを習慣にしていた。たまに贅沢がしたくなると、ティースプーン一杯のクリームを追加していた。ブロンクスはその翌朝、早くに出勤してあのいまいましい喪失感にさいなまれると、簡易キッチンに行って電気ケトルのスイッチを入れ、人生初の白湯を用意した。失われた習慣の代わりに、べつの習慣を導入した。こうしてふたたび、熱いカップを手で包みこむ感触、胸を満たす温もりを味わえるようになった。

ブロンクスはカップをTVモニターの脇に置くと、耳から口元まで緩やかなカーブを描いているヘッドセットのマイクが、頭を動かすたびに滑り落ちることのないよう、右手で位置を調節した。

「エリサ？」

返事はない。

「エリサ、聞こえるか？」

耳の中で雑音が響いた。彼女もイヤホンとマイクの位置を直しているのだろう。

「**これで聞こえます、ヨン。完璧に**」

「よし。中に入る前に、打ちあわせた点についてもう一度確認しよう。おれが事情聴取を見ていることは、どんなことがあってもやつに悟らせるな。今回の事件は、なにかもっとでかい企みの始まりでしかないんだ。やつはここを出ていったあと、安心しきって計画を予定どおり実行する。そう仕向けたい。幸運を祈るよ」

ブロンクスはモニターにいくつかついているボタンのうち、ひとつをひねった。スイッチが入り、いま彼がいるのと似た部屋が映し出される。殺風景な壁、中央につまらないテーブルが一台、モニターの代わりに小さなビデオカメラが置かれている。だが、テーブルにもそこに載っているものにも興味はない。気になるのは、そのテーブルに頬杖をついて座っている男だけだ。

知りつくしている相手。それでいて、なにも知らない相手。

金髪、青い目、固く結んだ薄い唇。

ヨン・ブロンクスがいまのぞき見ている、この同じ取調室で、ふたりは六カ月近く向きあって座っていた。あの当時、ブロンクスの日々はある一家を中心に回っていた。取り調べの相手は長男から次男へ、三男へ、父親へと目まぐるしく変わり、また長男に戻った。彼らが軽率に口を滑らせたことは一度もなく、あらかじめ練習しておいたかのような、まったく同じ反応を返してきた。人を見下したような沈黙。床をじっと見下ろす挑発的な態度。笑みとともに発せられる〝ノーコメント〟。同じく笑いながら〝それは聞いたことないな〟。〝そんな男は知らないし、会ったこともない——名前、なんだったっけ？〟

自由の身になってから、わずか二十九時間。あいつはまたもやここに座っている。ドアが開き、向かい側の椅子が引かれ、答えるつもりのない質問が放たれるのを待っている。

ブロンクスは前に身を乗り出し、モニター画面に顔を近づけた。

レオ・ドゥヴニヤックは落ち着いたようすで、昨日現金輸送員を襲って仲間をひとり射殺された人間には見えない。それでもやはり、銃、それを持っていた犯人、逃走計画、日時、すべての事実をパズルのように考えあわせると、エリサの解答は正しいと言わざるをえない。ブロンクスはそう確信している。

〝おれはいま、おまえを見てる。

わかるか?〟

いかにも役所らしい、美しさのかけらもないテーブルをひたすら凝視し、そこに沈みこもうとしているかのようなドゥヴニヤックは、落ち着いているだけでなく、この場に集中しきっているようにも見えた。うれしそう、とすら言ってもいい。ブロンクスはすでに前回、自分とドゥヴニヤックがこの点でよく似ていることに気づいていた。尋問というものに内在するドラマ、そこにある構成や法則に魅了されている。レオ・ドゥヴニヤックはテーブルの天板を見つめ、手のひらでゆっくり撫でると、次に中指で同じ動きを繰り返した。

まるで大切なものを撫でるように。官能的、とすら言えそうな手つきで。

見えないチェス盤の位置を直しているようでもあった。駒がひとつずつ動かされるのを待っているかのような。

〝だが、おれは駒を動かさないぞ。今回は〟

ヨン・ブロンクスが心の中でそう言い終わらないうちに、観察対象である男が同じように身を乗り出し、カメラをまっすぐにのぞきこんできた。苛烈な瞳。カメラのレンズを見ているのではなく、人間を見ているかのような視線。そして、ドゥヴニヤックが微笑んだ。まるで鏡に向かって微笑むように。ブロンクスはあやうく微笑み返すところだった。

そのとき。ドアの取っ手が押し下げられる、カチリという音。ここ数年、犯罪捜査部の廊下から聞こえてくるせいで、だれのものかわかるようになった軽快な足音。エリサの足音だ。最後に、椅子が床に擦れる音。モニターには映っていないが、だれかが椅子を引いて座ったのだ。画面の左端に、肩、頰、後頭部の短い褐色の髪の気配がある。

「待たせてくれたな。わざとか？　おれをイライラさせようって魂胆か？　それなら言っておくが、おれには効かないぜ。おまえらがそういう手を使ってくるのは初めてじゃないしな」

レオ・ドゥヴニヤックの声は落ち着き払っている。取り調べのときはいつもそうだ。あのときの犯人の中では彼だけが、黙秘と〝ノーコメント〟のあいまにときおり会話らしい会話を交わせる相手、口を滑らせることなく雑談に応じることのできる男だった。もちろん強要されたやりとりではあるが、それでも内容は知的だった。ドゥヴニヤックは意外にも博識で、柔軟な思考に裏打ちされたユーモアもあった。

「なあ、女刑事さんよ。ここは取調室だろ。わかるぜ、これまでいやというほど見てきたからな。お袋の家ではあんた、参考人としての事情聴取だって言ってたはずだが。取り調べじゃなくて」

エリサは答えなかった。質問されたわけではないから。

「カメラのスイッチを入れても？」

「だめだ」

「だめ？　どうして……」

「妙だからだよ。少しばかり異常で、薄気味悪いとすら思う。おまえがスイッチを入れる、ってのがな。スイッチはもう入ってるんだから」

ドゥヴニヤックはそう言うと、もう一度カメラをのぞきこんできた。微笑んだ。ブロンクスに向かって。ブロンクスはかつて感じたことを思い出した。自分が取り調べていることの男、十件の銀行強盗をやってのけたにちがいないこの男には、大人びた子どもの脳みそが備わっている。まったく予測がつかない。こいつの頭の中にぜひとも入りこみたい、理解したい、と思ったこともあった。

エリサの椅子がまた床を擦ったが、さっきとは違う動きだ。床の傷を防ぐため椅子の脚に貼ってあるプラスチックのシートが、ビニール床をえぐるように擦る。エリサはカメラのマイクに顔を近づけると、赤いランプを探した。そして実際にスイッチが入っていることとを確認すると、皮肉のこもったとげとげしい声で事実を認めた。

「ほんとだ。スイッチが入ってる。あのエンジニア、それならそうと言ってくれればいいのに」

エンジニア。

そう言ったとき、彼女はカメラを、ブロンクスをまっすぐに見ていた。

彼女の言うとおりだろう。当然、伝えておくべきだった。だが、好奇心のあまり気持ちが先走った。期待をふくらませていたと言っても過言ではない。まるで旧友に会うときのようだった。顔は老けただろうか。瞳の深みは変わっただろうか。笑みはこわばっているだろうか。いま別室にいるこの男、モニター画面を満たしているこの男は、変わったのだろうか。刑務所暮らしでなにかを悟っただろうか、それとも、華麗な強盗を成功させた男として、この国の最も凶悪な犯罪者たちと日々を過ごすうちに、逆に犯罪者としてのアイデンティティーを増長させてしまっただろうか。まるで旧友に会うようではあったが、決定的な違いがひとつ——この男が時を経ても更生などしていないことを、ブロンクスは願っている。

エリサが画面から消えた。戻ってきたあとは、さっきと同じく、後頭部と肩と頰の一部が見えるだけだった。

取調官エリサ・クエスタ（EC）：レオ・イヴァン・ドゥヴニヤック氏の事情聴取、クロノベリ地区のストックホルム市警にて、十四時十七分に開始します。

フォルダーを持っている両手が見え、エリサはその下端をテーブルに強く打ちつけた。中に入っている書類を揃えているようにも見えたが、まったくべつの意図でやっているとブロンクスは確信した。またフォルダーでテーブルを叩く。派手な音ががらんとした室内に反響し、カメラのマイクに入りこんで、ブロンクスのイヤホンまで分け入ってきた。この音がどこに伝わるか、彼女はじゅうぶん承知しているのだ。不満の表明はこれで終わりだろうとブロンクスは考えたが、念のためにイヤホンの音量を下げておいた。

エリサはフォルダーをテーブルに置き、開くと、いちばん上の書類を事情聴取の相手に向けて差し出した。

駐車場に倒れている男の写真だ。

EC：これ、だれだかわかる？

レオ・ドゥヴニヤック（LD）：いや。目出し帽が邪魔だ。

表情もしぐさも、すべてが意図的だ。

鼻やこめかみや顎先に指を走らせることもない――不安な状況で、よりどころを探して顔に手をやるのはよくあることだが、この男はそれをしない。左上に視線を向けて実際の記憶をたどるのではなく、右上に視線を向けて嘘をでっちあげているが、それでも一瞬たりとも迷いを見せない。

ひょっとすると関わり合いがあったかもしれない男の、死体の写真を見せられたのに。落ち着き払っている。

レオ・ドゥヴニャックは片方の手でテーブルの上をなぞり、そこにないものの位置を直した。目に見えない盤上の駒を動かした。

EC：じゃあ……これならわかるかもね。だれなのか。同じ人の写真だから。目出し帽はかぶってないけど。

無反応だ。打ち合わせで二枚目に出そうと決めておいたこの写真には、まばゆく光る金属の解剖台、スチールの支えの上に置かれた頭部が写っているにもかかわらず。死体の目には生気がなく、まるでむすっととがらせたような口は、死の瞬間のまま硬直している。額には穴があいていて、まるで赤いつややかな花弁をもった花が射出口から生えて開いたばかりのようだ。それが頭蓋骨や皮膚の破片、髪の房に覆われている。

LD：いや。
EC：いや……というと？
LD：知らない男だ。

三枚目、最後の写真をフォルダーから出す。

EC：もう一回試してみましょう。これも同じ人。生きてたときの写真。あんたも載ってる前科記録にあったやつ。

エリサはそれをテーブルの上に滑らせた。テーブルの端、男の側まで届くように。

EC：だれだかわかる？
LD：ああ。
EC：もう少し詳しく答えてもらえる？
LD：ああ、だれだかわかる。
EC：なるほど。そういうこと。じゃあ、質問のしかたを変えましょう。これは、だ、れ？

ＬＤ：ヤーリ・オヤラだ。

ＥＣ：ヤーリ・オヤラとはどういう知り合い？

ＬＤ：エステローケルで同じ区画にいた。だが、そんなことはもう調べたんだろう？

ＥＣ：どのくらいよく知ってた？

ＬＤ：なあ、あんたはあいつをどのくらいよく知ってる？　同じ区画にいたって、カメラの向こう側にいて、おれたちをモニターで見てる男だよ。同じ区画にいたって、ドアをいくつか隔てた部屋にそれぞれ閉じこもって過ごしてるようじゃ、よく知ってるとはかぎらないよな。違うか？

ブロンクスにはこのやりとりが聞こえた。その意味するところもよくわかった。〝カメラの向こう側にいて、おれたちをモニターで見てる男だよ〟

レオ・ドゥヴニヤックは、当然ヨン・ブロンクスが捜査を指揮するだろうと考えていた。が、こちらの狙いどおり、ひょっとして違うのだろうか、という疑念を抱いた。だから確かめようとしているのだ。

ＥＣ：こっちを見なさい。わたしが質問してるんだから。あんたたち、オヤラが出所したあとには連絡を取った？
LD：いや。
EC：じゃあ、あんたが出所したあとは？
LD：いや。
EC：いっさい連絡は取りあってない？
LD：おい、女刑事、ブロンクスの操り人形さんよ。もし……

ブロンクスの操り人形。
また鎌をかけている。

LD：……ほんとにあんたの言うとおり、三枚とも全部同じやつの写真なんだとしたら、どうやって連絡を取りあえってていうんだよ。死人と連絡を取りあうのは難しいんだが。

表情も、抑制された動きのパターンも変わらない。答えがイエスであろうとノーであろうと。知っていると認めようと、認めなかろうと。
ブロンクスは、エリサが三枚の写真を集めてフォルダーに戻すのを見た。わざと間を置いている。次の質問にそなえて。

ＥＣ：昨日の十六時三十分、どこにいたか教えて。

ＬＤ：車の中だ。

ＥＣ：それで、どこにいたの？

ＬＤ：夕食に向かってる途中だった。親父と会うことになってたから。スカンストゥルにあるレストラン〈ドラーヴァ〉で。証明してくれる人なら何人もいるぜ。おれの親父に、店の主人とおかみさん、あのふたりには食事代としてかなりの額を渡した。ビールをがぶ飲みしてたほかの客たちもだ。それにしても、どうしてそんなことを訊くのかわからない。なにかでおれを疑ってるのか？

ＥＣ：わたしが質問してるんだけど。あんたに。

ＬＤ：それは違うな。質問してるのは……

レオはテーブルの上で手を伸ばし、唐突にカメラのレンズを指先でコツコツと叩いた。

ＬＤ：……この中にいるやつだろ。

そして、カメラをまっすぐに見つめた。挑みかかってきた。挑発してきた。ブロンクスはとっさに、エリサに聴取をまかせてとなりの部屋にいることにしたのは正解だった、と思った。あの男の狙いどおりになっているからだ。実際に、挑みかかられていると感じる。挑発されている。本心では、立ち上がって叫びたくてたまらない。

LD：この中に！

レオはまたレンズを叩き、そのまなざしでカメラの中へ、ブロンクスがいる部屋の中へ入りこんだ。そして、居座った。かつて自分を投獄した刑事に対する、まじりけのない憎悪の念。

EC：レストランに向かう途中だった、と。じゃあ、その前はどこにいたの？　十六時三十分より前には。

落胆。
間違いない。聴取を受けている男の顔を、落胆の色がかすめた。
レオ・ドゥヴニヤックが期待した反応は返ってこない。

エリサは、どんなふうに斬りこまれようと、邪魔されようと、ドゥヴニヤックの挑発に一度も乗らず、彼の期待を裏付けるようなこともいっさい言っていない。

EC：もしかして聞こえなかった？　じゃあ、繰り返してあげる。ゆっくりとね。十六時三十分より前にはどこにいた？

LD：刑務所だよ。六年間な。

ブロンクスは、自分も今朝くらったあの視線を、エリサがいまドゥヴニヤックに向けているにちがいないと気づいた。彼女を小馬鹿にする人間に向けられる、凍てつくような冷たい視線。

EC：これで三度目になるけど、もう少しはっきり言いましょうか。エステローケル刑務所の職員によると、あんたは九時ちょうどに釈放された。刑務所の監視カメラの記録によると、あんたはその十一分後、若い男性の運転する車で敷地を離れた。この男性はあんたの弟と判明してる。中年の女性も同乗してて、これはあんたのお母さんとわかった。というわけで、九時十一分から十六時三十分までのあいだになにをしてたか教えなさい。

LD：で、ブロンクスの操り人形は、どうしてそんなことを訊きたいんだ？

EC：わたしがどうしてそんなことを訊きたいかっていうと、昨日、現金輸送員が襲われた事件で、シリアルナンバー１０６６３のＡＫ４が使われたから。それは、八年前に盗まれた銃、あんたが盗んだと疑われてる大量の銃のうちの一挺だった。だから訊いてるの。

それからはあっという間だった。ドゥヴニヤックがカメラのマイクをつかみ、その胸が光をさえぎったせいで、画面が暗くなった。

EC：ちゃんと席に座りなさい！

深い呼吸。すぐそばにある口。

LD：ブロンクス？

レオは平手でマイクを叩きはじめた。何度も。くぐもった大きな音が、鞭の音となって狭い室内に響く。

ＬＤ：ブロンクス——おまえの操り人形と、さっきこういう話をしたぜ。同じ区画にいるやつをどのくらい知ってるものか。よく知ってるとはかぎらない。ドアの向こうに秘密が隠れてることもある。おまえがいま、おれから身を隠そうとしてるみたいにな。けど、ひとつだけ言っておく。刑務所の区画。あそこでは、他人とほんとうに深く知りあうことができる。時間はたっぷりあるし、いっしょに閉じこめられてるからな。銀行強盗も、麻薬シンジケートの親玉もいたし、それに……父親を殺したのもいた。

顔はぼやけて見えない。

だが、いずれにせよブロンクスには見えていなかった。あるのは、音だけ、レオの声だけだった。

抑止力が徐々に弱まってほどけていき、事情聴取は予定を逸脱しはじめた。

ＬＤ：ブロンクス——信用に値する人間であれば、秘密を打ち明けてもらえる。おれは塀の中で、たくさんの連中に秘密を打ち明けられた。

レオ・ドゥヴニヤックがここを出ていくときに、自分は安全だと思いこむようにする。そういう計画だった。

LD：たとえば、とある囚人は、別荘で自分の父親を刺し殺したと話してくれた。信じられるか？

だが、ドゥヴニヤックが安心しきってここを出ていくことはないだろう。彼がいまおびき出そうとしている男、ヨン・ブロンクスが、確かに自分はここにいる、と認めないかぎり。

LD：自分の親父の胸を、二十七回、ナイフで刺したらしいぜ。

ふたりとも承知している。
二十七回刺した事実。それは、捜査員しか知らないことだ。
刺されたのは、ヨン・ブロンクスの父親だった。

LD：ブロンクス？　聞いてるか？　もっと詳しいことも知ってるぞ。

ヨン・ブロンクスは無意識のうちに立ち上がって出口へ急ぎ、ドアを開けた。

サムと定期的に連絡を取りあっていたのは、もう何年も前のことだ。

あの当時、兄はクムラ刑務所にいた。だが受刑者はあちこちの刑務所へ移送される。母の死を伝えに行ったときにはエステローケル刑務所にいた、とブロンクスは思い出した。

こいつらが知り合い？　サムと――この野郎が？

ＬＤ：なあ、ブロンクス――魚のうろこを取るナイフだったらしいぜ。それで何回も刺した。もっと聞きたいか？

ブロンクスはモニターの前を離れていた。レオ・ドゥヴニヤックの声がマイク越しに聞こえなくなり、エリサの驚いた視線にぶつかってようやく、自分が取調室に入っていることに気づいた。

「ここで……中断しよう」

「中断？」

エリサが目を合わせようとしてくるが、ブロンクスは視線をそらし、事情聴取を受けていた男のほうを見た。

「出口まで送っていく」

いま。

いまのブロンクスは、無意識からはほど遠い。

自分が一歩を踏み出すごとに――ふたりが一歩を踏み出すごとに、そのことを意識している。

黙ったまま、肩を並べて、警察本部の廊下を抜け、階段を降り、さらに廊下を進んだ。

足が上がってから床に着くまでの平均時間を意識している。足で床を蹴るときの力を意識している――その動きは、足の腹やかかとから始まるものと思っていたが、実は股関節から始まるのだとわかった。靴のかかとが立てる音が、まず石床の上を這い、それから廊下の壁にぶつかって、次なる一歩の足音と混ざりあうのを意識している。いま、まわりのすべてが大きくなっているように感じられるのは、自分の内側で壊れたものを小さくするためにほかならない、と意識している。

おれの廊下。おれの世界。

おれがこいつの心を見抜き、こいつの頭の中に入りこむはずだった。だが、逆にこいつに心を見抜かれた。おれの頭の中に、もう入りこまれている。ベリィ通りの午後の日差しへふたりを導く、重い鉄扉の冷たい、滑り止めの溝が刻まれた取っ手に手をかけたとき――床を見下ろすのをやめ、ふたたび相手を見ることができたそのときに、ブロンクスはようやく気づいた。

この男は、兄のことを、おれよりもよく知っている。

おれの過去のことも。

ずっと避けてきた過去。聞きたくなかった、聞かずに済ませるために事情聴取を中断までした、自分の過去——この男はそこに、勝手にずかずかと踏みこんできた。その顔に浮かんでいるのは、人を見下したような笑みではない。積年の憎悪だ。

「おい、ブロンクス」

ふたりが別れ、ドゥヴニヤックが低い石階段の最後の段を下りて歩道に降り立ったところで、ドゥヴニヤックは口を開いた。また攻撃してきた。

「黒い糸だな、ブロンクス」

ブロンクスは重い鉄扉が閉まらないようにがしりとつかみ、憎悪の笑みに顔を向けると、小声で答えた。

「なんの話かわからない。いずれにせよ、どうでもいい。今日の用はもう済んだ」

レオ・ドゥヴニヤックはそのまま遠ざかっていく。ブロンクスはその場に残り、ドゥヴニヤックがほんとうに遠ざかっていくのを確かめた。十歩。ドゥヴニヤックがまた立ち止まり、腕を動かす。まるで……ボートの漕ぎ手か、体操選手のように。なんの脈絡もない、解釈のしようがないしぐさだ。

ドゥヴニヤックは声のボリュームを上げ、不可解な、だが本人には明白であるらしい言葉を繰り返した。

「今日という日は、ヨン・ブロンクス、おまえにとって、まさに黒い糸そのものだ」

を見た。

レオは最後にもう一度振り返り、クソ刑事が警察本部の中に消え、重い鉄扉が閉まるの

ごく控えめな冷気の中を、ハントヴェルカル通りに沿って歩く。ちょうど通りかかったカフェの壁時計は、だいたい三時十五分ごろを指していた。危惧していたよりずっと短時間で済んだわけだ。何ブロックか日陰があり、肌をちくちくと刺すような風が頬に吹きつけたが、心地いいと思える程度だった。午後の帰宅ラッシュが始まったばかりで、レオはそのまま目的地まで歩いていくことにした。スカンストゥルまで。いまの時間帯、歩いてもバスに乗ってもかかる時間はほとんど変わらない。

市庁舎のあたりまで来たところで、自分がなにに既視感を覚えてあのクソ刑事に〝黒い糸だな〟と言ったのか、だんだんわかってきた。止めることなどできないまま、口をついて出てきた言葉だった。まずイメージが湧き、次に言葉が飛び出し、そしていま、記憶がよみがえった。子どものころ、べつの警察署から、いまと同じように軽い足取りで出てき

たときのことと。今回ブロンクスに会って感じたことと、あのとき父に会って感じたことは、よく似ていた。警察の建物に足を踏み入れること。行った先が取調室であろうと拘置所であろうと、会った相手がブロンクスであろうと父であろうと変わらない。状況をうまく利用してやった、勝った、それで力を得た、という感覚。あのころも、いまも、変わらず心を揺さぶられる。

〝あくまでも参考人としての事情聴取、だと？　そういうことなら、おまえのために事情をはっきりさせてやろうじゃないか、ブロンクスの野郎め〟

そしてこれからは、あのふたりを――ブロンクスと父を利用する。あのころの敵といまの敵を結びつける。あのふたりこそ、形こそ違え、自分と弟たちが逮捕され引き離された原因にほかならない。たったいま出てきた警察本部に足を踏み入れ、最後の奇襲をかけるときに、あのふたりに邪魔されないよう、父にひとつプレゼントをするつもりだ。

線路と並行して伸びる橋を渡ると、リッダルホルメン島の端をぐるりと歩き、割れて潮の流れに運ばれていく氷を眺めて楽しんだ。セーデル・メーラルストランド通り沿いに接岸したハウスボート、その中でともっている明かりを見つめる。その上のほう、セーデルマルム島の岩壁の上からは、べつの種類の光が差している。真っ暗なサムの島には存在しなかった、人工的な光のドーム。スルッセンを通過し、いまや歩行者天国になっているヨート通りの丘を上りきって、坂道を下り、改築されて商業施設と化した旧税務署ビル、国と資本の象徴を素通りする。ついに到着したリング通りは、南から橋を渡ってくる車の着陸用滑走路のようだ。そこにレストラン〈ドラーヴァ〉があった。

だが、目的地はそこではない。いまのところは、まだ。ショッピングセンター〈リンゲンス〉にしばし入り、ふだんならまず行かない類いの携帯電話ショップへ向かう。きちんと暗号化された安全な電話は、こういうところでは買えない。いまポケットに入っている電話は日本から入手したクエーサーXというもので、その方面の評価では世界一のテロリスト用電話とされている。だが、いま買おうとしているのは逆に、世界最悪のテロリスト用電話というべきもの、暗号化プログラムがまったく入っておらず、たやすく位置を特定されてしまうこと間違いなしの電話だ。

二十分後、レオはプレゼントをポケットに入れてショッピングセンターを出ると、リング通りを渡り、デパート〈オレーンス〉の前、その外側にある、いまも五分ずれたままの大きな青い時計の前を通って、父がいきつけにしている店に近づいていった。考えてみれば不思議なことだ——もう酒は一滴たりとも飲まないと決めたあとになって、目覚めている時間の大半を、酒を出す店で過ごすようになるとは。そうすることで、欲求よりも意志の力のほうが強いのだ、と世界に誇示しているつもりなのだろうか。

明るい窓に記されたD・R・Á・V・Aの文字は、横に三分割され、緑、白、赤の三色で彩られている。店内は閑散としていて、昼間から酒浸りではあるが社会の落伍者にはならないタイプの客が数人いるだけだ。ひっきりなしに飲んではいても、店に行くという日課は守れる連中。そんな中で、父がカウンターの上に身を乗り出し、生ビールの注ぎ口をにらみつけているのが窓越しに見えた。ついに降参してジョッキで注文する気か？　それとも、もう注文したのだろうか。あの身体の陰に、黄色く輝くジョッキがあるのだろうか？

昨日の話では、そのような気配はなかったが。

〝出所してからの二年。そのあいだ、一滴も飲んでない〟

レオは店に入り、少し丸くなりはしてもまだがっしりと幅の広い肩を叩いた。

「親父」

父はろくに振り向きもしなかった。

「今日は〝親父〟なのか――昨日は〝イヴァン〟だったが」

イヴァンはずらりと並んだ注ぎ口に視線を戻した。甘酸っぱいにおいが漂っている。黒い点ふたつがそこを浮遊しているのは、きっとそのにおいのせいだろう。コーヒーが飲みたくてたまらなくなり、店に入ってダッチオの姿を探しはじめたときにはもう、その黒点に気づいていた。

「なあ、親父、昨日の電話ではあんなに邪険にして悪かった」

それで、すぐに興味を惹かれた。重力に抗っている、羽根のついたふたつの黒点。視力は落ちる一方だが、それでもなお、音もなく飛びまわるちっぽけな蝿はまだ見えるのだと思うと、気分がよくなった。もっとも、蝿を引き寄せるこのにおいは、ダッチオが自分の店を清潔にしていないしるしでもあるのだが。

「あんな言い方をする理由はなかった。親父、あんたは……なんというか、心配してるって伝えてくれようとしてたのに」

「理由はなかった、だと？」

イヴァンは振り返った。苛立ちが首の後ろを締めつける。長男は嘘をついている。間違いない。嘘はいつもそこに——後頭骨のすぐ下に吸いついて、不吉な予感とかゆみをもたらす。まるで胴体から頭を切り離そうとする斧の刃のようだ。

「理由はいつだってかならずある。レオ、この歳になれば経験でわかることだ。ふつうの食事をしてて、いきなり便所に走らなきゃならなくなることはない。そうなるのは、なにかろくでもないものを身体に入れたせいだろう」

「便所？　便所なんて、許可なしに行かせてもらえるのは何年ぶりだろうな。もういちいち訊かなくていいっていうのに、どうもまだ慣れない」

レオの上着のポケットに入っているものがある。なにか硬いものだ。レオがそれをタイル張りのカウンターに置いたときの音で、そうとわかった。だが、なにかはわからない。手で覆い隠されているから。

「ムショでは電話ひとつかけるにも時間が決まってた。あんたが出所したあとはどうだったか知らないが、おれはいま、知らない番号から電話がかかってくるとひどく緊張する」

レオはその硬いなにかをカウンターに滑らせてイヴァンに差し出し、手を離した。黒い携帯電話だ。大きな画面がつややかに光っている。

「この電話からなら、いつかけてきてもいい。おれたちの直通回線だと思ってくれ。親父の名前で登録しよう。書類一枚に署名して出せば、これは親父の名義になって、支払いはおれがすることになる。心配になったら、いや、ただ単に話がしたいっていうだけでもいい。そういうときには、これを使ってくれ」

イヴァンは名義変更届なる書類の上に置いてあった黒光りする携帯電話を、親指と人差し指でつまみ上げた。煙草の箱のように薄く、重さはせいぜい数百グラム、長さは十、十一センチほどしかない。

「やけに小さいな……こんなものをポケットに入れてたら失くしちまう。おまえがかけてきても見つけられない」

「ちょっと待て。鳴らしてみてやる」

レオが自分の携帯電話に保存していた番号を人差し指で選ぶと、次の瞬間、イヴァンの手の中の黒く薄い物体がちょっとした電気ドリルのように震え、トランペットの音に似た着信音を発した。

「これならあんたでも、どこに入れたかわかるだろ」

イヴァンは首をさすった。締めつけに似た痛みは引きはじめている。昨晩、あのキャンセルされた夕食の席では、こういう会話をするつもりだった。

「これで、おれの電話が鳴ったら、親父からだってすぐにわかる。おれがあんたの電話にかければ、あんたはおれからの電話だってすぐにわかる」

イヴァンは初めて息子のほうに身体を向けた。気分がまたよくなってきた。

「どうだ、コーヒーでも飲むか？」

「なあ親父、昨日おれの番号をあんたに教えたのはどっちの弟だ？」

「コーヒー、いらないのか？」

「明日、また会おう。そのときに飲む。約束だ」

まったく違った気分だ。

イヴァンは確信した——息子の言葉に嘘はない。

レオは電話をくれるだろう。

「ヴィンセントだ。あいつから聞いた。ほかにだれがいるっていうんだ？」

レオはうなずいた。これでわかった。父は、フェリックスとは連絡を取りあっていない。ふたりが歩み寄るのは何年も先だろう。ひょっとすると、もう二度と話すことはないのかもしれない。

「どこに行けばヴィンセントに会える？　あいつ、どこに住んでるんだ？」

「知らん。だが仕事場は知ってるぞ。今日は遅くまで仕事のはずだ」

「なんで……どうして知ってるんだ？」

「ときどき仕事を手伝ってるから」

驚き。イヴァンはレオの顔に驚きを見てとった。それで少し気をよくした。

「手伝ってるって……いっしょに仕事してるのか？」

「まあな」

「いつから……？」

「二、三カ月前からだな。はっきりとは覚えてないが。ときどきペンキ塗りの手助けに入ってる」

レオはダッチオの配膳ワゴンに置いてあった紙ナプキンを取って折り畳み、レジ横のボウルからペンを取った。

「住所を書いてくれ。いまヴィンセントがいる場所の住所だ」

イヴァンは書いた。ドアに掲げられた表札の名前まで覚えていた。紙ナプキンをレオに渡したのと同時に、ダッチオがついにガチャガチャと音をたてながら厨房から出てきた。食器洗浄機から出したばかりの、湯気をたてる白いカップでいっぱいになった青いプラスチックケースを抱えている。笑顔でカップをひとつ手に取ってブラックコーヒーを注ぎ、カウンターに置いた。

「おまえさんは？　レオ——名前は確か、レオだったよね？　おまえさんもコーヒー飲むかい？　それとも夕食にするかい？　お代はもらってることだし」

「それはまた、べつの日に頼む」

「いつでも歓迎するよ」

　レオは父の肩にぽんと手を置いた。

「じゃあ、電話するよ、親父」

「おれの新しい携帯に？」

「ああ、約束だ。明日、また会おう。明日ならもう少し時間がある」

　ダッチオが角砂糖を取ってきて器に入れる。少し茶色がかった種類だ。彼はその器を、湯気をあげているイヴァンのカップの横に置いた。

「昨日はさ、イヴァン、全然わからなかったよ。息子さんは金髪だが、あんたの髪は褐色だろう。だから、郵便配達の野郎、また届け先を間違えたのか、なんて思ってさ」

　角砂糖をふたつ。ダッチオはカップに砂糖を入れ、ティースプーンで混ぜた。イヴァンの好みを知っているのだ。

「けど、今日はすぐにわかったよ。目でね。あんたと同じだ、イヴァン。力のこもった目。有無を言わせない目。火花が出てるみたいな目！　あんたたちの目からは、同じ火花が散ってる」

イヴァンはコーヒーを味見した。いつもどおり、ひどい味だ。それから、ちょうどスイングドアを通って厨房から出てきたダッチオの妻に向かってうなずいてみせた。

「おれが間違ってた。おまえらはハイエナじゃないな」

「はあ？」

「おまえとかみさんの話だ」

「そうかい。まあ、そりゃよかった。ハイエナになりたい人間はいないからねえ」

「ああ。おまえとかみさんは火口（ほくち）だな。火をつけるときに使うやつだ！　燃えやすいはずなのに、おまえたちにはいっこうに火がつかない。おまえとかみさんのあいだには、散らす火花のひとつもないからな！」

イヴァンは、聞き間違いだろうかと考えているらしい店主を見やってから、カップをつかみ、窓辺に移動した。すでに夜が長男を包みはじめている。あっという間だった。レオが来たときはまだ明るかったのに、もう黄昏（たそがれ）時になりつつある。

イヴァンはその場にたたずんでいるうちに、ふと、レオが子どものころのように、振り返って手を振ってくれることを期待している自分に気づいた。

そして、確信が強まった――レオがいま突き進んでいる方向にそのまま進めば、彼は刑務所の独房に逆戻りすることになる。そのことは、あの小さな黒い蝿並みに、はっきりと見てとれた。

レオはいま、ヴィンセントのもとに向かっている。突き進む方向はそのままに、ヴィンセントの父親代わりとしての影響力を行使しようとしている。この店にたたずんでいる自分――ヴィンセントの実父である自分には、一度も与えられたことのない影響力を。

そのとき、黄昏の光の中、少し離れたところで、レオがほんとうに振り返り、手を振った。

見られている気がして振り返り、実際に見られていたとわかって手を振った。父だ。コーヒーカップを手に、レストラン〈ドラーヴァ〉の窓に記されたÁとVのあいだに立っている。いつもより小さく見える。肩を落としているのか。少し悲しそうにも見えた。

リング通りのバス停で煙草を一本半吸ったところで四番の連結式バスが来て、十七分後、サンクトエリックスプラン広場でレオを降ろした。そこからロールストランド通りのマンションまでは数百メートルの道のりだ。紙ナプキンに書かれた父の読みづらい字を確かめる。十二番地、入口の暗証番号は7543、三階、玄関扉に〝ステンベリ〟の表札。

呼び鈴を鳴らす。ボタンは古風なのに、響いたのは濁りのない電子音だった。ということはつまり、この向こう側、扉の上にプラスチックの装置があって、ヴィンセントが壁を塗る前にカバーを外しておいたのだろう。

呼び鈴の音がフェードアウトしていくあいだ、レオは玄関扉の木の板に頬を寄せて耳を澄ました。BGM代わりのラジオが流すコマーシャルのテーマ曲しか聞こえてこない。ラジオは工事現場につきもので、その音は背景音の一部と化している。ドアポストを開けると、音楽が大きくなり、シェードのない工事現場用ランプの鋭く冷たい光に目がくらんだ。

もう一度、呼び鈴を鳴らす。

レオはすでに二回、末弟が来るだろうと思って待っていたことがある。一回目は刑務所の門の前で、二回目は昼食の席で。だが、いまはまったく逆だ——ヴィンセントは、兄が来るなどとは夢にも思っていないだろう。

三度目の呼び鈴。ラジオの音量が小さくなり、足音が近づいてくるのが聞こえた。

「よう、兄弟」

ヴィンセントがこちらを見ている。

静寂。

「おれに会えてうれしくないのか？」

昨日、森から電話をかけて話をしたときに、その変化は声を聞いてわかった。ティーンエイジャーが大人になっている。こうして実際に会ってみると、同じ変化を目で見ることもできた。長い時間が経たないとわからない変化。とはいえ、こんなふうに変化を肌でも感じるのは、単に身体が大きくなった、顔つきが変わって特徴がはっきりしてきた、というだけのことではない。まったくべつのなにかがそこにはある。大人になったその身体が、すぐ近くに立っていながら、距離を置こうとしているのがわかる。

「レオ？」

「入れてくれるか？」

「いったい……どうしてここに？」

「その話、ほんとに共同階段でしたいか？」

レオは靴音のくぐもった残響を道連れに、美しいマンションの中を部屋から部屋へと歩きまわった。さえぎるものがなにもないせいで、音ががらんとした壁にぶつかって自由に戯れる。磨きあげたばかりの寄せ木張りの床、白く輝く化粧漆喰、つややかに光る高めの幅木。百平米ほどありそうな空間が、非の打ちどころなくリフォームされている。

「なあ、ヴィンセント」

バスルームも完璧だ。

「これ、イタリア製のタイルじゃないな」

「えっ？」

レオが歩きまわっているのに、ヴィンセントは玄関から動いていない。扉の取っ手にいまだ手をかけたままだ。

「ほら、割れちまったっていう」

レオはきびすを返して細長い廊下に出た。隅にペンキ缶とタイルカッター、工具箱がふたつ置いてあるほかは、なにもない。

る。

「母さんにそう言ったんだろ」

意匠の凝らされた白いドア枠を撫でる。むらなくしっかりと塗られたペンキが輝いてい

「入居前の点検は？　どうだった？」

ふたりは互いを見つめた。やむを得ない嘘は深く追及したらおしまいだと、兄弟はどちらも重々承知している。

「ヴィンセント」

レオが工具箱ふたつを引き寄せた。トランクのように長方形で、スツールほどの高さがある。

「取っ手から手を離して、おれの向かいに座れ。話をしなきゃならない」

「どうして？」

「聞かせてほしいからだ。スウェーデン史上最大の強盗事件はどれだ？　スカンジナビア史上ではどうだ？」

ふたりのあいだで変わっていないのはただひとつ、レオが犯罪計画の話をするときの自然な態度だ。

「どうだ、ヴィンセント。史上最大の強盗事件は？」

ほかの人がそんな計画を話していたら、実に馬鹿馬鹿しく聞こえるだろうが、レオが兄

弟に同じ話をすると、まるで当然のことのように響く。

「あれじゃないのか……郵便集積所が襲われたやつ」

「それでも元銀行強盗か？　四千五百万しか盗ってないんだぞ」

「ブロンマ空港のは？」

「ああ。あれがいまのところ最高額だな。五千三百万だが」

「〝世紀の強盗事件〟を忘れてた」

「あれは違う」

「違わないだろ。あれのほうが額はずっとでかかった」

「だが犯人は逮捕された。奪った金ごとつかまっちまった。だから、あれは数のうちに入らない」

レオは自分の座っている工具箱を少し移動させた。弟にもっと近づくために。

「座り心地はどうだ？　兄弟」

「さっさと用件を話してくれ」

「どうなんだ？　座り心地は。いいか、心して聞けよ——ブロンマ空港で盗られた額を想像してみろ。で、その……倍の額が、いや、倍以上の額が、一回の奇襲作戦で手に入ると想像してみろ」

「それがどうした？」

「その奇襲作戦を、おれは実行するつもりでいる。木曜日だ。ところが、ちょっとした問題が起きた。仲間は三人だったんだが、それがふたりになっちまった。だから、もうひとり要る」

ヴィンセントは即席の椅子から立ち上がり、空のマンションを一周、二周と歩きまわった。床を傷めないよう、底のやわらかい靴を履いているのに、足音がどすどすと大きく響きわたる。

「ヴィンセント、座れ」

足音を消し、兄を黙らせ、すべてを壊すろくでもない話に終止符を打ちたくて、ヴィンセントはきれいに仕上がった寝室のドアを右の拳で思いきり殴った。ペンキに亀裂が入り、剝がれた破片が落ちるのが見えた。

「座れと言ってるだろう――おれは話がしたいだけだ！」

同じ拳で、もう一度殴りつける。今度はペンキの層だけでなく、パネルドアの木にも亀裂が入った。

「わからないのか……？」

塗ったばかりのドアが血で赤く染まる。ヴィンセントの指の付け根も。

「……まさにこうなるのを、こういう腐りきったことになるのを、おれは恐れてたんだ。わかってた……最初から！　だからあんたには会いたくなかった！　出所したって、またやろうなんていう馬鹿な考えをきっと起こすって、わかってたから！」

　ヴィンセントはバスルームに向かった。床に血が滴っている。洗面台の蛇口をひねり、水が氷のように冷たくなるのを待ってから、指の付け根を、手首を、前腕を洗った。

「レオ、おれは四年間、塀の中にいた。出所したときには、五百クローナと電車の切符だけ渡された。そこからまた刑務所に逆戻りしないで、ちゃんと生活を立て直して、また社会の一員になるのがどれだけ大変か、わかるか？　おれは必死に頑張ったよ。被害者への損害賠償だって全部払ったんだ。そこまでしたって、たとえば女ができても、おれのしたこと、刑務所にいたことを知られたりしたら、もうめちゃくちゃ面倒なことになるんだ。その女の親、きょうだい、友だちに知られたが最後、そんな男とは別れろってみんなが言いだす。おれはもう、二度と罪を犯すつもりはない。わかってくれよ！」

　ヴィンセントはトイレットペーパーが尽きるまで引っ張り出し、それで手を包んだ。何層にも巻いたあとでようやく血がしみ出してこなくなった。彼は工具箱に戻り、腰を下ろした。もう片方の手で紙を押さえている。

「言いたいことはそれで全部か？」

「わからない。どこからそんな気力が湧いてくるんだ。レオ――やめるわけにはいかないのか？」

「史上最大の奇襲作戦だぞ。ついでにな、兄弟、ブロンクスの野郎が抱えてる誇りも、他人からの信用も、全部まとめて奪ってやる。おれたちは途方もない金持ちになれる。あいつは雑魚(ざこ)に成り下がる」

ヴィンセントが絶望のあまり、また拳で、今度は自分の胸を叩く。傷ついた手に巻いたトイレットペーパーが少しほどけた。

「おれはもう二度と犯罪には手を染めないって決めてる。自分との約束だ。この胸の中で誓ったんだ」

「破れよ」

「なんだって?」

「そんな約束、破っちまえ。そのほうがずっと得だ。おれの作戦にはリスクがあるが、そのリスクを最小限に抑えるためには、もうひとり仲間が要るんだ」

また手から血が出ている。胸を叩く勢いは、彼自身が意図したより激しかった。

「なあ、レオ。いいかげん、全部……やめたらどうだ? 仕事して、ふつうの生活をしろよ」

「ふつうの生活? なんだそりゃ——始終びくびくしながら生きろってことか? おまえみたいに? ヴィンセント、おまえ、また刑務所にぶちこまれるのが怖いってだけじゃないだろう。あのクソ刑事に丸めこまれたんだ。あいつにつかまったときに。尋問されたときに。わからないのか、あいつの狙いはまさにそれだったんだよ。おれたちを分裂させることだ！」

「わかってるんだろ。おれの言いたいこと」

「わからないな」

「親父はあんたを信じてるよ」

「へえ、そうかい？」

「おれが変われるなら、レオだって変われる。いつもそう言ってる」

「そうだった。いっしょに仕事してるんだったな。それで無駄話をする時間がたっぷりあるわけだ」

ヴィンセントは目をそらし、床を見下ろした。そのことは自分から伝えたいと思っていたのかもしれない。

「それで、そのあとは？　そのろくでもない馬鹿な真似をしたあとは、どうするつもりなんだ？」

「そのあとはな、兄弟、ここから消えてやる。だからしつこく言ってるんだ――おまえも連れていきたいんだよ。愛してるからな、おまえのこと」

「おれだって、あんたのことは愛してる。でも、そういう問題じゃないだろう」

「いっしょに姿をくらますんだ。おまえもいっしょに来てほしい。おれたちだけで、全世界に立ち向かう。そうだろう？」

居間から出られるバルコニーがあることには、ここに来た時点でもう気づいていた。工具箱ふたつのあいだの床に放たれたままの問いについて、ヴィンセントが最後にもう一度考えこんでいるあいだに、レオはバルコニーに出るドアを開け、心地よい外の冷気の中へ歩み出た。父のもとへ向かうときにはちくちくと頬を刺す程度だった風が、いまはむき出しの肌にがぶりと咬みついてくるかのようだ。手すりにもたれて、弟のことを考える。弟は本気でふつうの人間になろうとしている。その人生に、床下の秘密の部屋は存在しない。何度か深呼吸をしてから、室内へ戻ろうとした瞬間、吸い殻の入ったコーヒー缶が目にとまった。ヴィンセントは煙草を吸わないはずだ——が、この吸い殻には見覚えがある。手巻き煙草。リズラ紙と、ローリング。親父だ。

「レオ」

ヴィンセントはさっきと変わらず、工具箱に座って前かがみになっていた。

「いやだ」

「いやだ？」

「もう二度とやらない」

レオにはわかった。弟はけっして考えを変えないだろう。

「それなら、兄弟……もう二度と会うことはないな。おれたちの行く道はここで分かれる。ほかの選択肢はおれにはない。おれも、ヴィンセント、おまえと同じで、自分との約束を破ることはできないからな」

一、二分。それ以上経っていたかもしれない。やがてヴィンセントが立ち上がった。

「あんたがいなかったら、おれは銀行強盗なんか絶対にやらなかった」

兄を見つめる。そのまなざしは冷静で、揺るぎがない。

「おれが知ってる二十歳ぐらいの男はみんな、まとめ買いしたビールをあおりながら、でかい略奪作戦を夢見たことが一度はある。でも、おれにとっては、フェリックスにとっては、ひとつだけ違うことがあった。レオ、あんたがいたってことだ。あんたはそういう作戦を妄想するだけじゃなくて、よし、やろう、って言いだす。で、他人を引っ張りこむ」

大人の、自立したまなざしだ。

「今日のことも、考えてみろよ、レオ。こんなに待ったあとで、母さんはいったいどんな気持ちだと思う？　昼食をいっしょにとる予定だった。ところがまず、おれが行かなかった。次にサツがあんたを連れていって、家の中をあちこち引っかきまわした。あんたのすることは、おれたちみんなに影響するんだ。いっしょにやらなくたって同じことだよ。おれたちはそれでも、いやでも巻きこまれてるんだ」

「なるほどな。もういい、わかったよ。おまえの口座に百万入れてやる」

「自分の金は自分で稼ぐほうがいい」

そしてヴィンセントは一歩前に踏み出し、両腕を伸ばした。気が済むまで兄を抱きしめて離さなかった。それから長いこと、がらんとした廊下にたたずみ、腫れて痛みはじめた拳をそっと頬に押しつけていた。心臓と同じリズムで、トク、トクと打つ脈が感じられた。

とても現実とは思えない。

手の痛みがなければ、いまのは幻だったのか、と思ったかもしれない——六年ぶりに兄に会ったことも。これが今生の別れだということも。

暗い。寒い。気温が零度付近を上下しているときの常で、道路がひどく滑りやすくなっている。

「あと五百メートルで交差点がある。そこでバイパスを降りるぞ」

レオが前方を指差すと、サムは少しスピードを落とし、シフトレバーに手を置いて準備した。郊外の町トゥンバを走り抜ける。慣れ親しんだ住宅街だ。銀行強盗を繰り返していた、あの狂乱の一年あまりのあいだ、ここに住んでいた。すべての計画の基地がここだった。

ほかの家々と変わらない家。ほかの住人たちと変わらない住人。

「あそこ、青い建物のそばで右に曲がる。五十メートル行ったら、また右だ」

上に有刺鉄線のついた高さ三メートルの金網、そこに開いた門。ここでしばらく過ごす予定だ。あのころは考えもしなかったが、ここのフェンスは、刑務所を囲む柵や塀によく似ている。

最新型の黒いBMWのとなりに車をとめる。会合の相手はとっくに来ているらしい。

「3Dプリンタだがな、レオ。おまえの指示どおり、あの後ろの箱に入ってる。あとで忘れるなよ。税関をうまくごまかして、二台目を調達するなんて……そんな時間はないからな」

サムは小型トラックの荷台を目で示し、うなずいてみせた。ほかにはなにも入っていない。あるのは、〝予行演習〟と最後の奇襲作戦〝警察本部〟を成功に導く鍵だけだ。

「ああ、ドゥヴニヤック〝巡査〟として礼を言うよ」

トラックのヘッドライトを消すと、闇がさらに濃くなった。この敷地、この家には、いまはだれも住んでいない。記憶にあったとおりにいまも波打っているアスファルトの前庭を、ふたりで横切っていく。へこんだところに溜まった水が、夜になって張った薄い氷の膜に閉じこめられている。大きな車庫のそばを通る。レオがここを買う前は、中古車ディーラーの展示販売場として使われていたが、その後訓練所となった車庫だ。ここで銀行内部の見取り図を原寸大で再現し、ベニヤ板で窓口を作り、マネキンを銀行員にした。じゅうぶんな広さがあって、あらゆる動きが完璧に身につくまで訓練を重ねることができた。襲撃のタイムリミットは百八十秒、ひとりひとりに役目が与えられ、すべてがあらかじめ練習されていた。

巨大な車庫の先に小さな家がある。ここでレオはアンネリーと暮らし、襲撃の計画を練った。見たところは当時のままだ。コンパクトな家、という表現がぴったりだろう。二階建てで、広さは九十平米。少なくとも正式にはそういうことになっている。実は少し増築したわけだが。

中に入る前に、しばしの間。煙草を一本、煙を深く吸いこむ。レオは柵越しにとなりの敷地をのぞいた。アンネリーが憧れていた、瀟洒(しょうしゃ)な木造の一軒家。次に暮らすならああいう家がいい、と彼女が思い描いていた家。

実際にはふたりとも、それぞれ独房行きになった。

とはいえ、柵越しにはほとんどなにも見えなかった。隣人が植えた当時は低い植えこみだったものが、ちょっとした高さのある木々に変わっている。が、窓のひとつに明かりがついているのは見えた。確かあそこはキッチンだったはずだ。あの家にはまだ、同じ一家が住んでいる。キャンドルをともして夕食を囲んでいるのだろう。一家はあの当時、スウェーデンで最も危険な銀行強盗犯がとなりに住んでいるなどとは、夢にも思っていなかった。いまあそこに座っている彼らは、その同じ銀行強盗犯がまもなくとなりの家で、アルバニア人マフィアの代表者ふたりと取引を行なうなどとは、やはり夢にも思っていないことだろう。

レオは靴のかかとで煙草を消し、サムにうなずきかけると、かつては当然のように自分のものだと思っていた家の扉へ向かった。その左側の壁、呼び鈴のプラスチックカバーの下にはいまも、手書きで〝ドゥヴニヤック〟と記された白い紙切れが貼ってある。扉に開いたひし形の窓にはいまも、まるでウミヒモのようなひびが入っている――最後の銀行強盗の前、最後にフェリックスと揉めたときの名残だ。

レオは取っ手を押し下げ、扉を開けた。

家の中では、止まったままの時間が、外とはまた違う種類のしるしを残していた。不潔なまま乾ききった排水口から、ひどい悪臭が漂っている。封じこめられて乾燥した空気が喉を焼いた。

アルバニア人ふたりは、玄関を入ってすぐ左の、かつて客間として使っていた部屋で待っていた。窓台にもたれて立っている年上のほうは、事前に聞いていたとおりの容貌だ――スーツ姿で、髪は薄く、鼻骨が目に見えてつぶれている。一度ならず殴られた跡だろうが、瞳に表れた自信はまったく失われていない。その相棒は、絵に描いたような用心棒だった。起こるべきでないことが起こった場合にそなえてのボディーガード。背が高く、鍛えたわけでもなさそうなのに筋骨たくましく、頭はスキンヘッドで、長いこと洗濯していないらしい、灰色をしたよれよれのジャージズボンをはいている。ぶかぶかのパーカの下に、おそらく銃を携えているだろう。まくった袖の下、手首からひじのあたりまで、同じ形をした切り傷の痕がいくつも見える。この男が危害を加えているのは、他人だけではないようだ。

「これはこれは――家主じきじきのお出ましか。しかも、なんだ……」

スーツ姿の男が口を開いたこのときになって初めて、レオは彼の鼻骨がどれほど激しくへこんでいるかに気づいた。鼻にかかって間延びした声で、言葉がうまく聞きとれないほどだ。

「……隠れ蓑役の腰巾着も連れてきたのか？」

サムは賢明にも黙っていた。大人になってからずっと刑務所暮らしをしていると、衝動をコントロールする力が育まれるものだ。レオもまた、とげのある返答をしてやろうかと一瞬考えたものの、マフィアの大ボスの使い走りでしかない小物をとがめ立てている時間はない、と思い直した。ここに来たのは、一年近くにわたって続けてきた取引を終わらせるためだ。しかも、できるかぎり円滑に。

「ヤフミル？　名前は確か、ヤフミルだったよな？　望みのものは持ってきたぞ。おまえはどうだ？」

答えを待っているあいだ、レオは室内に、とりわけ床に視線を走らせた。どこにも手はつけられていないように見える。刑務所に入れられてから五年間は、この家を所有しつづけることができていた。出所まであと一年というところでローン返済の金が尽き、売って金になる持ち物も尽きたので、家は競売にかけられた。存在しないものを奪うにはこの家が絶対に必要だったのに、あやうく失うところだったのだ。そこでやむなく、塀の中で得た人脈を活用し、取り決めを結んだ。

できれば借りなど作りたくなかった連中を頼った。

ほかに選択肢はなかった。

「登記証明書、売買契約書、この家の鍵。全部あるぜ。金は持ってきたか？」

二百五十万クローナ。連中の組織が競売でこの家を手に入れるのにかかった額だ。家はサムの名義にしてもらった。加えて、利子としてさらに二百五十万払うことで、返済を一年待ってもらえることになった。

「五百クローナ札、きっちり百センチ分。クンゲンス・クルヴァのショッピングセンターのビニール袋に入れてきた。いつもそこで買い物してるからな」

鼻のへこんだ男がビニール袋を親指の爪で引っかくと、札束がまるでトランプを切るときのようにパタパタ鳴った。男は満足げにうなずき、書類と鍵を渡してきた。

「それから……なにやら特別なコンピュータも要るそうだな？」

スーツの男が、よれよれのジャージズボンをはいた相棒に向かってうなずいてみせる。床に置いてあるアディダスの真っ赤なバッグを開けろ、という合図だった。

中身は、バッグの底にひとつだけ。一見、なんの変哲もないノートパソコンだ。

「おまえが注文してきた特別仕様のは、五百クローナ札二センチ分の値段だ。あとは、パスワードもあったほうがいいだろう？　なら、一センチ追加しろ」

レオは、アルバニア人ふたりがアスファルトの前庭に出ていき、その向こうへ去っていくまで待った。ＢＭＷのテールランプがバイパスに消えたのを、玄関扉のひし形の窓越しに確かめてから、ようやく客間に戻った。

「ソファーをどかすの、手伝ってくれ」

客間のソファーベッドの片側に手をかける。サムがもう片方を持ち、ふたりは廊下を通ってキッチンまでソファーベッドを運んだ。かつて客間の真ん中に配置した、固定されていない四枚の床板。うち二枚のあいだのすき間に玄関の鍵を突っこんで片方を持ち上げると、残り三枚もやすやすと外すことができた。こうしてどかした床板の下に、金属の取っ手がふたつついた、同じ大きさのコンクリート板が現れる。取っ手をつかみ、持ち上げて傍らに置いた。コンクリートの蓋の下に、あった。床下に埋められ、セメントで固定された、金庫。背面を下にして寝かされた状態だ。ダイヤル錠を回し、開ける。内側は変わらず黒いベルベットで覆われている。警察がもしこれを発見したとしても、見つけられるのはここまでだ。鑑識官がミリ単位で隅々まで調べたところで、見つかるのは、警察に見つかることを想定してレオがそこに入れておいたもの、いまもそこにあるものだけだ——しわだらけの千クローナ札数枚、いかにも大事そうな書類の束、なんの手がかりにもならない弾薬がいくつか。

「サム」

「なんだ?」

「窓辺の、さっきスーツの男が立ってたあたりに行ってくれ。上に分電盤があるだろう? 蓋を外してくれ。で、つながってないケーブルの端をくっつけるんだ」

レオは、紙幣、書類、弾薬を金庫から出し、開いた金庫の扉のそばにしゃがんで、待った。すぐそばにいて、聞き耳を立てていたい。すべてがいまもスムーズに動くことを確かめたい。サムがケーブルを接続し、電気回路を閉じる。

動いた。

金属の動く、ブーンという音。金庫の背面が下へ沈んでいくのに合わせて鳴っている。金庫の壁と背面のあいだに開いた黒ベルベットの切れ目が徐々に広がり、さらに下の、さらに黒い暗闇と混じりあった。

記憶にあったのと同じ感覚に襲われる。

金庫の背面が沈むのを何度見ても、オイルのにおいが上がってくるのを何度嗅いでも、そのたびに思った。

幸せだ、と。

そう感じる。

「床下の部屋。本来ならあるはずのない地下室。この住宅街は昔、湖だったから、地下水位が高すぎるんだ」

サムが自分の肩越しに、本来ならあるはずのない四角い開口部をのぞきこんでいる。レオは穴の中に身を乗り出すと、ぶら下がっていたコードに手を伸ばしてそれをつかみ、引っ張り上げて客間のコンセントにプラグを差しこんだ。

むき出しになった電灯の、強烈な光。

秘密の地下室があらわになる。

「ここから、水っぽい泥を何立方メートル掻き出したか、想像つくか？」

隠し部屋の壁にアルミの梯子が立てかけてあり、レオはそれを穴に引き寄せ、下りた。サムが下りてくるのを待ち、無言であたりに視線を走らせる彼を見守った。

「水位をコントロールして、昔の湖が戻ってきやがるのを防ぐために、どれだけの量の砂利を手押し車で運んでここに流しこんだか、わかるか？　金庫を鉄筋に載せてコンクリートで固めるのに、どれだけ苦労したと思う？　最後にこれを全部、一挺ずつここに運んで、きれいに並べて棚にしまったんだ。想像つくか？」

レオは、自分と弟たちがシャベルでひたすら泥を掻き出して造った地下室で、ぐるりと一回転してみせた。数えるまでもない。ＡＫ４が八十二挺。短機関銃が百十三挺。機関銃が四挺。この国最大の私設武器庫に、きれいに並べられてぎっしりと詰まっている。

「サム、上に上がって、おれが渡すものを受け取ってくれないか」

サムは床にひざまずいて、レオが金庫の開口部越しに渡してきた一挺目の銃を受け取った。それから、二挺目、三挺目、四挺目、五挺目も。必要な数はこれで揃った。サムは立ち上がって背筋を伸ばした。穴から出てきた六挺目は無視した。

「五挺でじゅうぶんだ」

「全部出す」

「五挺だ。制服用に二挺、奇襲作戦用に三挺。そう決めただろ」

「全部レンタカーに積む」

「五挺。そういう計画だ」

「そういう計画だったんだ、サム。銃がヤーリの手から落ちて、おまえの弟のクソ刑事の手に渡るまではな。あの野郎、あの銃を利用すればおれを追い詰められると思ってやがった。カメラ越しにおれを見張って、自分の思いどおりに事が運んでると思いこんでた。あの銃のおかげで有利になった、これでドゥヴニヤックを追い詰められる、と」

レオはまだ銃身を握っている。銃床が上を向いている。

「それでいい。銃はくれてやる。全部だ。おれのコレクション一式を進呈する。おまえの弟は鼻高々になる。成功したと思いこむ」

彼の言葉は、ゴボゴボという音でさえぎられた。隠し部屋の床に埋めこまれたコンクリート管から聞こえる音。内側に排水ポンプの設置された排水口で、いまもスムーズに動いているとわかる。水位が最大値まで上がると排水が始まるしくみだ。

「だが、おまえの弟のクソ刑事が栄光に浸ってるあいだに、おれたちは存在しないものをやつから奪い取ってやる。ほんとうは逆だからな。事はおれの思いどおりに運んでるんだ」

「おい」

「なんだ？」

「さっぱりわからない。何人に銃を持たせるつもりだ？　おれの知らない共犯者がいるのか？　いままではなにもかも、レオ、おまえとおれでいっしょに決めてきただろう。これからもそうするべきだ。じゃなきゃ、おれは降りる」

「サム、残念だが、ヤーリがやられて、おれは警察に事情聴取されたんだ。おまえの言うとおり、初めの計画からは外れることになるが、こうなっちまった以上しかたがない。おれを信用してくれ。ここを出発したあと、車の中で全部説明する。それでいいな？　でかい強盗をやってのけるってのは、こういうことなんだよ。ひっきりなしに前提条件が変わるから、それに合わせて動かなきゃならない。でないと失敗する。つい最近までいたところに——ムショに逆戻りだ。いや、合わせて動くだけじゃない。自分のプラスになるようひっくり返すんだ。もっと早くに話しておくべきだったが、できなかった。そんな時間はなかったし、そういう状況でもなかったから」

サムは長いことその場にたたずんだまま、ふたりのあいだにまるで浮かんでいるような六挺目の自動小銃の銃床をじっと見つめていた。が、やがて意を決すると、銃をつかみ、すでに受け取った五挺のそばに置いた。振り向きもしないうちに、レオが次を渡してくる。その次も。二十四分間。ざっと二百挺の軍用銃一式が客間の床に並んだ。

「もしもし、親父」

隠し部屋の梯子を上りきらないうちに、レオはさっき買った携帯電話、たやすく位置を割り出せるにちがいない新しい電話にかけた。

「レオか？」

三十分前にアルバニア人のチンピラがしていたように、その同じ窓に寄りかかって話を始める。向こうの声が耳元のすき間から漏れているから、サムにもやりとりがはっきり聞こえるだろう。

「ただ、声が聞きたかっただけだ、親父」

「おれの声？　なにを……」

この国で長年暮らしているのに、父はいまだに訛りの強いスウェーデン語を話す。長男から電話をもらって得意になっているのがありありとわかった。

「……おれの声が聞きたい、だと？　ほんの何時間か前に会ったばかりなのに？　うれしいことを言ってくれるじゃないか」

その口調は、レオが最後に見た姿、〈ドラーヴァ〉の窓辺に立って手を振り返してきた、悲しげに肩を落とした父の姿とは、まるで合っていなかった。

「ああ、それに親父、さっきはまたあんなに急いで帰っちまって悪かった。また明日」

この短い、奇妙なやりとりを、サムはすべて聞いていた。

「おい、レオ」

「なんだ？」

「いまのはなんだ？　ふざけてるのか？　サツが血眼（ちまなこ）になって探してる銃を出してる最中に、親父にくだらない電話をかけるなんて。しかも昔住んでた家で。サツはその気になりゃ、いくらでも簡単にその電話から居場所を割り出せるんだぞ」

壁の分電盤は、サムが蓋を開けたときのままだ。今度はレオがつながっていないケーブル二本を親指と人差し指でつまみ、端を合わせた。ブーンと音が鳴り、金庫の背面に固定された金属によって、隠し戸がゆっくりと引き上げられた。

「そのとおりだ。まさにそれこそが狙いだ。いまの電話で、やつらには簡単におれの居場所を割り出してもらう。だから、この床板はずらしたままにしておく。分電盤の蓋もきちんとは閉めず、こんなふうに少しななめにしておく。で、これから、玄関の帽子棚に一台目のウェブカメラを仕掛ける。この武器庫のおかげで邪魔されずに済むんだ——最後の襲撃をかけるときに。それから姿をくらますときに」

噴き出た血

だれかに右腕を引っ張られている。

巨大な顎にくわえられ、いばらの茂みを引きずられる。とがった硬い岩山を越える。隠された底なし穴に、真っ逆さまに落ちる。

「フェリックス、起きろ」

底がないのに、どこかに着地する。ほかの顎に。そいつらが彼を取りあって争いはじめる。両側からそれぞれ腕をくわえて、ぐいぐい引っ張る。引き裂こうとする。

「おい、フェリックス」

「な……に？」

底なしの深みは、いつだって真っ暗だ。

「さっさと起きろよ、兄弟」

上に見えるもの。牙の生えた顎。永遠の闇に浮かびあがる、白っぽい輪郭。

「だれ……離せ！　離してくれ！」

「フェリックス？　おれだよ、レオだ。ほら、起きろ」

白っぽい輪郭がはっきりしてくる。レオの髪。顔。ほんとうだ。

「でも……起きろって……まだ真っ暗じゃないか」

「しっ。大きな声を出すな。ヴィンセントを起こしちゃまずい」

「なんで……なにかあったのか？」

「いや。なにも。いまのところは」

兄は服を着ている。上着を着て、スニーカーまで履いている。

フェリックスは上半身を起こし、ベッドの端に座る。

家の中なのに、上着？　真夜中に？

手も足も言うことをきかない。動かそうと思っているのに、動かない。すべてが固まっている。

ふと、片方の足が軽く揺らされるのを感じる。だれかが靴を履かせてくれて、紐を結んでいる。もう片方の足も。最後に、両腕を横に上げられさせ、暖かい上着を着せられる。

そして、レオはキッチンに消える。蛇口の水がしばらく流れているのが聞こえ、やがてレオは血がなみなみと入ったグラスを手に戻ってくる。

「一気に飲めよ」

血ではない。赤い果汁シロップを薄めた飲み物だ。グラスからあふれそうになっている。

「飲むんだ。そうすれば目が覚めて元気になる」

「元気になる？　なんのために？」

「そのうちわかる」

玄関に向かう途中、廊下の中ほどで、レオはヴィンセントの部屋に忍びこみ、包帯でぐるぐる巻きになった弟のもとに向かって、規則正しい寝息に耳を澄ます。

「こいつ、置いていくわけにはいかないだろ？　レオ？」

「すぐ戻ってくる。遅くとも、三十分後には」

レオはブラインドの角度を変え、すき間をなくす。満月の光も、カバーのガラスが壊れた街灯の強烈な光も、こうしてさえぎられる。

「でも、もし……起きちゃったら、どうする？　ひとりぼっちで目を覚ましたら？」

「起きないよ。ヴィンセントは一度寝入ったらなにをしたって起きない。それに、ミイラはむりやり起こしちゃいけないんだ。呪いがかかるからな。知らないのか、フェリックス？」

最後にもう一度、口元をチェックして、ふたりがかりで包帯のすき間を広げる。空気がちゃんと入らないと困るから。そして、家を出る。レオが通学用のリュックサックをしょっていて、変だな、とフェリックスは思う。学校って、真夜中には閉まってるもんだろう？

共同階段に、母さんが逃げ出した跡はなにひとつ残っていない。まるでそんなことは起きなかったかのようだ。最後まで残っていた血痕も全部拭き取れた。二階のアグネータのドアの前を、忍び足で通り過ぎる。母さんが入院しているあいだ、最初の数晩だけでも泊まりこむ、とアグネータには言われたが、レオが彼女を説得してやめさせた。三人だけで大丈夫、助けが要るようなことがあればすぐに連絡する、今夜は早く寝るようにするし、弟たちにも夜更かしはさせない、と言って。

暗闇。ずらりと並ぶ街灯。遠くのほうから、音楽や、急に加速したりブレーキをかけたりしている車の音が聞こえる。ファールンの金曜の夜。音のする方向、街の中心に近いほうには、活気がある。だが、通学路でもあるアスファルトの小道を反対方向に進んだここでは、なにもかもが止まっていて、静かだ。

レオは深く息を吸いこむ。思ったよりもずっと暖かい。いや、自分の身体が熱いのか？あふれ出しそうな昂りのせいで。

九月で、そこらじゅうに落ち葉の山があり、蹴りつけるとすっきりする。学校はひと月ほど前に始まった。レオは八年生、フェリックスは五年生。末っ子のヴィンセントもすっかり大きくなって、今年から一年生だ。というわけで、いまでは三人とも同じ学校に通っている。

奇襲作戦になにが必要かは、もう仔細までわかっている。

かつらを買える場所はすでに突き止めた。長髪のを買うつもりで、値段は百二十五クローナ。フードのついた大きいグレーのジャケットは、H&Mで九十九クローナ五十エーレ。布やミシンを売っている店で染料を買って、うすぎたない緑色に染めるつもりだ。それから、身体つきを変えなければならない。肩パッド。腹まわりを太く見せるには、染料を買うのと同じ店で詰め物も手に入るから、それでなんとかすればいいだろう。あとは、煙草。吸わないという選択肢はない。フィルターのない、いちばんきつい銘柄——ジョン・シルバー。

飲んだくれが吸う煙草だ。

身体の内側からの熱がおさまってくると、真夜中に外を歩くのはなかなか気持ちがいい。小さな町ならではの感覚がある——自分と関わりのある場所ばかりなのに、いまはがらんとしていて、まわりにはだれもいない。こちらの方向にも人がいることを示す最初のしるしは、後ろから近づいてくる自転車だ。ライトの発電機が前輪を擦る音が聞こえ、自転車が近づいてきて、そばを通り過ぎ、去っていく。

ジャンキー＝ラッセ。いい名前だ。自分が演じることになる役を、レオはそう名づけている。

ＩＣＡスーパーのおばさんのバッグをひったくるのは、ジャンキー＝ラッセだ。

だが、ジャンキー＝ラッセの役作りには金が要る。だからレオは弟を起こし、夜中の二時にこうしてむりやり連れ出している。

「今日、本を一冊借りたんだ。学校の図書室で」

「ふうん。だから夜中に出てきたのか？」

ストックホルム郊外のスコーグオースにいたときと比べると、ここファールンでの学校ははるかに遠い。スコーグオースでは、父さんがいつも集合住宅の最上階のバルコニーに立って、駐車場をななめに横切り植えこみを突っ切って学校に向かう自分たちの背中を見送っていた。

四年前の話だ。まったくべつの時代。

「違う。ただ、成功させるためには、なにか借りなきゃならなかった」

「レオ——意味わかんないよ」

「そのうちわかる。その本ってのがな、まあ悪くはなかった。アメリカの話で、あの国で起きたことが書かれてる。禁酒法のこととか、アル・カポネっていう男のこととか」

「その名前、聞いたことある」

「で、父さんのことを思い出した」

「その本に書いてあったの？　父さんのことも？」

「そんなわけないだろ。ただ、思ったんだ……父さんも、アル・カポネと同じことをするだろうな、って。スウェーデンで酒が禁止されるようなことがあったら」

「同じことって？」

「アル・カポネはな、それでも酒を売ったんだよ。法律を無視したんだ」

野原が近づいてくる。木が何本か生えていて、夜空に細い枝を伸ばしている。野原の向こう側にあるのが学校だ。ところどころ自転車道の明かりに照らされている。

「いや、レオ。それは違うと思うよ」

「なにが？」

「父さんがそのカポネってやつと同じことをするだろうって話。父さんは人にものを売るの、好きじゃないだろ？　だから、きっと酒は全部自分で飲んじゃうよ。で、ほかの人たちを殴り倒す」

七年生から九年生までが通う、レオも通っている中学部。フェリックスはほとんどここに来たことがない。フェリックス自身が通っている小学部から見ると、まるで別世界のようなのだ。境界線は見張られているし、越えてしまったら自分よりずっと強い上級生に絡まれるのが目に見えているから、好きこのんで突破しようとするやつはまずいない。ここに引っ越してきたとき、フェリックスは一年生で、学期の最中にこの学校へ転入した。まさに心機一転だった。たいていの子どもは転校をいやがるものだが、フェリックスはうれしかった。ヨンナとは正反対だ。あの子のことはよく覚えている。いつも黄色い髪留めをしていたヨンナは、引っ越しを前にして馬鹿みたいに大泣きし、先生が音楽の授業を中断するはめになったほどだった。慣れ親しんだ現実を変えたくなかったのだ。が、フェリックスは違った。引っ越しは願ってもないことだった。新しいクラスなら、ストックホルムでなにがあったのか、だれも知らない。父さんが火炎瓶を投げて刑務所に入れられていることなんて。

フェリックスはあのころ、信じて疑っていなかった――父さんがいなくなり、母さんとあっちの社会福祉局のおばさんたちが、二百二十キロ離れたところに引っ越すのがいちばんだと決めたいま、つらいこともいやなことも全部終わりになるだろう、と。これでふつうになれる。胃や胸のあたりにあるしこりが擦れて、肋骨、ときには喉のあたりまで燃えているようにひりひり痛む、あのいやな感じからも解放される。

それが、また始まったような気がする。胸の中の炎もまた、自分たちを追いかけてここに引っ越してきたのだ。

校庭まで歩いていくと、配電箱の陰にしゃがんで隠れ、さっきとはまたべつの自転車が近づいてきて去っていくあいだ、ぴくりとも動かずに無言で待つ。

スコーグオースの学校の外壁は白いケイ灰レンガでできていた。ここは薄黄色の漆喰だ。ふたつの建物のあいだにガラス張りの空間があり、生徒たちはよくそこで休み時間を過ごしている。

「おまえの仕事は、見張りをすることだ」

「見張り?」

「どういうことか、おまえにもすぐにわかる。いまは急がないと。人に見られるとまずい」

いきなりレオが走りだす。フェリックスは〝どこ行くんだよ〟と訊こうとするが間にあわず、あとを追って走ることにする。アスファルトは湿っていて、ふたりの口から出る息は白い。談話室までの最後の道のりは忍び足で進む。談話室は真ん中の翼棟にあり、大きな窓がいくつもあって、その上にそれぞれ換気用の小窓もついている。

「なあ、レオ――見張るって、どういうこと?」

「自転車道を近づいてくるやつがいたら、窓台をノックしろ。これで」

レオが硬貨を掲げてみせる。一クローナ硬貨。街灯の明かりできらりと光る。

「そのあとは、すぐに隠れろ」

「隠れる? でも、レオは……」

フェリックスは走ったあとでまだ息を切らしていて、吐き出す言葉は途切れがちだ。

「……レオはどうするんだよ?」

兄は答えずに微笑むだけで、通学用のリュックに手を突っこみ、なにかを出す……プラスドライバーのように見える。そして下の窓の細い窓台に跳び乗り、バランスを取りながらつま先立ちになって、その上の細長い小窓に手を伸ばす。

フェリックスは妙な角度からすべてを見ている。目にしている光景の意味がよくわからないのは、ななめ下から見ているせいだろうか。いずれにせよ、起きているように見えることがほんとうに起きているのであれば、レオは換気用の窓を半分まで開け、窓が全開にならないよう押さえている留め金のネジを、プラスドライバーで外しているようだ。理想的とは言いがたい体勢で作業しているので、時間がかかる。窓台が滑りやすいせいで、徐々に下へずり落ちてもいる。

そのあいだ、フェリックスは見張りをしている。顔が赤い。頬が紅潮しているのは、期待をふくらませているせいではまったくない。とにかく家に帰りたい、それだけだ。

レオも熱を感じている。さっきと比べても暑いくらいだ。昂りがますますあふれ出しそうになっている。計画はすでに初めから終わりまで立ててあるのだ——そして実際、うまくいっている。窓の向こうの談話室には細長いテーブルが並んでいて、レオを含む八年B組の生徒たちはよく、ここで休み時間にトランプをしたり、のんびり話をしたりしている。毎日、午後二時になるとカフェテリアが開く。昼食にろくなものが出なかった日はいつも、シナモンロールやチョコレートボール、〝掃除機（ダムスーガレ）〟（緑のマジパンとチョコレートでコーティングされた筒型の菓子。形が似ていることからこの名がある）、チーズサンドイッチ、ストローのついた四角いパック入りジュースが飛ぶように売れる。昨日の昼食はなにかの白身魚だったから、カフェテリアの売り上げは相当な額にのぼっていた。

金は白い手提げ金庫に保管され、毎日四時二十分、基本的にはごく少額の釣り銭だけ残して中身が空にされる。だが、隔週金曜日は例外だ。レオの理解が正しければ、これはカフェテリアを担当している学童保育指導員、レーナの勤務スケジュールの問題らしい。隔週金曜日には、レーナの代わりに体育の先生がカフェテリアの販売を引き受ける。そのときだけは、手提げ金庫の中身は空にされず、週末のあいだ、鍵付きの戸棚にしまいこまれる。月曜日になって、レーナがカフェテリアの仕事に復帰するまで。

だから昨日は、いまだに包帯を取ろうとしないヴィンセントのことが心配でたまらなかったが、それでもいつもより遅くまで学校に残った。最後の授業が終わると、ほんとうなら走って帰宅するべきところだが、代わりに図書室まで歩いていって、カムフラージュに本を借り、例のカポネと禁酒法の本を少し読んでいるふりまでした。なぜなら、奥の本棚のあたり、ちょうどいい席に座れば、談話室のようすが丸見えなのだ。ときどき本からちらりと目を上げては、体育の先生がチョコレートボールを売り、丸パンを売るのを見ていた。四時二十分になるまで。先生が手提げ金庫を、カウンターの後ろの戸棚にしまうまで。

校務員のようすも、そこから見ていた。金曜日にはいつも、校内に異状がないかどうか確かめてまわっている校務員。あちこちを歩き、窓が閉まっているのをひとつひとつ触れて確かめ、椅子やテーブルを所定の位置に戻す。最後にいつもどおり図書室に向かってきた。レオに向かってきた。レオは大急ぎでふたつ先の机に移動した。もしだれかに訊かれたら、レオが座っていたと校務員が証言するのはこの席だ。談話室のようすを見ることのできない、、、席。

〝早く帰りなさい〟と校務員に言われた。〝そろそろ閉めるよ〟。レオは従うふりをした。校務員に見守られつつ、荷物をリュックに入れた。最後のファスナーを閉めたところで、数学の宿題をロッカーに忘れてきてしまった、四四二番ロッカーです、と言った。全速力で走って取ってきます。そのあいだ、このリュックを見ててもらえませんか？

レオは走った。だが、ロッカーではなく、さっきの席からは見えない場所へ――談話室へ走った。椅子を一脚、そっと壁ぎわに寄せ、換気用の窓のロックを解除しておいた。

いま、レオとフェリックスがいるのは、その窓の前だ。

レオは腕の力で身体を持ち上げてよじ登り、するりと窓を抜けて、談話室の床にすとんと飛び下りると、カウンターに忍び寄る。

ふと、いつもと全然違う感じがする、と思う。

真夜中の学校にいるということ。人の気配のない、なんの動きもない部屋にいるということ。これから自分の動きが、徐々にこの部屋を満たしていく。

自分だけなのだ。知っているのは。なんと気持ちのいいことだろう。計画を練って、そのとおりに実行できる、というのは。

唐突に、荒々しくも生き生きとした昂り、喜びに満たされたあの感覚が、体内に戻ってくる。

あのときと同じだ。血痕を拭き取りながら、自分が母さんの命を救ったのだ、と思い、心が穏やかさと幸福感に満たされて、身体にかつてないほど力がみなぎっていると感じた、あのとき。父さんが戻ってきて、また殴りかかってくるかもしれないのに、少しも怖くなかった。

戸棚には南京錠がかかっている。だからノミとハンマーもリュックに入れてきた。南京錠自体を壊すつもりはない。そんなことをしたら大きな音が出るだろう。狙うのは、小さく脆い蝶番(ちょうつがい)だ。

二回叩くだけで済んだ。蝶番が床に落ち、戸を開けることができるようになる。

白いスチールの手提げ金庫は、棚の下段に置いてある。

暗い談話室を見まわす。自分だけの動きに満たされた空間——いま、新しい動きをひとつそこに加える。金庫をリュックに入れたのだ。

出ようとしたところで、戸棚のとなりの大きな扉に目がとまる。ここの生徒ならみんな知っていることで、すでににおいが鼻に届いた気すらする。チョコレートとココナッツフレークの香り。

〝せっかくここまで来たことだし〟

なんの変哲もない木の扉だ。さっき取れた蝶番を錠のところに押しこめば、少し力を入れるだけで、錠をドア枠から引き離して、音もなくこじ開けることができるだろう。

自転車道は閑散としてまどろんでいる。見張りに立っている数分間、ひとりも通っていない。ときどきレオの姿が窓越しに見える。まず戸棚をこじ開け、それからべつの部屋への扉を開けたようだ。

手提げ金庫を取ってくる。レオはそう言っていた。中でやることはそれだけだ、と。見つからないのだろうか？

そのとき。来た。やっと。

フェリックスは、兄が暗闇の中を近づいてくるのを目にする。レオは黒いゴミ袋を引きずっている。開いた換気窓から、なにか外へ投げる。

「フェリックス」

同じゴミ袋。外へ投げたのはそれだ。が、中にはなにも入っていない。

「それに入れろ」

そして、またなにか投げる。箱だ。濡れた草の上に落ちる。中身はチョコレートボールらしい。箱の側面にそういう絵が描いてある。

次の箱は違う絵だ。ふわふわココナッツボール、と書いてある。

「ちょっと待った。これ、金庫じゃないぞ。レオ？　金庫を盗むんじゃなかったのかよ。そう言ってただろ。だからぼくを起こしたんだろ」

レオは答えず、ただフェリックスと目を合わせる。そして、また消える。カウンターの奥、木の扉の向こうの部屋に走る音が聞こえてくる。

三百六十度回転。もう一周。フェリックスはその場でぐるりと回ってあたりを見まわし、ようすをうかがう。だれもいない。それでも、空のゴミ袋を広げて箱を中に入れるとき、手が震えている。

〝もし、だれか来たら〟

箱がもうふたつ。あやうく足の上に着地しそうになる。梨のジュース。マザリンの箱。

〝ぼくはたぶん隠れられる。でも、この重い袋は置いていかなきゃならない〟

箱をつかみ、黒いビニールの中へ。

〝そうしたら、次に自転車で通る人が、袋に気づいて停まるかもしれない。どういうことか、すぐにばれる〟

パック入りのジュース。菓子の箱。雨あられと降り注ぐ。地面に当たるとドスンと音をたてる、大粒の硬い雨だ。

「レオ！　さっさと出てこいよ！」

「もうすぐ出る」

レオは笑みを浮かべている。校舎の中の暗闇へあっという間に戻ってしまったのに、それでもはっきり見える。それでフェリックスは、涙が出てくる寸前のような感じを覚える。くそっ。死ぬほど怖い。だがそれ以上にいやなのは、レオが話を聞いてくれないことだ。前にもそういうことがあった。レオが自分の殻の中へ消えてしまうこと。

〝もう絶対、絶対に、二度と手伝ったりするもんか〟

最後の箱が窓から飛んできて、地面に落ちる。

そのあとに泥棒が飛び降りてくるころには、フェリックスの胸の奥で、不安と怒りがないまぜになっている。だが、レオはもっと落ち着いている。こんなうれしそうな顔、いままで見たことがないかもしれない。

「フェリックス——どうした？」

「なんでもない」

「見ろよ、フェリックス、袋がぱんぱんだぜ。ヴィンセントのやつ、きっと……」

「なんでも山ほど食べたら飽きるんだよ。どんなに美味しくたって」

「フェリックス？　これはな……あれば役に立つかもしれないだろ。なにかあったときとかに」

「なにかって？」

「先のことはわからないからな」

「なにが起こるの？　言ってよ、レオ！　いったいなにが起こるんだ？」

さっきと同じ静かな夜を抜け、さっきと同じ道を歩いて戻る。だが、もはやなにもかもが違っている。ふたりは初めての経験をした。そのせいで、交代で担ぐ袋はレオにとって軽く、フェリックスにとっては重い。箱が背中に擦れて痛い。いや、腰のあたりと言ったほうがいいのか。どちらでも同じことだろうか？　よくわからない。それでも、泣くのは論外だ。文句を言うのも。絶対にするものか。家に着くまでは、黙って歩く。

アパートの窓は軒並み真っ暗だが、真ん中の窓にだけ明かりがともっている。いつも起きている管理人の部屋だ。灰色の壁という顔の中で、鼻だけが光っているように見える。中に入ると、同じ番地のドアはすべて眠っている。二階では天井灯がちかちか点滅し、三階ではシェパードがうなる。それを除けば、すべてが明日を待っている。

家の中も、同じくらい静かだ。

ふたりでヴィンセントの部屋をのぞく。この建物のほかの住人たちと同じように、すうすう寝息を立てながら眠っている。

「ほらな、言ったとおりだろ」

レオはフェリックスにめくばせする。

「ミイラってのはみんな、ぐっすり長いこと寝るもんなんだ。たぶん包帯と関係あるんだな」

金庫を食卓の真ん中に置く。母さんが、あの前に……あの直前に、熱い鍋を置いたのと同じ位置だ。

「フェリックス、ふきんを何枚か持ってこい」

「どうして？」

シュニッツェルにする豚肉がやわらかくなるよう、母さんが木の棒で肉を叩く、あれと同じ要領で攻めるつもりだ。

「いいから」

フェリックスは廊下に姿を消し、すぐに戻ってくる。レオは、フェリックスが差し出したふきん一枚を、じっと見つめる。

「一枚だけか？」

「え？」

「全部だ、フェリックス。ありったけ持ってこい」

フェリックスは重い足取りで廊下を抜け、母さんの寝室に行く。そこにあるクローゼットのひとつを開け、白いふきんをどっさり抱えて戻る。どのふきんの隅にも、赤い糸でアルファベット三文字が刺繍（ししゅう）してある。ＢＭＡ。ブリット＝マリー・アクセルソン。母さんが子どもだったころの名前のイニシャルだ。

「これでいい？」

レオはふきんを数え、六枚を金庫の下に敷き、リュックから出したノミの先に七枚目を巻きつける。一歩下がって眺め、金庫を裏返そうと決める。そのほうが楽に開けられそうだ。


「これ、押さえてろ」

「金庫を？」

「両手でな。両側を押さえろ」

「まさか、それで叩いて開けるつもり？」

「ああ」

「じゃあ、いやだ」

「フェリックス？」

「だって……狙いが外れたら？」

「おれを信じろ。一回で終わる。終わらせる」

レオはしばらくノミを手に持っているが、やがてその鋭い刃先を、錠と並行して開いている一ミリほどの狭いすき間にあてがう。ちらりとフェリックスに目をやると、弟は目を閉じているが、言われたとおりにしっかりと金庫を押さえている。レオは狙いを定め、打つ。命中だ――が、ハンマーがノミに当たった瞬間、ひとつの工具から次の工具へ力が伝わるべき瞬間に、フェリックスが手を離してしまう。反発する力がはたらかなければ、錠を壊そうとする力は受け流されてしまうだけだ。金庫が食卓の上を滑っていき、縁を越えて床に落ちるのを、ふたりは目で追う。すさまじい音が響き、キッチンの壁をたどって廊下へ出ていく。ヴィンセントのいるほうへ。玄関のほうへ。

「なにやってんだ……押さえてろって言っただろ！」

「ぼくに当たるかもしれないじゃないか。金庫じゃなくて」

レオはしわくちゃになったふきんを手でまっすぐに伸ばし、金庫を拾い上げて、もう一度同じ場所に置く。

「フェリックス――また同じことをやったら、今度はヴィンセントが起きちまうぞ。それか、ここに住んでるほかの人たちが。ちゃんと押さえてろ」

フェリックスは氷のように冷たい金属の角をつかみ、ぎゅっと目をつぶる。ぎゅっと押さえる。

そのあいだに、レオは狙いを定め、打つ。錠の真ん中を。

今度は、今度こそは成功だ。わずかなすき間が少しだけ広がっている。ノミの刃先がちょうど入るほどの広さだ。レオは食卓に全体重をかけ、てこの原理でこじ開けようとする。ひたすら力をかけていると、やがてふたりの耳に、がっかりするほど小さなカチリという音が届く。

錠が屈したのだ。

金属の蓋と本体をしっかり押さえて、また金庫を裏返す。こういう手提げ金庫には、硬貨用のプラスチックトレイが入っているものだから、押さえていないと全部が落ちて散乱しかねない。

少しばかり厳(おごそ)かな気分で蓋を開ける。細かく仕切られた硬貨トレイは、ちゃんとあるべき位置におさまっている。どのスペースもほぼいっぱいだ。

硬貨をふきんにあけ、転がっていきそうになったのを止めてかき集める。

「フェリックス——仕分けを始めてくれ。五十エーレ、一クローナ、五クローナ、それぞれに分けるんだ」

硬貨トレイの下にいくら隠れているかは、意識して見ないようにしている。とはいえ、いくら隠れていてほしいかは、だいたいわかっている——いくらあれば足りるのか。意を決して確かめる。紙幣がちゃんと入っている。五クローナ札。だが、必要な額には足りない。見ただけでだいたい見当がつく。レオは紙幣を取り出し、数えはじめる。

五クローナ札が、二十七枚。

百三十五クローナだ。

これでは足りない。そうだろう？　硬貨を合わせたら足りるとは、とても思えない。

ふたりで仕分けをしていると、レオの逸る両手がのろのろ動くフェリックスの手とぶつかる。コインの山が三つ。高さはまちまちだ。レオは声に出さずに数える。四十七クローナ五十エーレ。

合計、百八十二クローナ五十エーレ。

自室に駆けこむ。ヴィンセントの背丈と同じくらい高さのある自作のスピーカーボックスの上に、折り畳んだ紙切れが置いてある。深く息を吸いこみ、開く。ジャケット 99・50。かつら 125。煙草 14。染料 28・50。詰め物 20。盗むことのできないものばかり。いや、できなくはないが、つかまるリスクを何度も冒すようでは、いい計画とはいえない。メインの作戦のときだけでじゅうぶんだ。リスクなしに盗めるのは、逃走車両、つまり自転車だけ。これは前の晩に盗むつもりでいる。

「百四クローナ五十エーレ足りない」

「足りない?」

「ああ。二百八十七クローナ要るからな」

「なんに使うんだ?」

「ジャンキー=ラッセの役作りに。まあ、わかってるけどな。足りない分はどこで手に入れればいいか」

牛乳四・五デシリットル。本来のレシピよりも少し多めだ。セモリナ粉大さじ四杯、これはいつもきっちり計るようにしている。最後に、塩。たいした量ではなく、人差し指と親指でひとつまみ。木のおたまで混ぜる。最初からずっとそうしている。大きな動きで鍋の中身をひたすらかきまわす。粥を焦がしてしまってはまずい。フェリックスもヴィンセントも食べてくれなくなる。

そのあいだに、フェリックスが食卓の準備をする。皿、スプーン、ナプキン、グラス。調理台とその上の吊り戸棚のそばまで椅子を引き寄せ、砂糖の袋とガラス容器に入ったシナモンを出す。自分たちだけのときは、砂糖もシナモンも好きなだけ入れるのだ。

「フェリックス、ヴィンセントを起こしてこい」

「さっきようすを見に行ったけど、まだ……いつまであああんだろう？　包帯ぐるぐる巻き。一生？」

「いや、そんなことはさせない。そのうちほどく気にさせてやる」

フェリックスはキッチンを出ていく。が、ヴィンセントの部屋には行かず、玄関の隅に置いてある洗濯かごに向かう。茶色いプラスチックのかごで、バスルームにあるかごより少し小さい。これなら母さんの力でも地下の洗濯室まで運べるからだ。フェリックスは汚れた下着や靴下やTシャツを引っかきまわし、やがてジーンズを引っ張り出す。自分では小さすぎるジーンズだ。

「フェリックス？」

レオはほんの束の間、コンロを――中身を混ぜなければならない鍋を離れる。ヴィンセントのものにちがいないジーンズが、廊下をひらひら通り過ぎていくのが見えたのだ。

「なにやってるんだ？」

「思ったんだけど……いまだよ、レオ。これから母さんのところに行くだろ。いまなら、さっき言ってたことがきっとできる。包帯をほどく気にさせること。あいつをミイラじゃなくすること」

フェリックスはそのままヴィンセントの部屋へ歩いていく。レオがジーンズの片方の裾をつかむ。

「だめだ」

「どうして？」

「いまはだめだ。まだ」

「訊いてみるだけ訊いてみるよ」

ふたりでジーンズを引っ張りあう。レオはフェリックスの手首もつかむ。やがて弟はあきらめてジーンズから手を離すが、がしりとつかまれていた手首もなんとか振りほどく。

「だって、もし……レオ、いくらなんでも……あいつも連れていくんなら、あのぐるぐる巻きの包帯は取らせるしかないだろ！　なんでわかんないんだよ！」

「おまえ、母さんがどんな姿になってると思うんだ！」

フェリックスは急に立ち止まる。歩みの途中で。ぴくりとも動かなくなる。

「えっ？　どんな姿、って……」

「顔とか。めちゃくちゃ血が出てただろ？　母さんこそ包帯でぐるぐる巻きになってると思わないか？　そんな姿、ヴィンセントには見せたくない。おまえは見せたいのか？」

それでようやく、兄がなにを言おうとしているのか、フェリックスにも理解できる。母さんが殴られているところはほとんど見ていなかったし、覚えてもいない。あのあいだのことはなにも記憶にない。父さんの拳が、記憶に大きな黒い穴をあけたかのようだ。

「レオ」

「なんだ？」

「どんな……顔になってると思う？」

フェリックスは兄を横目でちらりと見る。それ以上の勇気がないかのように。こうすれば、答えを聞いて受けるショックが小さくなる、と思っているかのように。

なんといっても、レオは見たのだ。父さんが母さんを殴っているところを。母さんの血を拭き取りまでした。

「それは、もうすぐわかることだ、兄弟」

焦げている。

焦げているにおいがする。

セモリナ粥。あのいまいましいクソ牛乳め。レオはコンロから鍋をひったくり、冷たい水を注ぎ入れて、木のスプーンで底をこそぎ、すっかり茶色くなった塊をゴミ袋に捨てる。鍋の底をこすり、磨くが、やがてスチールウールの入った箱が見つかって、ようやく焦げてこびりついた層が落ちる。

もう一度、同じようにセモリナ粉と牛乳と塩を計り、混ぜはじめる。ぐるり、ぐるり。

そのとき、玄関扉の開く音が聞こえる。だれか鍵を持っている人が入ってきたのだ。

「おはよう」

女の人の声。少し歳のいった女の人。

アグネータだ。

母さんか、社会福祉局のおばさんから、鍵をもらったのだろう。

レオは窓へ走り、大きく開ける。粥も作れないのかと思われたくない。

「あら？　もう食べてるの？」

アグネータはキッチンの入口に立って、鍋の中身を混ぜている少年を、準備の整った食卓を見ている。

「まだです。フェリックスが粥を作ろうとしたんだけど、失敗しちゃって。ずっと混ぜてないといけないから」

「あなたたちの朝ごはん、買ってきたんだけど……じゃあ、明日食べてくれたらいいわ。もうひとつの袋には、お昼ごはんと夕ごはんが入ってるからね」

アグネータは冷蔵庫を開け、買ってきたものをいくつか入れる。残りは食料庫にしまう。

「明日の朝は来なくていいですよ。ぼくが朝食を作るから。あいつらの朝食はぼくが作ってるんです。もう……ずっと前から」

キッチンのドア枠を軽くノックする音がして、ふたりは反射的にそちらを向く。

フェリックスだ。

「いらないって。ミイラはなにも食べたくないってさ」

「ほっとけよ、フェリックス。あとで食べればいい」

一つ目のビニール袋の中身が片付き、二つ目に取りかかろうとしているアグネータが、話に割りこんでくる。

「ということは……あの子、まだあの状態なの？」

「そうです。ぼくはこのままじゃだめだって思うけど、レオはべつにいいって思ってるみたいです」

「そんなことは言ってないだろう」フェリックス。無理強いはよくないって言っただけだ。包帯を取るのも、母さんの見舞いに行くのも」

相容れないふたつの主張。アグネータはそれを感じとり、ふたりを代わる代わる見つめる。

「わたしは……その点では、レオに賛成よ。包帯は、本人がその気になるまで取らないほうがいい。ちゃんと、そうね、傷が癒えるまでは。あなたたちがお見舞いに行ってるあいだ、わたしがヴィンセントのそばにいてあげる」

完璧なセモリナ粥ができあがった。レオは準備されたボウル三つのうちふたつに粥をよそう。

「でもね、そのほかにもうひとつ、話しておきたいことがあるの」

アグネータは、レオが鍋を洗って席につくまで待ってくれる。

「ゆうべのことなんだけど」

一枚目のクネッケブレードに具を載せるまで、また待ってくれる。

「だれかが共同階段を走ってる音で目が覚めてね。たぶんそうだったと思うんだけど。うちのドアの前を通って、この階に上がってるように聞こえた。で、また寝入ったあとに、またすぐ目が覚めたの。なにかがぶつかるみたいな、大きい音がして。少なくとも二回。三回だったかもしれない。まるで、だれかが……壁を叩いてるみたいだった。そのあとは静かになった。わたしが寝入っただけかもしれないけど」

ふたりとも食事を始めている。チーズを載せた、ほろほろ崩れるクネッケブレード。だが、それも、シナモンや砂糖をたっぷりかけたセモリナ粥も、いつもと味が違う。

「あなたたち？　階段を走ったのは。あの音をたてたのは」

レオがフェリックスを見つめ、フェリックスがレオを見つめる。

「いえ。ぼくは、なにも聞こえませんでした。フェリックス、おまえは？」

フェリックスがためらっている。レオはそう気づくが、アグネータは気づかない。フェリックスはためらったあげく、ごく小さな声で言う。

「ううん。ぼくも。なんにも聞こえませんでした」

ファールン病院まではあまり遠くない。それでも歩くとかなりの時間がかかる。フェリックスの足取りは重く、一メートルごとに歩みが遅くなる。なぜなのか、レオにはわかっている。

「早くしろよ」

不安だ。ふたりとも見たくないものを見せられることへの。

「どうして？　急いでるの？」

「おれたちがぐずぐずしたって、母さんの見た目が変わるわけじゃない」

レオはもうずいぶん前から、母さんの姿がどうなっているかは考えないようにしよう、と決めている。代わりに、ＩＣＡスーパーのことを考える。広場のこと、作戦を邪魔するかもしれない警備員のこと。やはりフェリックスを説得しなければならない。弟抜きでは難しい。うまくいく可能性もなくはないが、失敗する確率が高くなる。フェリックスの仕事は、いちばんの邪魔者、警棒を持ったカチカチの気をそらすことだ。

公園の向こう側に病院が見えてくる。植えられた木々の後ろから建物が突き出ている。あと二、三分で到着だ。フェリックスの歩みはますます遅くなり、歩幅がますます狭くなる。

「なあ、フェリックス」

「なに？」

「もしよかったら。おまえがそうしてほしいなら、だけど」

「なんの話？」

「おれがまず母さんを見る。で、あんまりひどい顔になってたら教えてやる。そしたらおまえは見なくて済む」

ファールン病院を成す三つの建物は、つながっているのに全然似通っていない。一棟は白くて十四階建て、もう一棟はもっと濃い色で十一階建て。そのあいだにはさまった三棟目は、いちばん下の窓のない階を入れると七階建てだ。色も大きさも違う建物。まるで三兄弟のようだ。

ふたりは病院の売店に立ち寄る。切り花は高すぎて買えない。だが母さんの好きなラズベリー形のグミは、それほど高くない。レオは五十エーレ硬貨で支払いをする。少し前までは手提げ金庫のトレイに入っていた、いまはレオのズボンの右ポケットに入っている硬貨だ。

廊下。エレベーター。病院のにおい。

白い服を着た人たち——名札をつけている人たちは、治すために。名札のない人たちは、治してもらうために、ここにいる。

ベッドが三台ある部屋。うち二台は空いている。もう一台に、母さん。

父さんに殴られなかった側を下にして、反対側を向いて寝ている。

「おれたちだよ、母さん」

母さんはびくりとする。眠っていたのかもしれない。

「ヴィンセントは、またべつの日に来るって」

レオは病室の入口で立ち止まっている。その右肩とドア枠でできた四角い穴から、フェリックスは中を見ることができる。四角い穴はさほど大きくなく、もし母さんがこちらを向いても、その顔は見えない。テレビみたいだ。テレビ画面で見る光景は、あまり現実らしくならない。

「いらっしゃい、レオ」

母さんがこちらを向く。レオがさっと右へ動き、ドア枠のすぐそばに立つ。テレビ画面は消えた。つまり、母さんはひどい顔になっているということだ。

「入りなさい、ふたりとも」

母さんの声は弱々しい。それでも、間違いなく母さんの声だ。

レオは自分の陰になっている弟を振り返る。

「入りたいか？」

「いやだ」

レオは母さんのほうを向き、首を横に振る。母さんは、弱った声のボリュームをできるかぎり上げる。叫ぶように。

「フェリックス、あんたも来て」

「いやだ」

「あんたの……手を握らせて。それだけでいいの」

フェリックスは背中の陰に隠れたまま、咳払いをする。

「母さん……痛い？」

「痛いに決まってるだろ、フェリックス。そんなこと訊かなくていい」

「痛いわよ」

母さんはうめき声をあげながら、上半身を少し起こそうとする。もっとよく見ようとしているのかもしれない。

「でも、痛みにはいろいろあってね。見えないところが痛むこともあるのよ」

だが、痛みに圧倒されてあきらめてしまう。苦労の末に少しだけ起こした身体は、ずるりとベッドに沈む。

「でも、じゃあ……顔は？　どんなふう？」

「わたしの顔がいまどうなってるかはどうでもいいのよ。二、三週間、もしかしたら一カ月かかるかもしれないけれど、そのくらいで傷は消えるんだから」

レオがもとの場所に戻り、肩とドア枠のあいだの四角いテレビ画面がまた現れる。

フェリックスは、母さんの顔を目の当たりにする。

額に分厚く巻かれた包帯。顔の大半を覆う、白い外科用テープ――鼻筋に沿って一本、頰骨から頰骨へ一本。青と赤のまじった肌に描かれた、白い十字架。

「母さん、これ。母さんの好きなやつ」

レオが先に入っていき、グミの袋を母さんの腹の上に載せようとするが、考え直し、そのとなりの空いたスペース、しわだらけのシーツの上に置く。だが、母さんはその袋をベッド脇のテーブルに移す。キャスターと戸棚がついていて、天板がベッドの上に伸びる、食事が置かれるテーブルだ。

フェリックスはついに覚悟を決め、兄を追って病室に入っていく。ふたりはベッドの両側にそれぞれ座れそうだ。母さんは体勢を変えようとして、ひどく顔を歪めるが、それでもふたりの顔をよく見たいらしい。顔を歪め、微笑んでいる。同時に。

「ふたりとも、なんてやさしいの。ラズベリーグミ。あとでもらうね」

母さんの声が小さすぎて、なんと言っているのかときどきわからない。口がほとんど動いていなくて、フェリックスはテレビで見た腹話術師を思い出す。あの人も、口の動きがほとんど見えず、人形が話すときに唇の片方の端がかすかに動くだけだった。

いちばんひどいのは、右の目だ。すっかり腫れあがっている。

それでフェリックスは、レオの肩とテレビ画面がここにもあったらいいのに、と思う。あんまり長く見ていたら、母さんは目が見えなくなってしまうのではないか。腫れたところの下にある目が、そのうち消えてなくなって、黒い穴しか残らないのではないか。いったいなにが起きたのか、いまだに思い出すことはできないけれど、もしかしたらその穴は、自分の記憶にあいた黒い穴、父さんが母さんを殴ったときに自分の頭の中にできた穴と、同じものなのかもしれない。

「ヴィンセントは？　あの子……大丈夫？」

母さんがレオのほうを向く。レオがいちばん年上だから。

「元気だよ。おれたちがここに来てるあいだ、アグネータがそばにいてくれてる」

「食事は？　ちゃんとしてる？」

「いつもどおり。おれが全部、ばっちり面倒見てるから」

もう片方の目のほうがわかりやすい。疲れて、どんよりとしている。そして、目の中、ふつうなら白いはずのところが、いまは真っ赤だ——まるで血が噴き出たみたいに。フェリックスは、自分が母さんと話す番になったら、この目だけを見よう、もう片方の目は見ないようにしよう、と心に決める。

噴き出た血のほうが、黒い穴よりずっとましだ。

「そうだよ。ヴィンセント、めちゃくちゃ元気なんだ。いくらでもココナッツボール食べられるんだよ」

こうなることは予想していた。レオの視線が頬に突き刺さる。だが、無視する。言うべきことは言わなければならない。

「ベッドの下に、山ほど隠してあるから」

母さんの声が、初めてささやき声よりも大きくなる。疲れきった、血の噴き出した目が、フェリックスをじっと見つめる。母さんだけがときおり向けてくる視線だ。

「いったい……ねえ、フェリックス、いったいなんの話？」

レオのスニーカーの先が、くるぶしに強く当たる。

「なんでもないよ、母さん。フェリックスのくだらないたわごとだ」

だが、もう遅い。この人はふたりの母さんだ。ふたりのことを知りつくしている。ひとりがなにかを言い、もうひとりがそのことを話したがらない理由など、わかっている。レオが蹴りつけたのを見ていなくても、なんらかの形でそれに気づいている。

「レオ？　フェリックス？　あんたたち、なにをしたの？」

兄弟はそこに座ったまま、腫れあがって血に染まった母さんの視線に沈黙で応える。レオは、その話をしたくないから。フェリックスは、どうして話してしまったのか自分でもわからないから。口をついて出てきたのだ。吐くときみたいに――我慢はできず、いったん吐きはじめてしまったらもう止められない。

「いろんなお菓子の入った箱が、かなりたくさん。ジュースのパックも百個ぐらい。全部ヴィンセントのベッドの下にあるんだ」

また言葉が口をついて出てくる。言ってしまうほうが、我慢してのみこむより楽だ。それに、しゃべっている最中は、母さんがどう反応するかなんて気にならない。それが気になるのは、あとになってからだ。

「レオ、フェリックス――こっちを見なさい。ちゃんと見るの。ちゃんと話して。ヴィンセントのベッドの下にあるものは……どこかから取ってきたの？　盗んだの？」

「違う」

「うん」

ふたりは同時に返事をする。ひょっとしたら、レオのほうが少し早かったかもしれない。いずれにせよ、母さんはレオと目を合わせようとしている。母さんの目、さっきは見ることのできなかった目が、腫れあがり青くなったまぶたの下から現れる。

「レオ？ 盗みなどするものではありません。わかってるでしょう。あんたは十四歳で、もう子どもじゃないんだから」

その声から、弱々しさは消えている。はっきり、きっぱりとした声だ。怒りのあまり声がもう少し大きくなったときに、フェリックスは母さんの右側の歯が一本なくなっていることに気づく。たぶんそのせいで、ラズベリーグミを食べなかったのだ。噛むと痛いから。

「ココナッツボールと、ジュースのパックですって？ レオ、どこから盗んできたの？」

レオは母さんと目を合わせる。視線はそらさない。そらさないと決めたから。

「ヴィンセントのベッドの下にあるもの、全部返すよ。約束する」

「どうやって？」

「ドアの前に置いておく。盗った場所のドアの前に。そうすれば見つけてもらえる」

母さんは、ふたりが来たときよりも悲しそうな顔をしている。あれ以上の悲しい顔があるなんて。

「それだけじゃだめよ。レオ、いい？　返すだけじゃなくて、ちゃんと謝らないと」

「母さん、ドアが開いてて、入ってみたら、そこに置いてあったんだよ。それで……ヴィンセントが喜ぶだろうな、って思って」

フェリックスは少し前からずっと黙っている。もうじゅうぶんにしゃべったからだ。が、兄が嘘をついているのはわかっている。変な感じだ。レオの話を聞くうちに、母さんの身体が小さく縮んでいくように見える。声も小さくなって、かろうじて喉から出ている程度だ。

「レオ、あんたは長男よ。それは変えようがない。だから、わたしがここにいるあいだは、家でのことをあんたに任せることになる。でも、だからといって、こんな形で問題を解決していいことにはならないの。わかる？　とても耐えられない、あんたまで……」

母さんはそこまで言ってから、ふと口をつぐむ。が、もう手遅れだ——母さんがなにを思ったのか、フェリックスにはわかる。レオが問題を解決するやり方が、だれに似ているのか。レオもわかっているはずだ。唇をきっと結んでいるのが見える。怒っているときの表情。

「謝るなんて、できるもんか。母さん？　そんなことしたら……わからないのか？　みんなに噂される。いまのままのほうがいいんだ。だれも知らないんだから。それでいいだろ？」

「だめよ。謝らなくてはだめ。それが長男の責任というものよ」

十四歳。それがレオの年齢だ。責任を負うような年齢なのだろうか？　いますぐここを出ていきたい、とレオは思う。消えてしまいたい。わからず屋の母さんから離れたい。でも、父さんに言われたのだ。あとは頼んだぞ、と。

「なあ、母さん。たとえば、社会福祉局の人にはなんて言われると思う？」

だから、母さんに……挑みかかるような口調になってしまう。脅し。そんなつもりじゃない、と自分で思う。でも、そんなふうに聞こえる。

もう一度、説明しようとする。べつの形で。

「おれはただ、ヴィンセントとフェリックスに……ごめんなさい。もう二度としない」

「ほんとうに？」

「ほんとうに」

母さんは急に、またひどく疲れた顔になる。その目が、腫れあがったまぶたの下にふたたび沈みこむ。ふたりが来たときのように。

「このことは、またじっくり話しましょう。わたしが退院してから」

帰る前に、フェリックスは母さんをぎゅっと抱きしめる。母さんはフェリックスの頰にそっとキスをして、大好きよ、とささやいてくれる。レオは母さんを抱きしめない。無理だ。それじゃ、と小声で言うことしかできない。病院のぴかぴかの廊下を歩いているあいだ、ふたりはひとことも口をきかない。エレベーターに乗ると、フェリックスは片方の壁ぎわに、レオはその反対側の壁ぎわに立つ。ふたりのあいだには何キロもの隔たりがある。

「このエレベーター、すごく大きいな。幅跳びでやっと端から端まで届くぐらいだ」

レオはフェリックスと目を合わせもせずに答える。

「ストレッチャーが入るようにだよ。病人を乗せたやつな。死人を乗せることもあるけど」

「死人?」

「病院だからな、ここでは人が死ぬんだよ。死体――それを、ストレッチャーに載せる。で、霊安室に運んでいく」

「霊……安室?」

「べつに幽霊がいるわけじゃない。病院の地下にある、死んだ人のための寒い部屋だ。そこには死体が山ほどあって、それを切り開いて、そいつらがどうして死んだのか調べる」

エレベーターのドアが開き、レオが大股で走るように出ていく。フェリックスはなかなか追いつけない。しかも死体の切り開かれる寒い地下室のことが忘れられない。人は病院で元気になるものではなかったのか。死ぬのではなくて。

「なあ、レオ……母さんは?」

「母さんがどうした？」

「母さん、死なないよね？」

　レオは公園の半ばあたりで立ち止まる。フェリックスもその半歩あとに立ち止まる。公園？　フェリックスはあたりを見まわす。人が無意識のうちにどこまで歩いてしまうものか、初めてわかった。もう病院からは何百メートルも離れている。

「ああ、兄弟。母さんは死なない」

　そう聞いて、ほっとするのがふつうだろう。だが、レオがためらっているように見えて、ちっとも安心できない。ＩＣＡスーパーの金を盗るかどうかで迷うのはかまわないが、母さんが死ぬのかどうかを訊かれてためらわないでほしい。

「おまえがおれの言うとおりにしてるかぎり、母さんは死なない」

　レオはフェリックスの肩に手を置く。いつもそうしているように。

「フェリックス――おれたちのやることを母さんに話すな。だれにも話すな」

「話したいと思ったら話すよ。ぼくの勝手だろ」

「家族のことはだれにも告げ口しちゃいけない。父さんにそう教わっただろう」

「悪いけど、ぼくは話したいと思ったら話すからね」

「ちゃんと聞け――あのことは、もう絶対に、だれにも話すな！　ＩＣＡスーパーのことも、革のバッグのこともだ！　だれにも知られちゃいけない。知られたらどうなるか、わかるか？　社会福祉局のおばさんが、おれたちのことを通報する。おまえは北のほうのどこかに飛ばされて、ヴィンセントは南のスコーネかどこかに行かされて、おれは真ん中あたりで少年院に入れられるんだ。それでいいのか？」

「よくない」

「母さんはいまよりずっと具合が悪くなる。それでいいのか？」

「よくない」

「じゃあ、どうして黙っておかないんだ！　どうしておれのことを告げ口する！」

「そうしないと、レオがカチカチにつかまっちゃうからだよ！」

レオはフェリックスの肩に置いていた手を引っこめる。そして両腕を伸ばし、弟をがしりと抱きしめる。母さんにはしなかったことだ。

「なあ、兄弟、そんな馬鹿なこと考えてるのか？　言っただろ——カチカチの野郎を騙してやるんだよ。おまえが手伝ってくれれば、成功する。おれたちが力を合わせれば」

そして、にっこり笑う。もうフェリックスはこれ以上言い返せない、そうわかっているときの表情。

「このあと、ちょっと出かけてくる。長くても二時間で帰ってくる。そのあいだ、ヴィンセントの世話を頼む。なにか飲むときには、あの包帯をどかしてやれよ。なにか飲まないと低血糖になるからな」

「どこ行くんだ？」

「いいから、さっさと帰ってヴィンセントのそばにいろ。食事はおれが帰ってから作ってやる」

しばらくぐずぐずしているが、やがて弟はゆっくりと家に向かって歩きだす。レオは逆方向へ向かう。バスターミナルへの道。ジャンキー＝ラッセに必要なものを手に入れるためだ。気分はなかなかいい。自分は正しいことをした。フェリックスが告げ口したときには心底がっかりしたが、それでも怒りを抑えることができた。なんとしてもフェリックスを説得し、考えを変えさせなければならない。あいつがどうしても必要なのだ。母さん、警察、社会福祉局のおばさん、世界のだれひとりとして、明日なにが起こるか知らないのだということを、フェリックスはわかっていない。ほんの一瞬ですべてが壊れるかもしれないのだ。前にもそういうことがあったではないか。

だが、父さんと同じ轍を踏むつもりはない。母さんはそこを勘違いしている。

父さんは、けっして準備をしない。

だから、その長男であるレオはいま、回り道をして駐車場のようすをチェックしている。低層のアパートと、身を隠せそうなうっそうとした茂みに囲まれた駐車場。目的のものは、そこにちゃんとある――駐車スペースの前に、気をつけの姿勢で黙ってまっすぐに立ち、ずらりと列を成している。駐車料金の支払機。足りない分を補ってくれるもの。

暗くなったあと。だれにも見られず、駐車スペースも埋まっているときに。

バスターミナルではすばやく事が運ぶ。乗るバスがもう来ていて、レオは金庫から出してあらかじめ数え、ビニール袋に入れておいた五十エーレ硬貨で、ボーレンゲまでの往復切符を買う。となり町までは三十八分、ほぼずっと針葉樹林で、人っ子ひとりいないパーキングエリアがいくつかあるだけの、単調な道のりだ。ボーレンゲではまず、香水や化粧品を売っている店に行く。かつらコーナーには、目も個性もないプラスチック製の頭に載せられたかつらが並んでいる。目にとまったのは、スコーグオースのレストランに入ってきて父さんに髪を切られた男にそっくりなかつらだ。髪の長さは肩に届くぐらいで、商品説明には〝アッシュブラウン〟とあり、自分の金髪よりも濃い色をしている。値引きされて百二十五クローナになっている。次は煙草屋だ。地元ファールンで買うより、数十キロ離れたここで買うほうが、根掘り葉掘り訊かれずに済んで都合がいい。ジョン・シルバーの小さな箱をひとつ。『宝島』に出てくる一本足の海賊と同じ名前だ。また金庫から取った金で支払いをする。紙幣は場所を取らないが、硬貨のせいで上着のポケットがひとつふくらんでいる。だが、これでもう、金はほとんど尽きてしまった。いよいよあの駐車料金支払機が必要だ。あれがなければ、ジャンキー＝ラッセを完成させることはできそうにない。

満月。

窓の外で力強く輝くランプのようだ。その光が、街灯の明かりと混じりあって、下げたブラインドのすき間から差しこんでくる。真夜中まであと三十分。まず暗くなるのを待ち、そのあとはフェリックスとヴィンセントがいびきをかきはじめるのを待った。

ラズベリーグミ、バス代、かつら、煙草。残りは二十四クローナだ。これでは足りない。残る品々を買うには、あと百二十四クローナ要る。

それを、これから調達するつもりだ。

ノミとハンマーをリュックサックに入れる——たいていのことに使える便利な道具だ。廊下からヴィンセントの部屋をのぞく。いびきは規則正しい寝息に変わっていて、末弟は夢すら見ていない。こういう夢のない眠りがいちばんいいと聞いたことがある。口のまわりの包帯が薄く茶色に染まっているのは、チョコレートボールをかなり食べたせいだ。

満月に照らされた暗がりの中、レオは駐車場を囲む茂みに向かい、その中に身を隠して、葉陰からあたりのようすをうかがう。自分ひとりしかいないと確信できるまで。やがて外に這い出ると、夜中の学校と同じだ、と思う。聞こえるのは自分の動きだけ、スニーカーのやわらかい底がアスファルトに当たる音だけだ。

ノミの柄には絶縁テープを巻いてある。ハンマーでその先端を力いっぱい、何度も叩くことになるから。駐車料金支払機は駐車スペースふたつごとに一台あって、支柱が途中から枝分かれして金属製の本体ふたつに分かれ、それぞれに硬貨投入口がついている。つまり、支柱が十本あれば、こじ開けることのできる本体は二十個あるということだ。

こういう料金支払機や自動販売機のことを、レオはときどき考えている。菓子やジュースの自動販売機、プラスチックの球に入ったくだらないおもちゃを買える小さな赤い機械。硬貨を入れると、引き換えになにかをくれる。そういう機械に硬貨を入れるたびに、どうしたらその硬貨を取り戻せるだろう、と考える。思考ゲームだ。頭の中で機械のカバーを外して、一クローナ硬貨だか五十エーレ硬貨だかで作動する機械のメカニズムを見ようとする。だが、駐車料金支払機ほどたくさん硬貨が入っている機械はほかにないだろう。金を入れて、引き換えにもらえるのはなんだ？　時間だ。一クローナで、一時間。

支払機の片方の本体を観察する。時間切れになると赤に変わる、しずく形をした緑のプラスチック札、細い硬貨投入口、中身を回収するときに鍵で開けるちっぽけな蓋。駐車料金支払機とふつうの自動販売機との違いはここにある。蓋を留めているリベットが小さく、簡単に壊すことができるのだ。

つまり、ほかよりたくさん金が入っていて、ほかより簡単にこじ開けられる。

片手でノミを、もう片方の手でハンマーを握りしめる。

息を吸いこみ、狙いを定め、打ち下ろす。

ひと打ち。それだけで、リベットの細い胴部が折れ、平らな頭部がぽろりと取れる。

蓋を横にずらし、右手を中に突っこむ。硬貨。たくさんある。両手でわしづかみにできるほど。数えてみる。一クローナ硬貨ばかり二十二枚だ。

二つ目の支払機には、二十八枚。三番目には十七枚。

レオは集中しきっている。好きに開けられる宝箱だらけの世界にひとりきりなのだ。そのせいで、音がする前に差してきた光に気づかない。車のヘッドライトが駐車場全体を照らし、その直後にエンジン音が聞こえてくる。ほんの二区画離れたところにその車が停まり、エンジン音が止む。

レオはあわててアスファルトに伏せる。

遅かったか？

息を止め、十まで数えてから、地面を這って茂みに隠れる。

土に頬を押しつけて横になっていると、降りてくる運転手の足が見える。黒いブーツ。

男はドアを閉め、ポケットに手を入れて硬貨を探している。三枚。たったいま空にしたばかりの支払機の中に、硬貨の落ちる音が聞こえてくる。

心臓が高鳴って地面を打つ。そのリズムで、上半身が軽く浮いては沈む。

男がなかなか去らないのだ。なにかに気づいたようにも見える。やがてその場を去ることにしたようだが、団地には向かわず、茂みに向かってくる。そこに隠れている人間のほうに。

黒いブーツが近づいてくる。一メートルほど離れたところで止まる。

〝ちくしょう〟

この人がリュックサックを、あるいはノミとハンマーを見てしまえば、それでおしまいだ。

レオは目を閉じる。息を止める。

だが、やがて急に……笑いがこみあげてくる。

噴射される液体。鼻をつく強烈なにおいの液体が、葉の生い茂った枝を打っている。

〝危なかった〟

四つ目の支払機には八クローナ、次には二十九クローナ、その次には二十クローナ入っている。

これで残りも全部買える。ジャケット、詰め物、染料。そうすれば、変装の準備は完了だ。

強い明かりが目に差しこんでくる。窓の外に浮かぶ月。ブラインドを下ろすのを忘れていた。まんまるのボールが、地球に向かってまばゆい光を放っている。だが、それで目が覚めたわけではない。においのせいだ。あまりにもよく知っているにおい。

フェリックスはベッドの上で起き上がる。

煙草の煙。父さんのにおいがする。

裸足の足を床に下ろしてみると、冷たいが音はせず、フェリックスはもうひとつの光に、キッチンから差してくる光に向かって忍び歩く。父さんはいつもキッチンで煙草を吸っていた。だから、どれくらい遅くまで夜更かししてあの黒ワインを飲んでいたのか、次の日はどれくらい眠るのか、だいたい見当をつけられた。灰皿に残った吸い殻が多ければ多いほど、静かで平和な時間が長くなるとわかった。

においい。なんと強烈なにおいだろう。

三回、深呼吸をしてから、身を乗り出してキッチンをのぞきこむ。

やっぱり、煙草だ。

五本、母さんの青い花柄の小皿に並んで、もくもくと煙を上げている。天井に向かう途中で、五つの煙がひとつになる。

フェリックスはさらに身を乗り出す。

だれかが座っている。背中と、うなじが見える。

だが、父さんではない。だれか……見たこともない人だ。

両脚がそれぞれ逆の方向へ行こうとする。キッチンに入りたいが、そんな勇気はない。自分の部屋に、ベッドに戻りたいが、身体が動かない。

訪問者の顔は見えない。横顔すらまったく見えないのだ。ともっているのはレンジフードの小さなランプだけで、その光は食卓まで届いていない。半身が陰になっている。

フェリックスは身動きしないようにするが、気づかれないようにそっと息をしていても、両手両足に血がどくどく巡っているようでは、ひどく難しい。

男の人だ。とても背が高い。長い髪が肩に垂れている。

その人が、いきなり振り向く。目が合う。フェリックスは駆けだす。

廊下を抜けて、バスルームへ。男の人が追いかけてくるのが聞こえるが、すんでのところでバスルームに入り、ドアを閉めて中から鍵をかける。

「フェリックス？」

髪の長い男の人が、ドアをぐいぐい引っ張る。取っ手が動いている。上に、下に。

「フェリックス？　おい」

髪の長い男の人は、自分の名前を知っている。

「おれだよ。レオだ」

おまけに、自分はレオだなんて言い張っている。

「出てこいよ。おれだってば」

しかも、レオの声をしている。

「レ……レオ？」

「ああ。おれだ」

「その、髪……どうしたんだ？」

「開けろよ。そしたらわかる」

一。二。三。それから、開ける。ほんとうにレオだ。茶色くて長い髪のレオ。

「来いよ。キッチンに。見せてやる」

食卓の上に、火の消えかかった煙草が五本。その横に――さっきは見えていなかった――山と積まれた硬貨。あれは新しいのだ。間違いない。一クローナ硬貨ばかりで、あの手提げ金庫に入っていたのより、ずっと多い。

「フェリックス――まず、頭にこれをかぶるだろ」

兄が自分のものではない髪を指差す。不恰好な、変なかつらだ。近くで見ればそうとわかる。

「で、フードのついたうすぎたないぶかぶかのジャケットを着る。それから、これ」

レオが言っているのは、煙をあげている煙草のことだ。

「煙草、吸いはじめたの？」

「カムフラージュだよ」

「カムフラージュ？　意味わかんない」

「ジャンキー＝ラッセ。ICAスーパーから少し離れたところで待ってるときに、これを地面に捨てる。それを警察が見つけるってわけだ」

「警察って？」

「サツを騙すためのカムフラージュ。想像してみろよ、おれがあの広場に立ってて、だれかが通りかかる。そいつに見えるのは……」

レオはいまにも火の消えそうな煙草を手に取り、口に押しこむ。映画でよくあるみたいに、口の端にくわえている。それからうつむいて背を丸めると、ぼさぼさの髪の束がレオの目にかかってつる植物みたいに揺れる。レオの声は、がらがらに嗄れている。

「ようチビ、このおれだべよォ、みんなにジャンキー＝ラッセって呼ばれてんのは」

レオが楽しんでいるのがフェリックスにはわかる。自分は面白い、と思っているのだ。

全然面白くないのに。

「で？　万引きジョニーってのはおめえけェ？　どうだ、いっしょに仕事しねェか？　ぱぱっとキメてやんべ、おれとおめえでよォ」

変なかつら。変な声。変な方言。

「レオ——警察は、レオを捜しに来るよ」

レオが背筋を伸ばす。いつもどおりの声になる。

「いいや、違うな、兄弟。やつらが捜すのはジャンキー＝ラッセだ。サツを騙してやるんだよ、おれたちのほうが頭がいいからな。十四歳と十一歳。おれたちがやったなんてだれも思わない」

レオがフェリックスの肩に腕を回してくる。

「なあ、フェリックス。ジャンキー＝ラッセには友だちが要る。万引きジョニーがいないと困るんだよ。やることとやって、うまいこと逃げるにはな」

フェリックスはその腕を振りほどく。

「昨日の夜は、あのゴミ袋と金庫のために起こされた。この金、この一クローナの山、どこから取ってきたの？　で、今度は本気で、何万も入ったバッグをひったくろうって？レオ、どうしてこんなことするんだよ？」

〝これからはおまえが束ね役だ〟

まっすぐに向きあっていた。父さんが母さんを殴って、母さんが逃げたあと、父さんとレオはそうしてたたずんだ。いちばん大きな血の海が広がっていたあたりで。母さんが出した食事、まだ食べていなかったミートソーススパゲティのにおいが漂っていた。そのにおいが、母さんの血のにおいと混じりあっていた。

レオは、母さんを殴り殺そうとする父さんを止めた。ふたりは互いを見つめた。

そのときだった。父さんがそう言ったのは。

〝わかるな？　これからはおまえが束ね役だ〟

「父さんがな、おれに言ったんだ。おまえには聞こえなかっただろうけど。すたこら逃げて隠れてたからな」

「金を盗めって父さんが言ったのかよ？　そんなの信じられないな。それに、ぼくはほかのことも聞いたよ。母さんが言ったこと。レオには聞こえなかったのかもしれないけど」

「父さんはおれに、あとは頼んだぞ、って言った。だから、引き受けた」

かつらはしっかり固定されていないので、簡単に取れる。レオはかつらを食卓に置くと、一本ずつ煙草を消していく。レオがレオ自身に戻っているいまのほうが楽に言い返せる、とフェリックスは感じる。言葉が勢いよく口からあふれ出して、兄に食いついているのがわかる。

「そうか。ヴィンセントはミイラになってる。母さんは入院中。父さんは勾留中。なのに……レオまでつかまっていなくなっちゃうのか？」

「つかまらない」

「四年間、ずっとうまくいってた。全部……ふつうだった。なのに、父さんが釈放された。父さんはまっすぐここに来て、母さんを殴って半殺しにした。全部、また悪くなった」

　言葉が尽きると、今度は涙があふれてくる。フェリックスはむせび泣く。どんどん激しく。いつもは絶対に泣かないのに、父さんが殴っていたときですら泣かなかったし、そのあとだって一度も泣かなかったのに。いま、ありったけの涙が全部あふれ出てくる。

「ぼくはやらない。わかった？　絶対にお断りだからな」

「フェリックス、聞きわけろよ。万引きジョニーはいつだって、ジャンキー＝ラッセを助けてやるもんなんだ」

「やらないったらやらない。だって……よくないことだから。簡単だろ」

　食卓のほうを向いたフェリックスは、べつの家の、べつの食卓を思い出す。床に寝そべって、敷居のそばに隠れて、こっそり中をのぞいていたときのこと。あの食卓の上には、いまとは違う妙なものが載っていた。ガソリンの容器、引き裂かれた枕カバー、空のワインボトル。父さんがレオに火炎瓶の作り方を教えていた。おじいちゃんとおばあちゃんの家を燃やした火炎瓶。いま、食卓の上にはかつらがある。その両脇に、一クローナ硬貨の山と、煙草が五本載った小皿。

「テーブルの上に、変なものが載ってたのもさ。もう四年以上前のことだけど、何年経とうと関係ない。はっきり覚えてる。レオだって、はっきり覚えてるだろ。家のことを頼まれたって思ってるのはわかるけどさ。母さんも言ってたじゃないか。父さんと同じことをやらなくたっていいんだよ」

　まだ泣きやむことができない。頬を覆いそうなほど大粒の涙が奥底からあふれてくる。やがて兄が食卓の上にあるものを集め、スーパーマーケット〈コンスム〉のロゴのついた空のビニール袋を取ってきて、かつらも煙草の箱も袋に突っこむ。

「なに……やってるんだ？」

　レオは袋の持ち手を結んで引っ張り、縛って、また引っ張る。流しの下のバケツの脇にそれを置く。

「おまえの言うとおりだ」

　フェリックスは両手のひらで涙をぬぐう。

「なにが？　レオ」

「やめよう」

　レオは弟の両肩をがしりとつかむ。

「ジャンキー＝ラッセはもういない」

「約束する？」

そして、弟を抱きしめる。

「約束する」

「おまえがおれの兄貴を巻きこむなら、
おれはおまえの弟を巻きこんでやる」

手の中のシャベルは重い。だからこんなに地中深くまで沈みこむのかもしれない。いや、単に、絡まりあった木の根やとがった石がないせいだろうか。やがて金属の先が木の蓋に当たる。すっかり水を含んでいる。棺は長いあいだ土に埋もれていると、時とともにそうなるものだ。

中にだれがいるかはわかっている。

父だ。

棺の蓋を少し揺らし、ゆっくりと開ける。

なんのにおいもしない。においがするはずではないのか？　父は、病院の礼拝室で見たときとまるで同じように、そこに横たわっている。一張羅の背広。後ろに梳かしつけた髪。灰のような色をした肌。

ヨン・ブロンクスは、父が着ているピンストライプの背広と白シャツのボタンを外す。ネクタイの結び目はほどかないが、邪魔にならないよう脇にやる。身をかがめると、掘った穴の壁に肩がぶつかり、あらわになった父の腹と胸に土が落ちる。ヨンはそれを手で払いのける。手のひらで傷痕に触れ、数えはじめる。二十六。二十六？　法医学者の報告書には二十七とあったのに。

父の声がする。

「もっと上を探せ」

「左腕の下、肋骨のところ。最後に刺されたのがそこだった」

そこで、二十七番目の刺し傷をもっとよく見ようと、父の腕をつかんでひねったところで、父の心臓の音が聞こえてくる。力強い鼓動。ドン、ドン。ドン、ドン。まるで抵抗しているかのようだ。

ドン、ドン。

ブロンクスはベッドの上で上半身を起こした。

ドン、ドン。

夢だ。なんと奇怪な夢だろう。ひどくリアルに感じられた、あの墓穴の中に立っていたときの感覚は、現実ではなかったわけだ。

ほっとした。

そのとき、またドン、ドンという音が聞こえた。玄関のドアから。

携帯電話は床に落ちていた。五時五十七分。二時間も眠っていない。

ドン、ドン、ドン。

こんな時間にアパートのドアを力任せに叩くなんて、いったいだれだ？

二部屋あるアパートの廊下をそろそろと歩く。裸足にパイン材の床が冷たい。ドアの取っ手と錠のかなり上に、のぞき穴がある。ブロンクスは顔を近づけた。

えっ？

「どうしてきみがここにいるんだ？」

「レオ・ドゥヴニヤック」

「はあ？」

「あの男の話をしに来ました」

「この捜査には関わりたくないと、はっきり言われたような記憶があるんだが――いや、おれとはいっしょに捜査したくないんだったか」

「ヨン」

「なんだ？」

「続けたいんです。あなたがサイコパスなのはどうでもよくなりました。昨日、取調室の椅子に座ってたあの男のほうが、もっと悪質です」

のぞき穴は線も遠近感も歪めるから、そこに向かって微笑んでいる人の顔はひどくおかしなことになる。エリサの顔も同じだった。微笑みはすっかり歪み、丸々とした顔になっていて、度を越した笑顔に見える。いや、それが彼女の笑顔なのだろうか？　いままで笑っているところをほとんど見たことがない気がする。エリサはのぞき穴に向かってなにか黒いものを掲げてみせた。捜査資料のフォルダーだ。おそらく。

「ちょっと待ってくれ」

寝室に戻ると、乱れたベッドは無視して、床に落ちていたジーンズと、ひじ掛け椅子に脱ぎ捨ててあったTシャツを着た。それから玄関のドアを開けた。エリサは中に入り、ブロンクスの上着と同じフックに自分の上着を重ねて掛けると、ブロンクスをまじまじと見た。ぼさぼさの髪、なにも履いていない足を、じっくり観察されているような気がした。

「ああ、ご覧のとおり、きみに起こされた。なにか飲むか？　水？　コーヒー？」

「なにもいりません。どうも」

「おれはなにか飲ませてもらうよ」

ブロンクスはキッチンに入る。エリサもついてきた。

「事情聴取を中断しましたね、ヨン」

やかんに水を入れ、ガスコンロのつまみをひねる。

「ドゥヴニヤックを外まで送っていって、そのまま戻らなかった」

湯を沸かす。白湯だ。

「あのあとわたし、何度もあなたに電話したんですけど」

「仕事の話をしに来たと言ってなかったか？　おれのプライベートな時間の過ごし方について話すんじゃなくて」

「レオ・ドゥヴニヤックの話をしに来た、と言いました」

ブロンクスが巨大なカップに熱い白湯を注いでいるあいだに、エリサは自分のいる場所からアパート全体を見まわした。独り身。間違いない。ゲイではないだろう。ヘテロの男どもがときどき向けてくるあの目つきで、ブロンクスが彼女を見てきたことは一度もないが、だからといって同性愛者とも思えない。イケアの最新版カタログのどこかから切り抜いてきた、と言われても納得してしまいそうな部屋。住人の個性を表すものがなにもない。写真は見当たらず、なにか自慢に思っているものが壁に掛かっているわけでもない。感じは悪くないが、無表情だ。まるでホテルの部屋のよう。だれでもここに幾晩か泊まって、次の目的地へ旅を続けることができる、そんな部屋だ。

「ドゥヴニヤックのアリバイを確認しました。完璧なアリバイがあるんですよ、ヨン。問題の時間には、供述どおりのレストランにいて、供述どおり父親に会っていました。店主夫妻も、ほろ酔いだったらしい常連客のひとりも、その証言を裏付けています。母親宅の家宅捜索では、まあ予想はしていましたが、やはりなにも見つかりませんでした」

「だが、聞いたところによると、きみはあそこで敵を作ったらしいじゃないか。同僚が寝室をひっくり返してるときにきみがやったみたいに、その場で叱りつけたりしたら、職場の雰囲気が実にまずくなる」

「べつにかまいません。自分が正しいとわかってれば、それでいいです。ひとりぼっちで寂しいから警察官になったわけじゃありません。友だちならもういますし」

エリサが見つめてくる。あの、彼女独特の視線。

「でも、ヨン、あなたは、職場に友だちがたくさんいるようには見えないんですけど。あなたはどんなことを言って気まずくなったんですか？」

ブロンクスは白湯を飲んだ。熱い湯が胸を通るときに、心地よい感覚が広がる。

「アリバイ、成果なし。家宅捜索、成果なし。ということは、なんの理由もなくここまでやってきて、おれを叩き起こしたわけか？　だったらもう帰っていいぞ。おれは眠らせてもらう」

エリサは帰るそぶりなど微塵も見せない。パイン材の椅子を一脚引き寄せ、食卓に向かって腰を下ろした。

「ヨン――わたしはね、探しているものが見つからなければ、見つかるまで探しつづける人間です」

そう言うと、玄関ののぞき穴の前で振っていたフォルダーを開いた。彼女が出した最初の紙は、どうやら逆さに見たかぎりでは、刑事施設管理局の受刑者リストの抜粋のようだ。

「死んだ強盗犯、ヤーリ・オヤラが、出所するまでの最後の七カ月間、エステローケル刑務所に収容されていたことは、すでにわかってました。区画Hの二番独房。レオ・ドゥヴニヤックがいたのと同じ刑務所、同じ区画です。ふたりが知り合いだったこと、ドゥヴニヤックが現場にいなかったとしても、以前とまったく同じように計画を立て、作戦を指揮していた可能性があることも、わかってました」

次の書類も、上隅に刑事施設管理局のロゴがついている。

「調べを続けるうちにわかったんですが、ドゥヴニヤックとオヤラが区画Hにいたあいだ、同じ区画にはほかに十四名の受刑者がいました。うち十名はまだ塀の中で、犯行のあった時刻に外出許可の出ていた者はひとりもいません。したがって、この十名は除外できます」

「それで？」

「残りは四人。この男……仮にAと呼びましょうか。ホアキン・サンチェス。麻薬絡みの重罪で、懲役十二年。ボリビアの麻薬カルテルの一員です。コカインをしみこませた服をスーツケースに詰めて国境を越えようとする神経の持ち主なら、現金輸送員を襲うことだってわけもないかもしれません」

クリップで留められた紙の束が、四つ。

「この男、次の書類の束に出てくる赤みがかった金髪の男は、仮にBとしましょう」

すべてをテーブルの上に置く。半円を描くように並べて。

「トール・ベルナルド。誘拐罪で八年。オートバイギャングの〝使い走り（プロスペクト）〟から〝取り巻き（ハングアラウンド）〟にランクアップするための犯行でした。リーダーに取り入るためならなんでもする男です。三人目、この書類の束は、Cとしましょう。名前はサム・ラーシェン。殺人罪で終身刑でしたが、すでに釈放されています。この男の犯した罪は、強盗とは似ても似つかないものですが、それでもかなり長いこと刑務所にいたので、ほかの犯罪者に感化されている可能性はじゅうぶんあります。最後、この束は、Dとしましょう。セミール・ムハムディ。過失致死罪で六年。モロッコの犯罪組織の一員です。北アフリカの、と言ったほうが正確かもしれません。アルジェリアとの国境をまたいだ組織のようなので。警察を徹底的に軽蔑した態度をとりますし、死んだオヤラと同じく、取り調べでは貝のように口を閉ざすことでも知られています」

やかんに残った湯はまだ熱い。ブロンクスは向きを変え、ふたたびカップに湯を注いだ。もう飲む気などないにもかかわらず。

〝サム〟。

また——あんたなのか。

おれたちは十二年で四回しか会わなかった。最後に面会に行ったのは、母さんが亡くなったと伝えに行ったときだ。あのとき面会室で、あんたはおれに触れようともしなかった。そのあんたが昨日、いきなり現れた。事情聴取中に。ゆうべ眠れずにいたときに。そしていま、捜査対象となる人物のひとりとして、またもや現れた。あんたのことは知っている。あんたは強盗なんかじゃない。だが同時に、おれはあんたのことをなにも知らない〟

「というわけで、ちゃんと着替えてください、ヨン。ひとりずつあたっていきましょう」

〝だがな、サム。

もし、また会うのだとしたら。あんたを容疑者リストから外すべく捜査を進めている、そんな状況で再会するのだとしたら。そのときに、おれをサイコパス呼ばわりする女には、そばにいてほしくない〟

「エリサ――手分けして調べよう」

〝彼女は、おれたちの過去をまだ知らないし、これからも知るべきではないんだ〟

「初めのふたりを調べてくれたら、あとのふたりはおれが引き受ける」

「ちょっと、わけがわからないんですけど。あなた、捜査に協力してほしいってわたしに言ったとき、いっしょにやろうって言いましたよね」

〝うちの家族の墓を荒らす部外者は、もう要らない〟

「いや、手分けしたほうがいいだろう。エリサ、時間は限られてる。ドゥヴニヤックが出所した当日に襲撃をかけることにした、ということはつまり、なにかの期限があるわけだ。

そう思わないか？」

ブロンクスは書類の束のうちふたつを引き寄せた。

「おれは、この……CとDを調べる。きみはAとB。いいか？」

そして、エリサの向かい側に腰を下ろした。

彼女と同じことをする——束になった書類、経歴や前科記録や写真に目を通す。それでいて、彼女とはまったく違ったことをする——エリサが着々とページをめくっているあいだ、ヨン・ブロンクスの視線は、エリサがCと呼んだサム・ラーシェンという男の写真、まだひどく若い受刑者を写した一枚目の写真に釘付けになっていた。

この男の昔の姿を、ブロンクスはすっかり忘れていた。

兄にまつわる子ども時代の記憶が、面会室で会ったべつのサムによって、あらかた上書きされてしまったかのようだ。発達した筋肉、刑務所で入れた出来損ないの刺青、突っぱねるような目つき。いま白黒写真の中から自分を見ているサムは、十八歳だ。細い首、やや長すぎるぼさぼさの前髪。カメラをまっすぐに見つめているその目は、ギザギザの刃のついた魚のうろこ取り用ナイフが二十七回目、最後に突き刺さったのが、父の腕の下、胴体の左側であることを、よく知っている。

脛というのは、人によってずいぶん違うものだ。

これまでは考えたこともなかった。だが、いまこうして、半地下の天井のすぐ下にふたつある、かなり汚れた細長い窓越しに、外のハランド通りを行き交う人々の脛を見ていると、身体のほかの部分までおおよそ想像がつくものだとわかった。年齢、地位、精神状態すらも。ほんの数十センチの足と脛を見ただけで。

「レオ？」

レオは地下室内にくまなく視線を走らせた。フレドリック・セーデルベリ、通称スッロがオフィスと呼んでいる部屋。セーデルマルム島の中心地、ローセンルンド公園に隣接したマンションの、広さ六十平米の地下室だ。

「おい、レオ？」

「ああ」

「ほんとならこんなこと訊きたくないんだが……全部、ちゃんと持ってきたか？」

レオは肩からずるりとバッグを下ろした。

「二種類の支払い手段。紙と、金属。約束どおりに用意してある」

「レオ、おまえのことは信用してるんだ。ただ、売り手のためにいちおう確かめなきゃならなくてさ。わかるだろ？」

スッロの声はいつも感じがいい。だれかの顎を砕く直前であってもだ。あのときはあっという間で、看守どもはパンチに気づきもしなかった。レオは、あのロシア人強姦犯が刑務所のジムのベンチプレスでバーベルを落として怪我をしただけだ、というスッロの証言を裏付けてやった。こうして、ふたりの受刑者のあいだの信頼関係は強まった。

「そっちは？　おまえは約束のもの、全部調達したのか？」

天井はライムグリーン、灰色のコンクリート床にはところどころ擦り切れたペルシャ絨毯が敷いてあり、そのおかげで冷えこむ春の日でもいくらか暖かい。スッロ本人の説明を聞いていたレオは、たぶん、もう少し秩序立ったオフィスを想像していたように思う。実際には、少々速すぎるスピードでろくな舵取りもなく事業が拡大していくにつれ、どんどん増えていった急ごしらえの棚が壁を覆っている状態だった。段ボール箱、紙箱、ビニール袋に入ったまま、包装を解いてもいない新品の携帯電話やサラウンドスピーカー、プロジェクター、パソコン。棚の下には、もっと大きく、大半はもっと薄い段ボール箱が置いてある。テレビやディスプレイの箱だ。ハードディスクもいくつかあった。

「こっちだ、レオ。おまえのものは」

スッロが地下室の奥の隅を指差す。レオは、この事業の心臓部への出入りを許された数少ない人間のひとりだ。これはべつに、彼が有罪を言い渡された事件が高く評価されたからではない。スッロにもはっきりそう言われている。銀行を襲ってつかまるだけならだれにだってできる。評価されたのはそこではなく、警察がいまだに八件の銀行強盗事件についてレオ・ドゥヴニャックを疑っていながら、それでも手出しできずにいる、という事実のほうだ。そんな実績のある男なら、仕事仲間のことをサツにぺらぺらしゃべったりはしないだろう、と判断されたわけだ。

「おまえが注文した上着とズボンは、ゆうべここに配達されてきた」

「ほかにもいろいろ頼んだはずだが」

「全部あるよ。配達は何度も来たんでね」

長いハンガーラック二台の前を通り過ぎる。アルマーニ、ジバンシィ、プラダ、ヒューゴ・ボスのスーツが、ビニールカバーをかけられたままひしめきあっている。高速E4号線、マルメとストックホルムのあいだのどこかで、トラックから〝落ちてしまった〟ことになっているもの。この広い地下室は、商品が買い手と売り手のあいだを行き来する際に、しばらく停まっていく駅のようなものだ。そしてスッロは、駅の待合室の安全を確保する管理人の役割を果たしている。うしろぐらい取引の正当な分け前を、関係者全員がきちんともらえるよう取りはからう。

　四年前、クムラ刑務所で会ったとき、スッロはそう自己紹介してきた。売り手と買い手が直接顔を合わせたくない、相手の名前や特徴も知りたくない、そういうときに仲介をするのが仕事だ、と。

「ほら。注文の品、全部だ」

　スッロは片付いている唯一のテーブルの前に立ち、段ボール箱をひとつ持ち上げた。茶色い紙筒が、まるで煙突のように真ん中から突き出ている。

「だが、あのクソみたいな紋章がなあ……」

　スッロは段ボール箱の蓋を開けて左右に折り、金属製の小さな紋章を取り出した。全警察官の身分証の下半分を占める、青と赤と金の紋章。その下の真鍮板に、所属する管轄区と番号が刻まれている。

「……こいつは大変だった。前にも説明したとおり、とにかく手に入れるのが難しいんだ。こんなちっぽけな代物のくせに、市場に出てるほんものはたった一個しかなかった。だからそれなりに値段もした。まったく手こずらされたぜ。最高に腕のいいスリでも、近ごろはポリ公に手を出そうとしないんだな」

　レオはそれを手のひらの上に置いた。軽金属だ。重さは三十グラムもない。

「ひとつでじゅうぶんだ。もうひとつは自分で調達する。そのための準備はしてある」

スッロは興味をそそられてレオの視線を探った。こんなことを言われる機会はめったにない。物資の調達を仕事にしているのは自分なのだ。

「どうやって？」

「テクノロジーの奇跡ってやつだな。さあ、残りも見せてくれ」

スッロは折り畳まれた紺色の上着二着と、同じ紺色のズボン二着を箱から出した。

レオは上着をつかみ、広げた。分厚い襟の延長のような肩章に触れ、マジックテープの下にあるファスナーをチェックし、階級章をしげしげと見た。

「警察のいまの制服。標準型だ」

「ズボンは？　プルオーバーは？　革の手袋は？　ブーツは？　全部チェックするか？」

「いや。必要ない。だが、ベルトは見ておきたい」

スッロはナイロン製のベルトを引っ張り出した。伸縮式の警棒、手錠、催涙スプレー、予備の弾倉、トランシーバー、ハンドマイク、ホルスターがついている。重さは計四キロ、これを常に腰まわりに携帯しているわけだ。レオはその中でもいちばん重い物を手に取った。拳銃だ。スウェーデンの警察官が携行する拳銃、シグ・ザウエルP226。

「というわけでだ、レオ。満足したなら、値段はもうわかってるよな」

レオはスポーツバッグを開くと、短機関銃を二挺、スッロに差し出した。

「紙と、金属。金属から始めようか」

スッロは銃を受け取ったが、よく見もせずに傍らのテーブルに置いた。

「もうひとつ。レオ、耳に入れておきたいことがある。消費者への情報公開というやつだ。制服も付属のベルトも、明日、運がよくても明後日には、行方不明なのがばれる」

「どこでばれるんだ？」

「エレブロ警察」

「肝心なのは、ここストックホルムでばれないことだろう。エレブロからここに情報が伝わるまでには、少なくとも二、三日かかる。そのころにはもう、おれはとっくに衣装替えを済ませてる。永遠に」

煙突のように突き出ている紙筒の端に、白いプラスチックの蓋がついている。スッロはそれを開け、A3大の手描きの見取り図を出した。

「清掃会社から直接手に入れた」

レオは黒インクでくっきりと引かれた線を読み解いていった。自分の人生に多大な影響を及ぼした、そしてこれからも及ぼすであろう建物が、そこに描かれている。廊下、階段。各階の重要な部屋には印がついている。

「それで、これが——カードキー。地方裁判所から地下通路への入口で使えるやつだ。おれたちふたりとも、何度か通ったことのある場所だ。そうだろう？　手錠をかけられてな。だが、行くのは押収品保管室までだ。レオ、いいか？　好きなように動きまわれるわけじゃないんだ。それをやったらまずいことになる。押収品保管室まで行って、まっすぐ戻ってこい。もし、だれかがこのカードキーの出どころに気づいたら……」

「心配するな。ほかのところに行く気はない。欲しいものさえ手に入れたら、さっさと華麗に立ち去ってやるよ」

スッロがカードキーを差し出す。サイズは、ふつうのクレジットカードよりもやや大きい程度だ。レオはそれを受け取ったが、スッロが手を離さない。

「金属は受け取った。今度は紙のほうをよこせ。おまえの注文の代金は、約束どおり、短機関銃二挺プラス、五百クローナ札七センチ分だ」

レオがテーブルの上に置いた封筒は、五百クローナ札が七百枚入っていて、相当にふくらんでいる。

その上に、封筒をもうひとつ。こちらのほうが少し薄い。

「こっちはな、スッロ、トゥンバ製紙工場への搬送時刻を探ってくれた礼だ」

「それならタダでいい。試供品みたいなもんだと思ってくれ。満足した客はまた来てくれる」

「いや、払わせてくれ。あのときは払えなかったのに、おまえはおれを信用してくれた。これでいま、足りないのはアパートだけだ」

スッロが段ボール箱の中をしばらく探る。少し時間がかかったが、やがて鍵束を見つけた。

「ガムラ・シックラのアトラス通り二十五番地、四階だ。わりと近くに、文化会館〈ディーゼルヴェルクスタン〉がある」

「そこに泊まるのは長くても二晩だ。出るときには鍵をドアポストから中に入れておく。それでいいな？」

数分後、レオは注文の品をすべてバッグに詰め、ふつうの地下室に設けられたふつうでないオフィスをあとにした。人々の脛しか見えなかった、あのハランド通りに面した細長く汚い窓の前を、まもなく自ら通り過ぎることになる。しかし彼の場合、数十センチの足と脛を見ただけで想像がつくのは、彼という人間のほんの一面だけだろう。ほかの面はいま、肩から掛けたバッグの中に入っている。

赤と白の遮断桿が、かく、かく、と少し動いては止まるのを繰り返しながら、徐々に上がっていく。ときどき休憩して勢いをつけなければいちばん上まで行けない、とでも言いたげな上がり方だ。ヨン・ブロンクスが車を進めて小型フェリーに乗りこむと、その後ろで遮断桿が下がった。乗った車は一台だけだ。とはいえ、平日はいつもこんなものだろう。本土からメーラレン湖に浮かぶ島まで、五分。サムと自分がまだ小さかったころ、父がいつもしていたように、運転席に座ったまま振り向き、操舵室の船頭に合図を送る。アルネー島の住人は皆そうする習慣で、ほとんどルールのようになっている。それが行楽客と島の住人との違いだ。ブロンクスは、まもなく開くことになる降船用スロープの前まで進んでいた。もう後戻りはできないことを表すスロープ。昔、島で週末や夏休みを過ごすべく本土を離れるたびに、いつもそう感じていた——暴力によって本土から切り離され、べつの世界へ自らの身を明け渡すような気分だった。だから、車がスロープを下りてガタンと陸に降り立つと、サムはいつも〝監獄島（アルカトラズ）へようこそ〟と小声で言っていた。

今回も、あのころとまったく同じように、ブロンクスはひどい吐き気を覚えた。腹の底のほうにある吐き気。大人になってからは、胸のあたりで感じることのほうが多かった。大きな黒いボールの形をしていて、そのせいで息が詰まりそうになる。だが今回は、あのころとまったく同じように、そのボールが腹のほうまで沈んでいき、底に着地している。まるで激しい不安を食べてしまったかのようだ。

〝おまえ、もう大人だろ、このくそったれが〟

だが、なにをどう考えても役には立たない。その感覚は腹の底に残ったままだ。そこから重苦しさが体内へ広がっていく。

今朝会った子どもたちは、重苦しさからはほど遠かった。騒がしくて、好奇心旺盛で、自信満々で、ひっきりなしに動きまわっていた。訪れたのはフルーエンゲンにあるアパートで、抱いていた先入観を根底からひっくり返された。リストのDことセミール・ムハムディは信仰に目覚め、妻子のもとに戻って新たな人生を築きあげていたのだ。真摯に努力しているのがうかがえた。訪ねていったとき、ムハムディはちょうど娘たちを学校に送っていくところで、ブロンクスは親子と連れ立って学校まで歩いていくはめになった。その途中で、娘たちがそうとは知らずに、ブロンクスが調べに来た父親のアリバイを証言してくれた。〝昨日とおとといね、学校のあと、パパがプールに連れてってくれたんだ。でね、パパすごいんだよ、プールの真ん中にどぼーんって飛びこんだの。めちゃくちゃ遠くまで水しぶきがかかったよ。すーっごく遠くまで〟

自分の子ども時代とは、あまりにも違っていた。

フェリーから降りるときにも、ほんものの島の住人がやるように、船頭のいる操舵室に向かって手を振った。無意識のうちにそうしていた。大人になってから島に来たことはほとんどなかったのに。

自分の兄が出所後どこに住んでいるのか知らなかったので、ブロンクスは住民登録簿を検索した。サムがあの別荘を相続したことは知っていた。母が遺した書類に、そうしてほしいと書いてあったからだ。あのときはとっさに思いがけず妬みがこみあげたが、しだいにどうでもよくなっていった。サムがあの胸糞悪い家を欲しいのなら、どうとでも好きにすればいい、と思っていた。だが、兄がまさかあの家に住む道を選ぼうとは、ヨン・ブロンクスは想像すらしていなかった。

十三世紀に建てられた教会の前を通り過ぎる。白い漆喰はすっかり変色しているし、芝生も砂利道も以前より荒れた印象だ。ここで最後に会った。とはいえ、母の埋葬の前にも後にも、兄とはひとことも口をきかなかった。それでも遠くから見れば、ごくふつうの葬儀に参列したごくふつうの親類どうしの、ごくふつうの光景に見えたかもしれない――サムの両側に立っているふたりの看守がいなければ。彼らも黒いスーツ姿で、儀式が行なわれているあいだ、ずっとサムの両脇を固めていた。

道路がアスファルトから砂利に変わり、畑がうっそうと茂る森に変わる。風景だけを見れば、子どものころから変わらず、いまなお美しい。最後の坂道の途中でエンジンを切り、静かにタイヤを転がして赤い木の柵へ向かった。

そのまましばらく車内に残った。

別荘というものはこの季節、だれも住んでいない印象を与えるものだ。

ほんとうに……ここに住んでいるのか？

なによりも暗い記憶、その現場に、どうして自らすすんで引っ越したりできるのだろう？

運転席のドアを開けると、音がはっきりと聞こえてきた。斧が当たって薪が割れ、台の両側に落ちている音。

一歩目を踏み出そうとした瞬間、ますます吐き気がひどくなった。不安を食べてしまっただけではない、まるでむりやり食べさせられているような感覚。記憶を嘔吐することができるなら、いま、この場でそうしてしまいたい。

凍りついた、だが雪はほとんど残っていない芝生をゆっくりと横切っているうちに、音がだんだん大きくなってきた。切り裂かれる木の繊維がうめくのも聞こえる。ライラックの生け垣に囲まれた空間を迂回したところで、やっと姿が見えてきた。こちらに背を向けて斧を振りかぶり、力を込めて鋭い刃を振り下ろしている。ブロンクスは兄が割れた薪を集めて積みあげるまで待った。

「やあ」

サムはびくりともせず、振り返りもしなかった。背後にだれかが立っているのは音でわかったが、どうでもいい、と言わんばかりの態度だった。白樺の丸太をもうひとつ台に載せ、斧を振り上げている。狙ったところに打ち下ろすと、大きな音がした。

「なあ……やあ、って言ったんだが」

すると、兄が振り向いた、束の間目が合ったが、サムはすぐに地面に向かって身をかがめ、薪割り台の片側に積まれた薪を抱えはじめた。顔が見えたのはほんの一瞬だったが、母が亡くなったときと比べても老けているのがわかった。ブロンクスは頭の中で計算した――兄は確か、もう四十二歳になっているはずだ。

「ここはもう売り払っただろうと思ってた」

サムはまだ黙っている。台の反対側にあった薪も集め、薪小屋まで運んで壁沿いに積み重ねた。

「なにはともあれ……百万か二百万ぐらいの価値はあるだろう？」

サムは薪を一本ずつ、崩れないように積み重ねてから、小屋の戸を閉めて留め金をかけた。

「本気で言ってるのか、ヨン？　この家が売れると思うか？　人殺しの家だぞ？　もう何十年も経ったのに、いまだにそう呼ばれてやがる」

薪小屋から家まではほんの数歩だ。サムはドアを開けて玄関に入ると、ドアを大きく開け放したままにした。

「こういうちっぽけな島だと、噂は遠くまで広がらない。岸に沿ってぐるぐる回るんだ。くそったれどもめ、だれもおれを見ようとしない。人殺しが帰ってきた、ってひそひそ言いやがる。おれが聞いてないと思って」

ブロンクスは開け放たれたドアの向こう、狭い玄関とキッチンをのぞきこんだ。だが、足がどうしても動かない。いまなお壁にしみこんだ暴力のただ中に入っていく気になれない。

「船頭だけだな、人を色眼鏡で見ないのは。ヨン、あの人のこと、まだ覚えてるか？　おれのことを気に入ってくれてるのかもしれないとすら思うよ。まあ、そうおかしなことでもないかもしれないな？　あの人だけだろ、親父の本性を見抜いてたのは」

だからその場に立ったまま、兄の声に耳を傾けていた。場所がどこであろうと、つねに自分と距離をおいて話す、感情を削ぎ落とした声。まるでどこかの面会室にいるような。

「家の中が冷えちまう」

あいかわらず薪コンロの右側に置いてある錆びたブリキの箱に、サムが薪を入れているのが見えた。

「ドア、閉めるぞ。入ってくるか、外にいるか、どっちかにしろ」

この、いまいましい玄関。

最後にここに立ったときは、まだ大人になっていなかった。

いま、こうして中に入ってみると、玄関は途方もなく小さく感じられた。キッチンも同じだ。サムはコンロの扉を開けて薪を一本入れ、火かき棒で残り火をかきまわした。その顔がはっきり見える。前回と比べると、目の下のしわの数が格段に増えた。父と同じだ。いままでは考えたこともなかったが、父は殺されたとき四十歳前後だった。いまの息子たちふたりと同じくらいの年齢だったのだ。

「それで？　わざわざここまで……出所を祝いにでも来たのか？」

サムは笑っている。嘲りの笑みだ。

「だとしたらな、ヨン、数カ月の遅刻だぞ」

「そうじゃない。あんた、私人としてのおれとは縁を切りたがってただろう。だから、ここには刑事として来た」

ヨン・ブロンクスはコートのポケットから一枚の写真を出し、食卓の上、かつて自分の席だった場所に置いた。

「この男、知ってるか？」

刑事施設管理局の受刑者リストに載っていた顔写真を、サムは見ようともしない。

「前と同じだ。だれのこともチクるつもりはない」

「サム、あんたはもうムショにはいないんだぞ」

「だが、ヨン、おまえはあいかわらず刑事だ」

ブロンクスは写真をサムのほうに押しやった。

「あんたがこの男を知ってるのはわかってるんだ。同じ時期にエステローケル刑務所にいたんだからな。ヤーリ・オヤラはおととい、現金輸送員襲撃事件の現場で射殺された。共犯者は逃げおおせたが、そいつもエステローケル刑務所にいたのだろうとおれたちは考えてる。サム、あんたもそこにいた。だからおれは、あんたを容疑者リストから外すためにここまで来た。それが済んだら、あんたの希望どおりになる。二度とおれに会う必要はない」

「じゃあ、さっさとやれ。リストから外せ」

「この前の月曜日、午後四時から五時のあいだになにをしてたか教えてくれれば」

「おまえ、刑事だろ。調べろよ」

ブロンクスはさっき出した写真の上にもう一枚、べつの写真を重ねて置いた。新しい顔が前の顔を覆い隠す。受刑者リストに載る写真の顔の大きさは決まっているのかもしれない。

「この男も、同じ区画にいただろう。レオ・ドゥヴニヤック」

「それがどうした？」

「おい、サム、いいかげんにしてくれ……さっさと終わらせられる話だぞ。あんたは放っておいてほしい、おれはさっさと帰りたい。どっちも希望が叶うんだ。あんたが話してくれさえすれば」

薪がもう一本、炎の中に投げこまれる。必要ないにもかかわらず。

「わかった。なにが知りたい」

コンロのプレートにひびが入っていて、そこから黒い煙が漏れ出しているのにブロンクスは気づいた。息がしにくくなった。

「刑事施設管理局の記述によると、あんたとドゥヴニヤックはゆうに一年、同じ区画にいた。そのあいだ、あの男と親しくしてた人間はいるか？」

「知るかよ」

〝あんたたちは話をしたんだろう、サム〟

「とくに付き合いのあった人間は？」

「ムショでの付き合いなんて、たかが知れてる」

〝あんたはおれたちのことを話しただろう、サム〟

「刑務所の区画ってのはそう広いもんじゃない。ひっきりなしにすれ違ったはずだ。ドゥヴニヤックがだれと親しくしてたかぐらいわかったはずだぞ」

「お互いのことはろくに知らない。みんな外に出ることしか考えてない」

〝あんたたちは、互いをよく知ってたんだろう、サム〟

小さな家の中に、外と同じ静けさが訪れる。さっきまでかすかにきしっているだけだった薪が、いまや大きくはぜているのが、はっきり聞こえるようになった。

「コンロから煙が出てる。気づいてるだろ？　プレートを交換しなきゃ。もうひとつのほうを母さんが交換してたのを覚えてる。おれたちが小さかったころ」

灰色の煙がコンロの上で美しいベールをかたちづくっている。ヨン・ブロンクスはゆっくりと天井に上がっていくそれを目で追った。それから食卓に向かい、写真を片付けた。何度質問を繰り返そうと、どんなふうに質問を変えようと、詳しい答えが返ってくることはないだろう。

玄関のドアを開ける。煙がぎこちなく戯れ、あとをついてきた。

だが、ブロンクスは外の低い石階段で立ち止まると、きびすを返し、また中に入った。

「おれたちのこと、だれかに話したか？　サム」

「なんだと？」

「ここで起きたこと。話したのか？」

「それも刑事としての質問か？」

「好きなように解釈してくれ」

サムが嘲りの笑みを浮かべる。さっきと同じように。

「話したのか、だと?」

そして居間に入り、ふたつの狭い寝室を指差した。

「あの中でなにがあったかについて? 来いよ、ヨン。なにがあったのか教えてやる。来い!」

「なにがあったかは知ってる」

「馬鹿を言うな!」

サムが視界から消えた。数歩奥、寝室のほうへ移動したのだ。ブロンクスも同じことをせざるをえなかった。そうしないと兄が見えない。

「おれはな、もうなにも感じないって決めてたんだ。だが、おまえはそうしなかった。人間はな、ヨン、もう痛みは感じないと決めることができる。〝なにも感じない〟、そう思いこめば、ほんとうになにも感じなくなるんだ。最後のときのことは、いまもありありと思い出せる。おれはあいつをまっすぐに見て、いいよ、殴れよ、どうせなにも感じないんだ、って言った。するとあの野郎は顔を真っ赤にして、何度も何度も殴ってきたが、おれはなんにも感じなかった。それが最後だった。親父はもう、おれを傷つけることはできなかった。親父本人もそのことに気づいた。ふたりともわかったわけだ。そこであいつは、ヨン、おまえを殴りはじめた。で、おまえは痛みを感じたんだ。おれと違って」

サムはいまだ壁に掛かっている緑色の電話を目で示した。

「だからあの夜、おまえはおれに電話してきた。泣きながら、来てくれ、って頼んだ」

いま、ここにあるのは、薪のはぜる音だけだ。

それと、乾いた心地よい温もりを放つ、鋳鉄製のコンロ。

それと、この吐き気。ここでは吐き出すことなどできない。記憶に囲まれて暮らす道を選んだ人間のいる、この胸糞悪い家では。

久しぶりに優位に立てたことを、サムは楽しんでいるように見えた。もう自由の身だ。独房に閉じこめられているわけではない。この家なら、彼は安全でいられる。目の前にいる訪問者とは違って。

「さっさと来いよ！　さあ、ヨン、あいつが寝てたベッドに試しに寝てみたらどうだ。おまえの大好きな捜査の一環ってやつだぜ」

小さな飾り棚の中、写真とガラスの小鉢にまじって、レースのテーブルセンターの上に、ナイフらしきものが置いてある。サムがそれに手を伸ばし、つかみ、目の前でぱたぱたと振ってみせた。

あのナイフ。

あい、あのナイフだ。ギザギザの刃。先端が折れている。

「頼んで返してもらったんだ。信じられるか、資料室の箱の中に、証拠物件として残ってやがった。ほら、ヨン、乾いた血が見えるだろう。先端が欠けてるのは、あいつの胸骨の中で折れたからだ」

ブロンクスはふたたび別荘を去った。これが最後だ。傾斜のある芝生を柵と門に向かって下り、砂利道の端にとめておいた車に戻った。フェリー乗り場に向かう道中は、ほとんどなにも考えなかった。船を待っているあいだも、短い航行のあいだに車を降りて、じゃれるようにして顔に当たってくる風を感じ、さかまく水面に群がるカモメを見ているあいだも、頭の中はほぼ空っぽだった。

ストックホルムの輪郭を遠くからふたたび見るまで、この吐き気からは解放されないだろうとわかっている。二度と訪れるべきではない場所を訪れた以上、これは覚悟しておくべきことだった。

だが、まったく想定していなかったものが、もうひとつつきまとってきた。疑念。あそこまで行ったのは、兄を容疑者リストから外すためだったのに、それができなかった。壁にしみこんでいた暴力の名残のせいではない。あれが反響して襲ってくるのは予測していた。そうではなく、レオ・ドゥヴニヤックについて質問したときのこと。あの男をどのくらいよく知っているかに迫ろうとすると、サムは横柄な態度で話をそらし、逆に質問をしてきたり、一般論で答えを濁したりした。が、少なくとも返事はしたのだ。ところが、ヨン・ブロンクスが玄関を出たところで引き返し、昨日の事情聴取以来ずっと気になっていた問いを投げかけたときには、反応が違った。自分たちの過去を、この家で起きたことを――心を許した相手でなければ話さないようなことを、だれかに話したのか、という問い。サムは返事をせず、代わりに罪悪感を弟に植えつけるというパンチを繰り出してきた。そうすれば弟が動揺するとわかっていたから。

ブロンクスはほかにだれも乗っていないフェリーをあてもなく歩きまわった。船べりから船べりへ歩き、暖房の効いた室内へ入ってはまた出てきて、救命ボートが壊れていないのを確かめるようにコツコツと叩き、金属製のラックから時刻表を手に取った。そして、船頭のいる操舵室をしばらく見上げていたときに、気づいた。

監視カメラ。

昔はそんなもの、操舵室の屋根についていなかった。

ひょっとすると、あそこにあるかもしれない。サムが口にしようとしなかった答えが。

ブロンクスはフェリーから陸地に降り立つと、遮断桿を通過した直後に車を降り、小さな船頭小屋の入口の前で船頭を待った。

「すみません」

身分証を差し出すと、船頭は気のなさそうな目でそれを見た。

「警察の者なんですが、ここ数日の監視カメラの映像を見せていただけないでしょうか」

「監視カメラの映像?」

「船の操舵室についてるカメラです」

「あれは、いつからだったかなあ……ずいぶん昔からついているが、映像を見たいと言われたことは一度もないんだよ」

「じゃあ、ついにその時が来たというわけですね。過去四十八時間分でいいです」

船頭が小屋に入り、ブロンクスはそのあとに続いた。パソコンに向かう。

「たぶん……自分で見てもらったほうが早いよ。わしはこれまで一度も……どうすればこいつが動くのかもよくわからない」

ヨン・ブロンクスはパソコンの前に座ると、ディスプレイに監視カメラのアイコンを見つけた。それをクリックし、次いで今日の日付をクリックした。

「それで……なにを探しているのかね？」

「自分でもよくわかりません。どちらかというと、ここにあるべきではないものを探しているのかもしれない」

「話がよくわからんが」

「そうだ、おれがここに来たことは、だれにも言わないでください」

画質はいかにも監視カメラの映像らしいものだった。動きはぎくしゃくとしていて、解像度は低く、色も音もついていない。画面の下にタイムラインがあり、ブロンクスはカーソルを月曜日に合わせてマーカーを進ませた。

六十四回の航行。車両の数は平均よりも多い。画面の右端に表示されている統計のおかげでそうとわかった。

ブロンクスは見つけたくないものを探しつづけた。あの日サムが島を離れた証拠を。そのせいで、十三時の便で島に渡った車をあやうく見逃すところだった。小型の乗用車、おそらくトヨタで、わりに新しそうだ。窓に薄くスモークが入っているせいで、運転手の顔は見えない。だが二分半後、道のりの半分まで来たところで、運転席のドアが開いた。男がひとり降りてきて、船べりに向かい、水面をじっと見下ろしている。

それを見て、わかった。

あいつだ。

レオ・ドゥヴニヤック。画面の中でじっとたたずみ、ヨン・ブロンクスが子ども時代を過ごした別荘に向かっている。

吐き気。こんなに激しく、こんなに鋭く体内へ食いこんできて、こんな奥底で滞る吐き気は初めてだ。つじつまの合う説明をひねり出そうとする。べつにおかしいことではない。塀の中でともに長い時間を過ごし、意気投合したムショ仲間。ああいう形で隔離されているからこそ育まれる友情。だとしたら、ふたりとも自由の身になったその当日に会おうと考えるのも、べつに不思議ではない。

「なあ、刑事さん」

船頭がブロンクスの肩を叩く。彼の顔をまじまじと見る。

「おまえさんには見覚えがある」

「そうですか？　島に渡ったときかな。一時間前に」

「いや。そういうことじゃない。昔から覚えがあるんだよ。あのころはまだ幼かった。だが……おまえさん、サムの弟だろう。ヨン、だったか？」

「そうです。ヨン」

「新聞で名前を見かけたよ。だが、おまえさんなのかどうかは確信が持てなかった。世紀の強盗事件。一億三百万盗られたとかいう」

「ええ」

「あれの犯人、おまえさんがつかまえたんだね？」

「そうです」

「そうか……名字は変えなかったんだね」

「はい」

「ラーシェンって名前はなんなんだ？」

「ずいぶんいろいろとお訊きになりますね」

「訊かなければなにもわからないからねえ」

「母の旧姓です。兄は成人した日にそっちの名字を選びました」

「おまえさんたち一家のこと、まだ覚えているよ。まったく、実にむごいことだった」

ブロンクスはさらにマーカーを進めた。本土に戻る十四時の便。同じ車がまた現れた。フェリーの中央、さっきとは逆向きにとまっている。フロントガラス越しにレオ・ドゥヴニヤックの姿がはっきりと見えた。

十四時三十分の便。島に渡った人も、本土に戻ってきた人もいない。

だが、そのあと。見たくなかった映像が現れた。サムが十五時のフェリーで島を離れたのだ。

ヨン・ブロンクスは立ち上がり、船頭小屋から外へ駆け出した。風が強まり、カモメの金切り声も大きくなっている。

下がったままの遮断桿にもたれて、島を眺める。

恐怖と、怒り。

ブロンクスは嘔吐した。水の中へ。

記憶がついに外へ出てきたのだ。

「大丈夫かい？」

船頭が戸口に立っている。ブロンクスは弱々しくうなずいた。何度かゆっくり息をして、小屋に戻り、映像を見つづける。右端の数字によれば、夜の最終便までに、さらに三十四台の車がフェリーを利用したはずだ。

「で、おまえさんは警察官になったんだね？」

船頭はさっきよりも近いところに立っている。心配してくれているのかもしれない。客人がまた外へ走り出ていくはめにならないかどうか、確かめているのかもしれない。

「兄弟でずいぶん違う道を歩んだもんだね。ひとりは塀の中に入り、もうひとりは人を塀の中に入れる仕事に就いた」

恐怖と、怒り。突き詰めれば同じでしかないふたつの感情は、さらに三回襲ってきた。

十九時、サムが島に戻ったとき。

二十時、レオが島に渡ったとき。

二十二時、レオが最終のひとつ前の便で島を去ったとき。

船頭の協力に礼を述べて立ち去った時点で、ヨン・ブロンクスは、ふたりの男の人生のひとコマを把握していた。車で一時間ほど離れた場所で起きた凶悪事件と、時間的にぴったり一致するひとコマだった。

わかってしまった。

証拠はまだない。あるのは、男たちがふたりとも、射殺された強盗犯と同じ区画にいたという事実。現金輸送員襲撃の準備と後始末をしたと仮定するとちょうどいい時間帯に、黄色いフェリーで島と本土のあいだを行き来していたという事実。それだけだ。裁判では勝てない。

だが、それでも、わかってしまった。エリサが心底軽蔑している〝刑事の勘〟。ブロンクスにとっては、それでじゅうぶんだった。

ちくしょう、サム、あんたいったいなにをしたんだ？

しかも、よりによって……あの男と？

（下巻につづく）

ホッグ連続殺人

The HOG Murders

ウィリアム・L・デアンドリア
真崎義博訳

雪に閉ざされた町は、殺人鬼の凶行に震え上がった。彼は被害者を選ばない。手口も選ばない。どんな状況でも確実に獲物をとらえ、事故や自殺を偽装した上で声明文をよこす。署名はＨＯＧ――この難事件に、天才犯罪研究家ベネデッティ教授が挑む！　アメリカ探偵作家クラブ賞に輝く傑作本格推理。解説／福井健太

ハヤカワ文庫

〈訳者略歴〉
ヘレンハルメ美穂　国際基督教大学卒，パリ第三大学修士課程修了，スウェーデン語翻訳家　訳書『熊と踊れ』ルースルンド&トゥンベリ，「ミレニアム」シリーズ（共訳／以上早川書房刊）他
鵜田良江　九州大学大学院農学研究科修士課程修了，ドイツ語翻訳家　訳書『テレポーター』ルーカス（早川書房刊）

HM=Hayakawa Mystery
SF=Science Fiction
JA=Japanese Author
NV=Novel
NF=Nonfiction
FT=Fantasy

兄弟の血——熊と踊れⅡ
〔上〕

〈HM㊴-6〉

二〇一八年九月二十日　印刷
二〇一八年九月二十五日　発行
（定価はカバーに表示してあります）

著者　アンデシュ・ルースルンド
　　　ステファン・トゥンベリ
訳者　ヘレンハルメ美穂
　　　鵜田良江
発行者　早川浩
発行所　株式会社早川書房
郵便番号　一〇一 - 〇〇四六
東京都千代田区神田多町二ノ二
電話　〇三 - 三二五二 - 三一一一（大代表）
振替　〇〇一六〇 - 三 - 四七七九九
http://www.hayakawa-online.co.jp

乱丁・落丁本は小社制作部宛お送り下さい。
送料小社負担にてお取りかえいたします。

印刷・三松堂株式会社　製本・株式会社川島製本所
Printed and bound in Japan
ISBN978-4-15-182156-1 C0197

本書は活字が大きく読みやすい〈トールサイズ〉です。